JN324253

椿の海の記

石牟礼道子

河出書房新社

目次

椿の海の記

扉画　石牟礼道子

ときじくの
かぐの木の実の花の香り立つ
わがふるさとの
春と夏とのあいだに
もうひとつの季節がある

――死民たちの春

第一章　岬

春の花々があらかた散り敷いてしまうと、大地の深い匂いがむせてくる。海の香りとそれはせめぎあい、不知火《しらぬひ》海沿岸は朝あけの靄が立つ。朝陽が、そのような靄をこうこうと染めあげながらのぼり出すと、光の奥からやさしい海があらわれる。

大崎《うさぎ》ケ鼻という岬の磯にむかってわたしは降りていた。やまももの木の根元や、高い歯朶《しだ》の間から、よく肥えたわらびが伸びている。クサギ菜の芽や、タラの芽が光っている。ゆけどもゆけどもやわらかい紅色の、萌え出たばかりの樟《くす》の林の芳香が、朝のかげろうをつくり出す。

晩春の鳥の声がきこえてくる。磯が近くなって、岩肌をあらわしてくるけもの道の草丈がぐんとひくくなり、新芽を出しつくしたつわ蕗《ぶき》の丸い葉が、岩層に散らばる模様のように広がって、潮のしぶきがかかりそうな岩の上まで降りると、磯椿がまだ咲きのこっている。鳥は椿に来ていて、目白たちが多かった。ここらの椿は、もう真冬から咲きはじめ、そのような岩盤の層をめぐらせている岬という岬をつないで、山つつじの開花までの時期を咲き連なりながら、海の縁を点綴《てんてい》する。そのような岬の影が、朝の海にさしていた。

「やまももの木に登るときゃ、山の神さんに、いただき申しやすちゅうて、ことわって登ろうぞ」

父の声がずうっと耳についてくる。

やまももの梢の色の、透きとおるように天蓋をなしている中を染まりながらしばらくゆき、そこを抜けてふくらみのある風の中にはいると、もう潮っぽい風の吹く岩の上である。わたしは岩の上に膝をつき、つわ蕗の葉をちいさなじょうごの形につくって、磯のきわの湧水をすくって飲む。清水は口に含むとき、がつっとした岩の膚《はだえ》をしていて、のどを通るとき、まろやかな男水《おとこみず》の味がする。

「みっちん、やまももの実ば貰うときゃ、必ず山の神さんにことわって貰おうぞ」

父の声がまたいう。

朝の磯の静けさを椿の花々が吸っている。ここらの磯のきわの岩清水には、女水《おなごみず》と男水があり、ホキナジロの岩床の上に湧く水は、男水である。原生種の蜜柑《みかん》が、岬のむこうの崖の岩壁の上にいっぽん生えている。その野生の蜜柑の樹のずうっと下の、岩の割れ目の水は女水で、かすかな青味を帯びて沈みこみ、それは甘くやわらかい味がした。

山の神さまの祠を越えて、深い歯朶類の打ちかぶさってくる杣道《そまみち》をかきわけながら、磯に登り下りするものたちは、必ずこのようなふたつの岩清水を飲んで帰るのであった。

丸くつくって柄をつけた竹の籠の中の唐藷《からいも》や、高菜漬の葉に包んだ握り飯を食べねばならなかったし、山坂越えて登り下りするだけでものどがかわいたし、潮が干《ひ》き切って「干しこかしてしまう」磯にいると、身体じゅうに潮気がしみて、さらに水が欲しくなる。天気のいい日の磯のきわの湧水のほとりには、水呑みに使ったあとのつわ蕗の葉が、いつも点々と散らばっていた。

「井川ば粗末にするな。神さんのおんなはっとばい、ここにも」

孫たちが散らかすつわ蕗の葉を、手拭いをかぶった婆《ばば》さまたちがていねいに片づける。清水の湧き出す岩の割れめや窪みのことを、年寄たちは井川と呼んでいた。深い地層の中をくぐってきてあらわれる井戸、という意味ででもあろう。清水の湧き出る岩床のつづきの、そこここの大きな窪みが池のようになっていて、干き潮にとり残されたきれいな小魚たちが、窪みに生えた藻をくぐって遊んでいて、まだ渚の方に降りられない稚児たちの相手をするのだった。

潮が満ちてきて、ひとびとが、磯のものを、布の袋につめ入れて背負ったり、竹の籠にぎっしりと入れ、その容れものから背中や袖に潮の雫《しずく》をしたたらせながらひきあげると、井川は満ちてくる海の中に入るのである。

「川の神さんな、たしか、山にも登んなはっとじゃもん」

囲炉裏に、手のひらや膝をくべるようにして集ってきて、川祭の頃、年寄たちがよく話す。

「やっぱり春の彼岸の頃じゃもん」

「ほんなこつ。虫出しの雷さまの鳴らしたあと、夜《よ》さりになれば、ひゅんひゅん、ひゅんひゅん鳴いて、もうあのひとたちの団体組んで下らすとの、賑やかなもんばい」

「やっぱり春の彼岸じゃなあ、下らすとは」

「小鳴《さな》り聞いておれば、賑やかなもんばい。そりゃもう、ひとりふたりの人数じゃなかもん、あのひとたちの声は」

川の神さま方は、山の神さまでもあって、海からそれぞれの川の筋をのぼり、村々を区切って流れるちいさな溝川に至りながら、田んぼの畦などを、ひゅんひゅんという声で鳴きながら、狭い谷の間をとおってにぎやかに、山にむかっておいでになるが、春の彼岸に川を下り、秋の彼岸になると山に登んなさるという。年寄たちは声をひそめ、お通りの声に耳を澄まして小鳴り聞き、どぶろくを呑んだりだんごを食べたりして、ことなくお通りが済むよう、ちいさな祭を部落ごとに行うのである。川祭は、春の彼岸ははじまりの日に、秋の彼岸は、醒めの日に定まっていて、年二回、主に女たちが主催して行うのだが、部落ぜんぶの家をまわり持ちで、その年の祭に当る家の主婦たちは、どぶろくを仕込んだり、煮〆用の里芋や芋がらや、こんにゃく玉のいいところを、日常は使わずに残しておいたり、だんごやおはぎを作ろうとおもえば、盆ささげという小豆の種類を、その日のためにとっておいたりするのだった。

女たちの祭の宴がたけなわになり、三味線太鼓が鳴り渡ると、部落の男たちが落ちつける筈はなく、一人寄り、二人招びにやり、ついには集り寄って底抜けの歌踊りになる。

「ああ、こんだの川祭は、えらい賑おうたなあ」

という話で、次の川祭が来るまで村の気分が保てるのだった。賑わないと、

「あっちの部落じゃ賑おうたげなが、うちの川祭は、いっちょも賑やわせる者《もん》のおらんじゃった」

と淋しがる。村のいくつものちいさな祭に、「賑やわせる役目」を、おのずからそなえている人間たちが必ずいて、その人間が、長病みの死病にでもとりつかれると、部落のものたちは見舞にゆく。

「ああ、あんたが来てくれんば、川祭もいっちょも賑やわん。早うようなってくれて、今度こそ、賑やわせて貰わんば」

たとえ口の見舞だけでも病人には利くという。田畑の収穫と海から揚がる最上のもので祭られて、海と山と川と暮らしが、不可分のものとしてそのように続いていた。

女たちは、川という川のぐるりに洗い場を持ち、そこに集って来ては米をとぎ、唐藷を洗い、大根、菜っ葉、漬物類を洗いすすぐ。茶碗や鍋釜の尻をみがき、少し下ったところで赤んぼのおむつを洗い、そのまた少し下流の、田んぼにひく水門のほとりで肥桶を洗う。川というものを神聖視し、「三寸流れりゃ清《きよ》の水」といって朝起きの口をも浄《すす》いでいた。

「洗いそそぎは川でせろ」

洗うとだけいわずに、そそぎとつけていうのは、浄めるという意味であったろう。川のほとりや海のほとりの「井川」に榊《さかき》の木を供え、注連縄《しめなわ》を張って祭るのは、そのような村の心によっていた。

川の神さまがひゅんひゅん鳴いて、村々の小さな谷という谷を伝って川に下んなはるという「夜さり」の雰囲気はひどく神秘的だった。わたしは年寄たちの話に息をひそめ、幼い畏怖をあらわして小鳴り聞いていた。子どもたちのそんな顔を眺めて目を細め、神さま方の賑やかな声をききとるには、まだまだ、お前どもは年が足らん、年が足りてくれば、聞えてくるもんぞと、年寄たちはいう。いつの日にか、愛嬌を帯びた気配の神さま方の声を、きっとききとれるようになりたいとわたしは思っていた。山から谷を伝って川に入り、そして海に入る神さま方の、もう一方の分去《わかさ》れは、秋の彼岸ごろまで山にとどまり、山の神さまをつとめ、次の彼岸に入れ替らす、というのである。暑さ寒さも彼岸まで、というとおり、南国だとて彼岸がくるまでは囲炉裏をたいていて、囲炉裏の煙も、御馳走のうちだと目をしばたたきながら、老婆たちは祭のお伽をする。そのような年寄たちの話のあいまにおそるおそるきいてみる。

「川の神さまは、どげんひと？」

「うん」

「こまんかひと？　ふとかひと？」

「うーん、こもうもならす、ふとうもならす」

「河童《がわつぱ》な？」

「しーっ」

「山童《やまわろ》な？」

老婆たちは口に指を立てて首を振る。

「神さんな、見ちゃあならんと」

このような夜のためには、煙の少ないどんぐりの大木をくべてあるのだが、とくべつに肉の厚いどんぐりの木の皮が、赤い熾《おき》になって、耳だけになっているようなみんなの目の前でぐゎらりと反りかえり、熾と熾との間に青い炎が立つ。すると、しゃがれた優しいしわぶきの声が、えへん、えへんと納戸の奥からして、おもかさまが、

「もう、からいもの焼けたごたるばえ」

という。

「あら、めくらさまに教えられた」

婆さまたちはそういって、熾の下の灰をさしくべ用の木の枝でかきいだす。炎がくずれる灰の下から、ふうわりとうすい皮になって焼けた紅がらいもが、三つも四つも出て来て、いい匂いがするのだった。

やまももの実が熟れるころは、梅雨のさなかが多い。歯朶の若芽が胸にも頬っぺたにもこすれて来て、濡れた山の匂いが、身体に染んでくる。松の幹から滲み出ている蠟色

の脂《やに》は、とくべつの匂いを持っていた。杣道は落葉の重なりでふわふわとして、きのこがもえ出るような匂いが立ちこめている。そんな杣道の上に新しい松の葉が、年中ふりつもる。山の表土というものは天然のしとねのようにやわらかだった。

老婆たちの、口に指を当てるおまじないにもかかわらず、山の神さまというものは、川の神さまになったとき、お尻の巣をとってゆくあの人たちだとおもっていたから、山の神さまの祠のそばの、白い実の成るやまももの大木に登るときは、祠にむかって二重三重ていねいにおじぎして、足の間をすぼめながら登るのである。小枝にひっかけたちいさな花籠が、ほのかな桃いろの、白やまももの粒々で、三分ぐらい埋まったら、もう胸が早鐘をうって来て、すべり下りては逃げかえる。

原生林の突端の山なのだが、小さな女の子なので、へくそかずらや、くゎくゎらの蔓が、おかっぱを取ってひっぱるけもの道を、横歩きしたり這いくぐったり出来るのだった。大人のゆけぬけもの道や磯の上を、子どもであるゆえ行ってしまうことがある。そのようにひとりあそびしている途中の子どもを山中にみて、山童《やまわろ》の化身だと大人たちは思うのかも知れなかった。山童の姿は見えないけれど、松の巨い幹の間や、やまももの葉のどこまでも重なりあう暗いしげみや、茱萸《ぐみ》の木の枝の間に隠れていて、畏れぬわけにはゆかなかったが、子どもたちをいつも引きつけていた。祠の前のちいさな広場のぐるりには、山一番の巨大な松の木が雷さまに打たれ、よじれながらひきさけていたりして、そこがまさしく神域であることを如実にあらわしていた。

梅雨の雨が霧のようにしぶく山中だとて、子どもたちはいとわない。山の木の実のさまざまというものは、それほど小さなものたちの魂をよび寄せる。サセッポの実や、くわくわらの実や、野葡萄の実などというものが「山のあのひとたち」つまり猿たちや狸や狐や、山童たちをも呼び寄せるように。

「山に成るものは、山のあのひとたちのもんじゃけん、もらいにいたても、慾々とこさぎ取ってしもうてはならん。カラス女《じよ》の、兎女《うさぎじよ》の、狐女《きつねじよ》のちゅうひとたちのもんじゃるけん、ひかえて、もろうて来《け》」

おもかさまがささやくように、いつもそういう。まだ人界に交わらぬ世界の方に、より多くわたしは棲んでいた。

霧雨が豪雨に変れば、岬の中腹のけもの道は、たちまちちいさな細い流れになって走り下る。その流れを半分泳ぎながらすべり下り、磯の上に出て、渚伝いに帰れば迷うということはなかった。狸《たぬき》の仔のような本能で、山茨や茱萸の樹の棘のしげみに出没していた。あけびの実を齧《かじ》って食べる「あのひとたち」の仔のような鼻つきになるのが自分でわかった。

山の稜線や空のいろが虚空のはてに流れ出したり、そびえ立つ樹々の肌が、岩より硬く大きく割れだしてみえる日に、そのような世界の間を吹き抜けてゆく風の音が、稚い情緒を、いっきょに、人生的予感の中に立ちつくさせることがある。ことに全山的に咲く花々のいろや、その芳香というものは、稚いものを不可解な酔いの彼方に連れてゆく。

春の山野は甘美で不安だが、秋の山の花々というものは、官能の奥深い終焉のように咲いていた。春よりも秋の山野が、花自体の持つ性の淵源を香らせて咲いていた。女郎花《おみなえし》、芒《すすき》、桔梗《ききょう》、萩《はぎ》の花、葛《くず》の花、よめなの花、つわ蕗の花、野菊の花。そのような花の間に名も知れぬ綿穂を浮かせたちいさな草々がびっしりと秋色をあやどり、それらが全山に開花してゆく頃になると、空はいよいよ静謐に深くなる。山の中腹の萩や葛の花の下にもぐり込んで横たわり、彼方を仰げば、花頂をはなれた全山の綿穂や花粉がいっせいに、きら、きらと光りながら霧のようにただよいのぼり、山々の姿が紗をかむったようにゆらめいているのを見ることがある。山野が放つ香気のようなものが目に見えるのである。稚いものにはそのような山野の精気は過剰すぎ、ある種の悶絶にわたしはしばしばおちいった。光りながら漂う花粉とともにわたしの感覚は山々をめぐり、それは早すぎる官能の告知ともいうべきで、空のはたてに離魂しているような酔いからようやくさめて、とんびにさらわれたような目つきになって帰るときを、たぶん、ものごころつく、というのででもあったろう。


土方殺しの梅雨がやってくると、父の亀太郎は仕事にゆけなくて、山の神さまのそばの杣道を通って磯に連れてゆく。

「ここば、ずうっとゆけば、どこさねゆくと?」

背中におんぶされていていう。

「勝崎《かつさき》ケ鼻たい」

「そこからまたずうっとゆけば、どこにゆくと？」

「ナガオトシに出るとたい」

「そしてまたゆけば？」

「湯《ゆ》ノ児《こ》たい」

「ふーん、松太郎さまと、おきやさまのおらすところ？」

「うーん、あそこで事業の工事ばしよっとぞ、松太郎じさまもみんな」

母方の祖父のことを父は松太郎殿《どん》とか松太郎じさまと呼んでいた。おきやさまとは、祖父の「権妻殿《ごんさいどん》」のことだった。

「そこからまたゆけば？」

そこからまたゆけば、そこからまたゆけばとわたしは父の耳にいう。

「いちばん先は、どこ？」

「いちばん先までゆこうには日の昏《く》るっと」

「日の昏れてから先までゆけば」

「夜の明くっと」

「夜の明けてから先は」

「まだまだ、陽《ひ》いさまは先までゆかすと」

陽いさまのゆかす先まで行きたいとわたしはいう。

「いちばん先まじゃゆかれんと」

「なして」

「命の足らんと」

わたしはだんだん、悪いことをきいているような気になってくる。

「一、二、三、四、五、とかぞえてゆけば先はどこまであると？」

「百、千、万ちあると」

「万の次はなん？」

「億ちゅうと」

「オクの次は」

「兆」

「ちょう？　ちょうの次は？」

「うーん」

「いつおしまいになっと？」

「しまいにゃならんと」

終らないということをきいて、うしろの山がみるみるふくらんでくるように恐しくなり、わっと背中が重くなる。そういう子どもをおんぶしている父の背中はもっと重いにちがいない。わたしはまたそれがおそろしくて絶句してしまうのだ。

岩と岩の間のはるか下方で、めずらしく荒れる梅雨の波が、ざぶんざぶんと、高いしぶきをあげている。背中を小さな躰でゆすぶられ、「それから？　それから？」といいだしたが最後、夜中でもあけ方でも、どこへむかって歩き出すかわからぬ魂のおかしな娘だったから、岩の上に下ろした子に、亀太郎は「巻貝取《びな》り」や海のもののことを教えるのだった。かきがらや、海ほおずきやてんぐさや、つのまたが生えて、つるつる濡れている大きな岩を、うんうんいいながら抱きおこして横にしてみせる。

「ほら、いま、ころころ、ひっちゃえた、ひっちゃえた。ほら、ころんころん、ひっちゃえた。これが、ころんびな。これがころんびなぞ。人間の来っとば知っとるけん。みっちんが来たで、ひっちゃえた。足の音ばきいてひっちゃえた。ほら逃げた、また逃げた。ほら追っかけろ、ほらつかまえろ。ほら、早う拾うてしまえ、ほら、しょうけ（竹籠）に入れてしまえ」

「ほら、みっちん、このよな長雨のくる梅雨どきのびなは、浮きびなちゅうて、三つ児でん採りやすか。はよ採れ、ほら」

亀太郎は、潮の「干しこかした」渚の、岩のひとつひとつの前にかがみ寄る。

「ほら、もぞらしかもんの這うとるぞ。嫁が皿ちゅうとぞ。ままんごの皿に、ちょうどよかわい。手早う採らんば、いやじゃちゅうて岩にしがみつく。こういうもんは、かきうちで、ひとこね、ちょっとこねおこす。ほら、また落ちた。ちょっとこねおこす、ほら、また落ちた。ほら、またいっちょ、またいっちょ。こりゃあ、あわびの性《しょう》をした生きもんぞ。星さまの皿んごたる。こるが嫁が皿ちゅうもんじゃ」

海のものはことごとく食べられる。ただ、「うし」という名の、海鼠《なまこ》と、くらげの化物のような軟体動物は食べられぬ。

「こういうものは、いくらなんでも食うてみたもんはおるめゃあぞ。海のみみずも、魚共は喜んで食うが人間な食わん。こういうもんは焼酎の肴にゃならんし、みっちんも食わん」

と教えるのだった。

「海に生える草というても、陸《おか》の上の草とおんなじぞ。藻と、鬼あおさと、ほんだわらと、ウソこんぶは食われんが、海の草に食われんもんはごく少なか。まあ、食われん草も陸にあげて、雨に打たせて、くさらせれば、唐藷のこやしに一等じゃけん、海の中に失《う》したり者ちゅうのは、なあんもなかが、人間の失したり者ちゅうのが一番困ったもん。こら、みっちん、みっちんな、失したり者か？　こら」

岩をまたもとのようにごろりとねかせ、その岩にならんでかがみこんでいる娘のおでこを、岩垢や砂粒のついた土方の指で、ぱちんとはじく。

「こら、でこちん。このでこちんにゃ、なんの入っとるか？　こら」

こんどは、鼻の頭をぽんとはじく。

「うふん」

父の指には濡れた貝類の甲羅の匂いや海草の匂いがして、鼻先に砂粒がぱらぱら落ちる。

「ごんさいどんち、なん？」

亀太郎は娘の鼻先をはじこうとしていた指の、持ってゆきどころがなくて、瞬いた自分の目の下をこすってしまう。

「ごんさいどんちゅうのは、その、……松太郎殿《どん》の嫁御は、本当は、みっちん家《げ》のばばさまなるばってん、ばばさまの気の違うてしまわいて、しんけい殿になってしまわいたけん、もういまは、ばばさまの替りをせらるひとじゃ」

「ふーん」

その祖母のおもかさまは、いつも、

「しんけいどーん」

と子どもたちから、町や村の辻々で囃《はや》し立てられ、石のつぶてが、彼女をめがけて飛んできたりした。彼女は自分の影のようなちいさな孫娘のわたしをうしろに伴っていたり、あるときは、ちいさなわたしの曳いている影が、そのような祖母の姿でもあった。おもかさまは、自分ではもうけして櫛目を入れなくなっている白髪を、盲《めし》いた顔の前や背中に垂らしていた。着せても着せても引き裂いてしまう着物を藻のようにぞろ曳き、青竹の杖で、覚つかない足元を探りながら歩いてゆくのだが、ときどきその杖をふりあげては天を指し、首かたむけて何事かを聴いているが、盲いたまなこに遠い空の鳥を見ているように、よろめいてゆくのだった。

左の足は繊《ほそ》くてしなやかだった。右の足はでこぼこの象皮病にかかって異常に肥大していた。いつもはだしで漂浪《され》くので、しょっちゅう生爪をはぎ、彼女がたたずんでいたあとの地面が、黒々と血を吸って、こすれたような指の筋を曳いていることがよくあった。

「おきやおばん」

と、なにやら意味をこめて称《よ》ばれるそのひとは、湯ノ児温泉を拓くための事業先に、祖父と世帯を持っていた。湯ノ児の湯の神さまのそばの「拓《ひら》きの事業」の飯場に母の春乃と行くと、このばばさまは、

「よう来なはりましたなあ。さあ今日はみちこしゃんにごっつしゅう」

といって男衆を呼ぶ。

「どの舟からなりと、よか鯛ば揚げて貰うて来て下はる。みちこしゃんの来てくれなはったけん、ごっつしゅう」

いつもぴかぴかに磨きあげてある鉄のちいさな羽釜に、湯の神さまから温泉を汲んで来て、その湯で飯を炊く。その間には土方の男衆が、ぴんぴんはねている大鯛を手にぶらさげて来る。

「よかあんばいの鯛のありました」

と目を細め、紺無地の、裾まである前かけをしめながら、男衆が、青光りしている鯛のうろこを威勢よくはいで刺身ごしらえにかかるのを、肴鉢に盛りつけるのである。それから箱膳をととのえて松太郎を呼び、春乃とわたしを坐らせておじぎする。

「今日はみちこしゃんがご正客であんなはります」

それから紺の前かけを外して、ひと膝ずつ進んできて、左手で右の袖口をしぼるようなしぐさをして御飯をよそってくれるのだった。湯気の立っているごはんの上に透きとおった厚い刺身を四、五枚のせ、鉄瓶の口からお湯をしゅうしゅう噴き出させて、琥珀色の「手醤油」を垂らして蓋をする。

「今日んとはとくべつ、よか鯛の魚《じじ》でござすばい」

きれいに染めたおはぐろの歯と、きれいに染めあげた髪に櫛目を立てていて、藤色縮緬《ちりめん》の半衿《はんえり》の頸を傾けてさしのぞく。

青絵のお碗の蓋をとると、いい匂いが鼻孔のまわりにパッと散り、鯛の刺身が半ば煮え、半分透きとおりながら湯気の中に反っている。すると祖父の松太郎が、自分用の小さな素焼の急須からきれいな色に出した八女茶をちょっと注ぎ入れて、薬味皿から青紫蘇を仕上げに散らしてくれるのだった。

拓かれない前の湯ノ児温泉には、船宿めいた「夏屋」というのがまだ一軒、天草から渡ってきていて、祖父とは親子のような交わりをしていたが、雑貨小間物屋のちいさな中村店《みせ》というのが一軒あってそのわきに、祖父の飯場は床を高々ととり、「拓きの事業」はまだまだすすんでいなかった。いまの「三笠屋」の先代がそのあと天草からやって来たのだが、後年この三笠屋は、水俣病事件が起きるとともに、チッソの専用旅館となり、水俣病患者対策に、印象的な役割を果たすようになってゆく。

はじめは石積み舟の使いふるしに汲み入れて、付近の村の人たちや、漁師たちが入っていた岩の間の温泉を、すこし陸の上にひきあげて、中村店のわきに建てた飯場の下に湯壺を掘って、湯の神さまの湯壺から温泉を引いてきて、土方衆たちもそれに漬かるようになっていた。

「ここばずっとゆけば、湯ノ児にゆかるっと?」

「ゆかるっと」

「ゆこい、湯ノ児に」

そのときわたしが漠然と感じていて、行ってみたかったのは湯ノ児ではなくて、いちばん先の方、つまり毎日毎日一生かかってずうっと海の岸に沿い、どこまでもどこまでもゆけば、海のつきるところ、山のつきるところ、つまり、たぶん地平の涯までゆかれるにちがいないというおもいであった。

「今日はゆかれんと。もう日の昏るるけん」

亀太郎は、あいたまた、この子の病気のはじまったと思うのだった。途方もない困惑にわたしはわたしでとらえられてくるのである。満ち寄せてくる渚の岩の間にぺたんと坐りこんでしくしくやりだしたが、果ては足ずりをしておいおいと泣きくれるので、観念して娘をおんぶする。

沖の天草の上を雲が覆ってくるのを見あげながら「えらい困ったこてなった」と呟き、

帯のなかけんようつかまっとろうぞと亀太郎はいい、磯の岩の上を伝い歩きはじめるのだった。

父の背中から見下ろせば、その足元のはるか下方の小暗《おぐら》い岩窟の洞の中に、どろどろととどろきながら、打ち寄せはじめている波のありさまは恐ろしかった。父も命がけ、背中の娘も命がけである。

岩の上にさし出た磯榊の枝や、ちんちく竹の根につかまったり、岩盤をからめている松の根によじのぼったり、岩と岩の深いさけめを、父娘とも呼吸をととのえて跳びわたるとき、背中にしがみついたおかっぱが磯椿の枝先にゆさっと触れて、重い紅い花壺が、まっすぐ波のしぶきの中に吸いこまれてゆく。

湯ノ児の飯場にたどりついたときはどっぷり暗くなり、

「半日の間に金玉のひきあがるような難儀ばした。えらい目に逢うた」

亀太郎は後年までそう云っていた。

大崎ケ鼻から、ふつう湯ノ児へゆくには山径を迂回してゆく道があったのだが、磯へ降りてからその山径まで登りつくさえ小半日かかる。後年、湯ノ児道路は山を横切って迂回するのと、海岸を迂回するのと出来上るが、その頃までは、「牛がとおる」と名づけられた道などがその間にあって、人間ひとりずつ通れるほどな古道を伝って往き来していた。磯伝いにゆくのは、潮が満ちてからは大の難行なのだが、亀太郎が三つ子にせがまれて、それを決行したのは、ひとつには、娘のそんな病気に、荒療治をほどこすつもりもあったのだろう。おんぶされてゆきながら、わたしはすでに後悔し、息を小さくして恐縮しきっていた。それはたぶん、無限世界にむかって歩きはじめたおぼつかない魂が、この世の有限を知りはじめた最初の旅のごときものであった。

「空の星さまがいったいいくつあるのか、浜の真砂《まさご》というものが、いったいいくつあるのか、しんじつのところ、勘定しきれたにんげんは、よもおるみゃ」

亀太郎が、お寺の坊さまのようなものいいをするときは、たいがい焼酎に酔っている。

「それとおんなじように、地の涯やら、海の涯、天の高さをきわめたにんげんの話というものを聞いたことはなか。まあ坊さまは、この世は無間地獄と申さるるけん、こういうかんじょうを始めようと思うても、かんじょうしきれんうちに、たいがいくたぶれて、死んでしまうけん、それでおしまいた」

その頃からわたしは、「かんじょう」というものをおそろしがる病気にかかっていた。そのようなきっかけになるのは、たいがい家族と土方衆が集まる晩飯のときである。

「九十九万九千九百九十九の次は何か、いうてみろ」

と亀太郎がいう。手にあまる大きなお椀からおつゆをこぼしかけ、わたしはへきえきして呟く。

「百万」

数というものを覚えかけてみると、大人たちが面白がって、もちっと数えてみろ、もちっと数えてみろという。数えてゆくうちにひとつの予感につきあたる。たぶんこれはおしまいという事にならないのだと。どだいそのように初歩的な数ならべなどは、五、六十銭の日傭とり人夫の日常世界には無意味なのだけれども、親バカと焼酎の肴に思いつくのである。娘にすれば親のために答えてみせねばならなかったが、いったいいくつまで数えてみせればおしまいということになるだろう。数というものは無限にあって、ごはんを食べる間も、寝ている間もどんどんふえて、喧嘩が済んでも、雨が降っても雪が降っても、祭がなくなっても、じぶんが死んでも、ずうっとおしまいになるということはないのではあるまいか。数というものは、人間の数より星の数よりどんどんどんふえて、死ぬということはないのではあるまいか。稚ない娘はふいにベソをかく。数というものは、自分のうしろから無限にくっついてくる、バケモノではあるまいか。

一度かんじょうをはじめたら最後、おたまじゃくしの卵の管のような数の卵が、じゅずつながりにぞろぞろびらびら、自分の頭の中から抜け出して、そのくねくねとつながる数をぞろ曳きながら、どこまでも「この世のおしまい」までゆかねばならぬ直感がする。わたしはすっかりおびえて熱を出す。親たちはそれを知恵熱という。ねむっている間も、数のおたまじゃくしがぴらぴら追っかけてきてうなされる。けれども、

「かんじょうしきれぬうちにくたぶれて、死んでしまうけん、それでおしまいた」

焼酎呑んだ亀太郎の言葉から、死はたぶん必要な安息であると、四つや五つの子でも納得がゆき、そのうち、かんじょうするという脳の作用は幸いに全面停止した。

以後は二ケタ以上の数を足したりひいたり、かけたり割ったりすることにも拒絶反応

が起きてきて、はては数字そのものを目にするやおのずと消去作用がはたらくようになってきた。たぶんかのバケモノ退治のための、自然の治癒法がおのずからはたらくようになったというべきで、それからのちというものは「かんじょう」をするということは、まったくない。そのときどきのひとさま任せで、不自由を感じたことはないのである。けれども、無間地獄というのはそのように初歩的なことからはじまるのだろうから、その次には、諸関係の不思議というものがすぐにやってきた。それはにんげんのみにかかわらず、猫や虫や鳥や馬牛や、つまりは生類世界のことがらに関していて、なかでも不思議の最たるものは、自分というものである。

人間死ねばみんなおしまいになるのだと、亀太郎は酔っていうけれど、お寺のお坊さまは、更に生まれ替ってくるとおっしゃるのである。その両方に真実があるようにおもえたが、生まれ替ってくるものならば、いまいる自分というものは、いったい誰なのか。前の生《さきしょう》とはなんなのか。

親類の年寄たちや近所のおかみさんたちがいう。

「おきやばんな、前の生か、後《のち》の生じゃ、けだもんばい。畜生ばい、ありゃあ。おもかさまを、あのような目に遭わせ申して」

「前の生のけだもん」とは、どういう生きものの姿をしているのか。

大人たちの話で聞きとりはしていても、どういう姿をしているけだものかと聞きただすには、幼な心にもタブーであるらしいことはわかるのである。犬畜生だというものもいたが、だとすればその犬畜生の心というものは、なんと悲しいものではあるまいか。たぶんそれは大切に飼われている犬猫ではなく、あの「盗人犬《ぬすといん》」「盗人猫」とよび捨てられ、熱湯をぶっかけられたり、「猫いらずをごちそうになってきて」血反吐《ちへど》や泡ぶくを口から吐いて死んでゆく、道ばたの犬猫たちの類にちがいない。

天地の間にゆくところもなさそうな、めくらで神経殿《どん》の、祖母の姿もあわれのかぎりながら、身じまいのよい「おきやばん」にも、わたしはことに煩悩かけられて、可愛がってもらっていて、そのひとが畜生の化身だと聞かされては、しげしげと衿足のうしろから、おかっぱかたむけて見ていると、この世は凄惨で息をのまずにはいられない。

そういうときあの、浜の源光寺に来るひげの濃い坊さまのお説教顔が、はったとのり出すように浮上してきて、わたしの中の「衆生たち」を見渡しながらいう。

「地獄極楽はあの世にあるとゆめゆめおもわれまいぞ。

この世の闇というものは、あの世の暗闇ではありませぬ。じつは、ここにこうして仏さまの前に手をあわせ、南無阿弥陀仏ととなえておらっしゃるお前さま方、このわれわれ衆生、このお前さま方の心のうちの餓鬼が見ておる、日夜の心の闇が、その地獄でござりますぞ。

地獄はあの世にあらず、この世にこそある。な、心おぼえがありましょうがな。よくよくおなご衆はおのれが心に手を当てて、考えてみられませい。

一家のうちには嫁姑、小姑、という鬼がおる。小姑ひとりは鬼千匹と、昔の人はよく申しました。あるいは一家のうちに、本妻、権妻、という蛇《じゃ》とへびがおったりする。このへびと蛇どもがたがいに心のうちで喰ろうたり喰われたり、夜もねられずのたうちまわって、呪えば呪い返される。心の闇の中をよくよく見ればおそろしい餓鬼道の世界にほかならん。身におぼえがありましょうがな？　ことにおなごの衆というものは生まれながらにして三千世界に家なき身、行って定まるところはお念仏しかない。きょういまここで念仏をとなえても、帰りがけにはもう、ひとの悪態をつき、憎いもののことが心に浮かぶ。よろしいかな、そのような風では、いまここに参られた信心も、ウソの皮、南無阿弥陀仏も空念仏。お前さま方の心にある無間地獄は、そよろともいたしませぬ。しかし、まことの信心信仰というものは、そのような地獄からこそ、這いあがることと心得られよ。仏さまの広大無辺のみ心は、一切衆生をそのまんま、お救い下さるものでありまする。

心の蛇《へび》が、おのれの胸にかま首をもたげてきたならば、そのときこそ一心に忘れぬように、お念仏をとなえられよ。お念仏の力で、わが心の餓鬼や蛇《じゃ》を退治されよ。こんにち只今から、そのおつもりで、念仏申されれば、極楽浄土の道も、開かれましょう」

高い台座の上の分厚く大きな紫金襴の座ぶとんの上で、金泥色の美しい袈裟《けさ》をしゃらりと音させて袖からひきあげ、お坊さまは大きな目玉を瞑目させて手をあわせ、あらためて居ずまい正されるのだった。

「南無阿弥陀仏、南無阿弥陀仏」

荘重に数珠の音をさせながらそうとなえると、餓鬼やら蛇やらを影身に添わせているらしい善男善女たちは、口の中に含んでいたりする糠のついた米飴などを、あわてての みくだし、ハッと精根をつけられたように坐りなおす。そしていっせいに、

「ああ！　なんまいだぶつなんまいだぶつ」

と合掌してとなえるのだった。朦々とした熱気が、お線香の煙のあいだに立ちまよい、御堂の奥の仏像たちがおおきな円柱の蔭に、幾体も見えかくれして、金銹《かなさび》いろの光背《こうはい》が幾重にも影をさし、その奥はうかがいしれなかった。

春の彼岸会《ひがんえ》のお寺の前には、屋台がけの飴菓子屋や綿菓子屋、お線香屋や数珠屋がならび、ひとびとはナフタリンの匂いのする「お寺着物」をちゃんと着ているのだった。重箱の中に、油揚や昆布や里芋人参のお煮〆や、胡麻塩のきいた握り飯をつめたものをそれぞれ風呂敷に包んで下げている。わたしも春乃におんぶされて彼岸まいりにゆくのだが、お尻の下でその母の手が、重箱のつつみとわたしのポックリ下駄の鼻緒をいっしょに握っているので、カタカタと音がしておんぶされにくかった。

長いお説教がすむと、ひとびとはお寺の石段を降りながら、嘆息をつく。

「あーあ、ほんに、今日のお説教はまこてありがたかった。今日の坊さんの唱えらすお念仏のお声のよさよさなあ。この前ききにいた軍談語り殿《どん》より、今日の坊さまの方が上じゃった」

「はい、まこて。顔もな、こっちむいてにらみなはったときゃ、目玉の松ちゃんのごた

ったよ、溜息の出た」

石段を降りかける人波の間から悲鳴があがる。

「下駄のなか！　下駄の無《の》うなった！」

「誰が履いて行ったろか、わたしの下駄ば！」

「まあま、お寺にまいったその足で、ひとの下駄ばつっかけて帰ったもんの、おっとばい」

「ああ、新しか下駄じゃった。帰られん！」

「まあ、待ってみなはりまっせ、履き残しの下駄のあろうもん」

人波はしばらく下駄騒動のあたりで割れたりわだかまったりして引いてゆく。履き残しの古下駄が一足、五、六段ある石の段の下に残り、下駄をとられた女房を中にして、連れのひとりが、情けなさそうにそれをつまみあげる。

「新しか桐下駄の、水色の鼻緒しとったて。こげん汚なか下駄と履き替えてはってまあ」

どういうお念仏をとなえて帰った人じゃろうかい、といいながら、恨めしそうに、片足の土ふまずを、汚なくすり減っている下駄の上に持ちあげて立っているが、しかたなくそれをつっかけつっかけ、寺の門を出ながら呟いて、

「帰りに下駄屋で買い替えてゆこ」

寺の門前から永代橋を渡れば下駄屋もあって、彼岸会のころ、八幡祭のころ、盆や二

日正月の初売りの晩方は、その下駄屋が繁盛した。

父の背中におんぶされていてひろがる世界は、山川や海や、天地のことにぞくし、母の背中におんぶされていてつながる世界は、人界にぞくしていた。それでいて不思議なことに、世俗のことに関しては、母の春乃は無知をよそおっているのではないかと思えるほど、柳に風のごとくにこれをやりすごしていたが、一生泥酔してこの世をみていた父の心眼の無念のいろは、やはり人間世界に関することのように思えるのだった。おきやさまのことといい、祖母なるおもかさまのことといい、彼岸会の無間地獄や三千世界とは、どういうことなのか。そのような世界がもしあるとすれば、いまわたしがたしかにいるところは、どうやらそのような世界なのにちがいなかった。

　自分というものはいったい何の生まれ替りなのだろう。いまは自分だとおもっているけれど、ひょっとして、犬の生《しょう》かもしれず、めめんちょろの生かもしれず、おそるおそる自分の手足を眺めてみたりする。――茅《かや》でひっかいたような目えして、おひなさまの手えのごつ小《こ》うまんか手えした、赤子じゃったわな、と大叔母たちがいつもいう。足の先をこわごわ見てみるが、まだ猫の毛も、犬の毛も生えておらず、ひょっとして尻尾があるかとからだをひねってうしろを見るが、まだ生えている工合でもない。けれども自分にそう見えているだけで、仏さまの目からごらんになったならば、なんの生かは、まる見えになっているかも知れなかった。

　いまいるこの世はひょっとして、まだ生まれ替らぬまえの前の生か、それとももう後の生ではあるまいか。そのようなおもいにとりつかれるのはまた秋が来て、山の畑のぐるりの女郎花や萩の乱れ咲く中に屈みこんでいたり、岬の上の山の神さんのやまももの樹々の中にいるときである。梅雨の頃は、やまももの実がびっしり熟れていて、そのような成り物の樹には、山のあのひとたちがおんなさると教えられていれば、ちっとばかりいただきますとことわりはしても、この界隈は、そのような大樹が十五、六本もあってそれだけで森をなし、どの樹に、あのひとたちが登っていらっしゃるやら、おどろおどろしくて、自分で編んだちいさな藁《わら》の籠にほどほど貰うと、あとは有難うございましたと口の内にいうが早いか、すべり降りてくるのである。けれども実の成る時期がすぎた秋の山は、もうひとつ先の山の絶壁に、弟とわたしだけが見つけて知っている、大切な蜜柑の祖《おや》の木と、ここかしこに散在して野葡萄とサセッポの実があるばかり、実の成る大きな樹々の間は、からりと空いていて、あのひとたちもあくびしていたり、寝そべったりしている気配なのであった。そのように感じるのは、秋になると、ことに静謐になる山の空気のせいかもしれなかった。松葉をかきにくる人びとが、時折供えておくかわらけのお神酒《みき》が澄んでいて、ちいさな落葉がひとつ浮いている。わたしは安堵して、重なっている落葉の上に鼻をつけてみて、ころんと横になってみるのであった。すると、朽ち葉の香りのする土のふわふわが、髪の地肌や背中に触れてきて、ひとみをこらせば顔の先の女郎花の黄金色が、ぱあっと蒼《あお》ばんで散り広がり、世界が一瞬入れ替るような空のいろに見えたりした。

自分だとは気づかないほんとの自分は、誰のところに行って生まれ替るのか。自分の生まれ替りのどこかの誰かとは、一生のうちにどのように相逢うことが出来るのか。それは今までに逢ったうちの誰なんだろう。もどかしいようななつかしいような、せつなくなって躰を起し、あたりを見渡せば、木立ちの裾を燃えたたせながらあかあかと彼岸花の群生が、山畑《こば》の拓きの縁を経めぐり林の奥に綴れ入っている。いのちの精が炎え立っているようで、わたしはあのひとたちの気配とまじわりながら、草の穂などを噛んでいるのだが、山童《やまわろ》の姿などはやはり見えないのであった。秋のつばなは、しるしばかりの味がしたが、野葡萄やサセッポの実は、渋い酸味を舌の上に浮かしていると、のどの奥がちりっとするような甘味が湧いてくる。笹の葉や松葉を噛むと鼻先がきゅんとして、兎や猿の仔になったような気がしていた。

どんぐりの実がコチンと頭に落ちて来てわたしはびっくりする。それでうつつの世界に目がさめたわけでもなくどんぐりの笠を拾い出す。叔母のはつのがきりょうよしで、「手がかのうて」、秋になると山畑のへりからどんぐりの笠を拾って来て、どんぐり雛をつくってくれるからである。残り布を集めてはその中に、豆粒よりもちいさなお雛さまを色とりどりに作り入れてその中に坐らせ、水色や赤色や黄色のリリヤンの紐をかけ、いくつもつくって吊るしてくれていた。

はつのは、赤んぼのわたしにこういうのだった。

「珍しゅう、こん子は、目のこまんか子ぞねえ。ほーら、みちこが目えは、吊《つ》ーり目。

吊ーり目えは狐ん目。ぐるぐるまわって、猫《ねーこ》ん目。

笑わんかいほら、笑えほら。笑えば、みぞ気《げ》のある子ぞ」

この叔母は、わたしの子守りをしてしまい、習いかけていた「男ばかま」の縫い方を、習いそこねてしまったのだという。叔母の裁縫帖には、着物の裁《た》ち方の図といっしょに、大正美女のイラストが上手に描いてあり、字が読めるようになってから見直したら、もっともよく描けている美女に、「九条武子姫」などと書いてあるのだった。

第二章　岩どんの提燈

どこまでもどこまでも干いてゆく不知火《しらぬひ》海の遠浅の、干潟の上のお月さまをみあげながら歩いてゆくと、この海のおだやかな波の形が、そのまま坐ったような砂丘が、限りなく広がってゆく。

爪先にひたひたと寄りなずみながら、いつの間にか干いてゆく渚に立てば、前面の天草の沖合に、漁火がちらちらとつながって明滅し、旧暦八月八朔の潮のとき、この漁火にみえる明滅は不知火とも称《よ》ばれるのだった。

水俣川の川口を下ってきて、迂回しながら右手の海岸線に入る最初の岬を、大崎《うさぎ》ケ鼻というのである。その岬の突端の岩場の、竜神さま寄りに彎曲する干潟の上の渚から、すこし山ぎわにひきあがったところに、廃船の竜骨がいつも坐っていた。

竜骨を坐らせているあたりの干潟は、そこだけ真砂《まさご》石を敷きつめていて、真砂石の下を「がんづめ」でかき分けてみると、潮吹き貝や、あさりや蛤《はまぐり》、ぶう貝、宝貝、千鳥貝、ほぜなどが出て来た。浜辺の部落では「浜ゆきじょうけ」といって、浜にゆくときの丸い竹籠を家族ひとりずつが持っていて、幼い女児用には、紅がら色や、緑や紫に染めた竹で市松模様を編みこんだ特別愛らしい籠を買って当てがってあった。男の子の中には、器用に自分用のビクを作るものがいたりして、たぶんそのような器用さは、ここらの年寄衆が小さいときから、目白籠やうなぎ籠を竹から切り集めて、小学校の二・三年生になるとつくりあげてしまう伝統によっていた。そのような籠をめんめんに手に下げて、潮どきになれば部落中が浜に出てゆくのだったが、ここらの浜辺では、朝晩の食事のたのしみには事欠かなかった。おおきな岩の集っているまわりとか、船の残骸のまわりなどには、なぜか貝類が蝟集《いしゆう》していた。岩や船板の肌に伝わるお日さまのぬくもりや、砂や小石の寄りぐあい、潟のぐあい、海の草の繁茂のぐあい、光と影のさす時間の加減、雨風や靄や霧のぐあいなどに、貝類の集散する要因があるのかも知れなかった。

亀太郎は、干《ひ》き切った潮が満ち返して来るとき、川の真清水と海の潮のせめぎあう境にのぼってくる魚をとるために、自分でこしらえたホコを持って夜漁《よぶ》りをするのに、わたしの手をひいてゆくのである。磯には危い岩場もあって、ことに夜には、岩の上に生えているテングサやフノリやツノマタが、潮に濡れていて足元がすべるから、すべらぬように、磯ゆき草履《ぞうり》をはいてゆくのであった。家々では老人たちが藁《わら》を打ち、幼いものたちにも藁の打ち方から作り方を教え、常に何足かの「足半草履《あしなか》」が編まれて、軒先に磯ゆき用として吊るされていた。新しい藁の足半草履は、文字どおり足の半ばしかないが、一時間履き二時間履き、潮に濡らしているとだんだん足のうらになじみ、危い牡蠣《かき》殻のついた岩場を渡ったりするころには、ちょうど足のかかとまでにのびて来て、磯から帰るとき具合がよかった。

父は潮の満ち返してくるとき、じゃぶじゃぶと音を立てて波とともに渚に寄ってくる魚の名を、ガス灯をさし出しながら教えてくれるのだった。エビナとは、ボラの子のことで、背中に黄色と茶色の縦縞を持っている魚をエノケというのだった。チヌの子などは、寄せてくる波はまだ浅いのに波の背に乗って、踊りあがるように上げ潮の先に飛び出してくる。そのような魚たちとたわむれながら、満ち潮に追われて陸へむかって揚がりかけ、気がつけば身近かにすうっと、あの廃船の竜骨が影をさす。

「この、ここにこうして坐っとるみっちん家《げ》の船ちゅうものは、こりゃあ、えらい働いてくれた船ぞ……。

ほら、みてみろ……。船板どもは波に呉れてやってしもうて、いまはこのとおり、あばら骨だけじゃが、舳先だけになってしもうてもこの舳先の向きの、天さね向いとる具合の、雄々しかろうが。

もとはぞ、山のとっぺんの太か松の樹じゃったが、雷さまにも逢わずに船の舳先になってきて、こうして坐っとる」

その竜骨は威厳に満ち、宙天の月を指していた。

「なして、いつもひとり？　こん船は」

「なしてち、あんまり働いたけん、憩《よこ》うとるわけじゃ。つとめのもう終ったけん」

「爺さまにならいたと？」

「うんにゃ。あんまり爺さままでもなかろうばってん……。この船はもう、うちでも五艘目じゃるけん。船の歳《とし》からすれば、えらい早うにくたぶれたもんじゃが。石積船じゃるけん、早う傷みのきた。

人間も同じこつ、この船んごつ、あばらの早う出てくる」

彼は娘の掌をとって、その目に見入りながら自分の肋骨にさわらせる。焼酎の匂いがぷんと立つ。それから、こけた、髭のざらざらした自分の頰にもさわらせる。

「みっちんが父《とと》さまのこのあばら骨は、口惜しかばってん、兵隊検査の体格検査で、丙種ちいわれたあばらぞ」

それから娘にいうでもなく独語になって、影のような苦渋がその目に滲んでくる。

「兵隊検査の丙種ちいえば、人に威張っていえることじゃなかが。頭の方は……頭の方はこりゃ、この男は丙種で落とすにはもったいなかごて優秀じゃと、検査官のいわいたばってん……この男の肋骨は鳩胸じゃあるが、なしてこう、ごろごろした珠算玉のごつして、こげんも身のついとらんかのう、頭は抜群でも、これじゃ兵隊の役にゃ立たんちいうて、背中ば打ちやらいた。白石亀太郎、一代の恥辱……。恥辱じゃが、このような躰とても、親さまの産んで呉れらいた天にも地にもたったひとつの躰じゃるけん、これでもみっちんが父親《てておや》じゃある……。撫でてみろ、ここば」

わたしはその「ごろごろした珠算玉」のようなあばらにさわりながら、その肋骨が、目の前の廃船の竜骨に変身し、夜空にそびえ立つのを見た。

座礁した石積船の底には、満ち潮につつまれたとき静かな波の底で揺りあげられるかすかな砂けむりが、すこしずつすこしずつたまってゆき、船は、干潟の上に坐りながら年ごとに砂の中に沈んでゆくのだった。船底の砂の中には、ちいさなまるい猫貝や、やどかりや舟あまめたちが這いのぼって棲んでいた。船板は波に持ちやられていたけれど、船はどっしりと構えていた。竜骨も、張り出した肋骨の部分も、潮がひいたあと乾いてしまうということはなく、もとのりゅうりゅうとした松の樹芯が潮に漬かり風を染ませ、海の靄がかかって創り出された緑青《ろくしょう》色のやわらかな苔と、潮錆のようなものをふき出させていた。

完璧な船であった時分よりも、むしろ廃船となってからの方が、竜骨は、それ自体の志のようなもので生きていた。舳先の頂点から船底にむけて、なだらかにかこいこむ曲線のあたりに、あごひげのような、陰毛のような海草をいつも下げていた。春は青海苔やあおさの類をつけ、夏のはじめになると、藻の類やひじきをぶら下げていたりする。それらの海草は、干潮のあともたっぷりと潮を含み、近寄って見あげれば、微かな身ぶるいのような風が来て、キラ、キラ、と、雫《しずく》をふりこぼすようにして霧が散る。それは天を見あげている寡黙な竜骨が、まだ充分に生きていて樹芯を反《そ》らし、絞り出している潮でもあった。竜骨は、そのような姿をして、つとめを終えてからも干潟の上に坐りつづけ、くる年ごとに少しずつ沈んでいた。牡蠣殻やヒトデや藤壺などを、いくつもいくつも自分の躰にくっつけて、ちいさな物語を編むように、それらを養っていた。

まだ若かった亀太郎は浜辺に来ると必ずこの廃船の下に立ちどまり、やわらかな潮風の流れる中で、この竜骨と入れ替るしばしの時間に、幼ない娘もつきあいながらさくら貝や猫貝などをひろっては、エプロンのポケットに入れこぼしていた。

波の面をまだ往き来していたとき、船は「くり石」や石垣用の「けんち石」や、鳥居用の長い巨石や、獅子像や地蔵さまや、墓碑用の石材をいつも積んでいて、不知火海や有明海ぞいの川べりにまで往き来していた。よい石材というものは、たいてい川の上流の山奥か海のへりにあるので、船をもやいながら川口や海岸線まで来れば、岩の肌目や色や硬度や、石の地紋がみえるので、上流にどのような岩盤の層が埋もれているのか、わかるのである。

ちいさな川ぞいの「くり石」は、出水期になると、少しずつ流れを変える川の護岸工事に使ったり、南九州にまで伸びて来はじめた鉄道工事に使われたりしていた。

鉄道工事ばかりには、同じ仲間の請負主たちが、朝鮮人を荒々と使うけん見ちゃおれん、といって松太郎は手を出さなかった。道路工事と川や港の護岸工事と、ことに石山を見つけ出すのは自分の好みでやっていたから、石工でもあり、帳づけ役の亀太郎には、ひとも船も、目の窪むおもいをする石積船の、ごとごとと荒石を積み入れるたびに舟がずんと沈みこむ重みが、いつもその細い躰にこたえていた。陸から船に渡す橋板をしなわせて、人夫の衆が、鉄のチェーンを石に絡ませ、普通の天秤《てんびん》棒よりは肉太の短いテコ棒で荷い上げて、積み入れや積みおろしをするたんびに、荒石の角でけずられてゆく船ばたや船板の生傷のごときものが、この残骸をみれば、亀太郎にはことにわが身の上にうずくのにちがいなかった。傷みの早いのは船ばかりではなく、石仕事というものは牛も馬も人も区別がなかったのである。

石方が荒石を山奥や海のへりから切り出すと出し五郎が、牛と人間とで往還端《ばた》まで曳き出して、そこに待っている荷馬車の上にテコでこね上げて往還道を運び出し、道のないところを船で運ぶのである。そのような荒石の切り出される山奥や海岸には、カッチン、カッチンと、鑿《のみ》と玄能で石工たちの石を割る音が、一定のリズムを持ちながら谺《こだま》していて、林間の奥に石山があることがわかるのだった。石を割る鑿は、石方であれば朝早くから起きて吹子《ふいご》を起し、まっかに焼けた鉄の尖《さき》を鉄敷《かなしき》の台の上に乗せて、何本も何本も打ちなおしては砥《と》いでおき、丈夫な帆布でつくった袋に入れ、それをかついで石山へ登るのである。

切り出した荒石を橇《そり》に乗せて曳き出す出し五郎の、牛にかけるはやしの声が、

「オーラッ、オーラッ！

オゥーラよっ！」

と樹間にはしり出すと、石方たちの鑿の音が止み、そのときが煙草やすみで、石工たちは煙管《きせる》をくわえながら岩盤の上にあぐらをかいて、出し五郎と牛の仕事ぶりを気遣っている。

石積船をあやつるといっても、まだ機械船はなく、櫓《ろ》か帆か棹でやるのであり、よほどに腕のよい船大工衆と、重心をとって船が傾かぬ石の積み様も瀬の在り場所の心得も、風向きの変るときの潮の匂いについても達人の船頭衆を、何人も抱えていなければやれることではなかった。櫓でやる場合には、二丁櫓から八丁櫓まであった。

「ひとりで徒然《とぜん》なかかなあ、こん船」

と娘はいう。

「うーん、ひとりじゃが」

そういって彼は煙管をとり出す。

「徒然なかかもしれんばってん、びなは這うてくるし、蟹《がね》は這うてくるし、星さまは毎晩流れ申さるし」

竜骨にくっついているヒトデをぽいと煙管の雁首ではねおとす。

「潮の来れば、さぶーん、さぶーんちゅうて、波と遊んでおればよかばってん、にんげんの辛苦ちゅうもんは……」

亀太郎はまたあばら骨をふくらましてひと呼吸すると、

「こういう船のごつ、いさぎようはなか」

という。

船と、わたしたちのいる砂丘のはるかうしろの方の、岬のふところに抱かれて火葬場があった。そこから春の夜のお月さまにむかって、夜目にもぽおっとひとすじ、山の端を抜けて人を焼く煙がのぼっている。

「ああいう風にして、煙になってしまえば、天さね昇るかも知れんばってん、煙にはまだ、なろごつはなかにゃあ。うん？　なあ、みっちん、どぎゃんか？」

煙になって天に昇るより、干潟の上に坐りこみ、見えない波にむかって走っている廃船の竜骨でいることができれば、この世とあの世のさかいは、さざ波の彼方につながっているような気分がする。

煙ののぼっている山ふところの裾にぽうっとひとつ、提燈《ちょうちん》の灯がともる。

「ほら、ありゃもう、岩殿《どん》のお帰りぞ。みっちんもそろそろ戻ろうかい。きのうの死人さんの、もう、一昼夜も経らいたけん、煙になってしまわいたろう。

岩殿の提燈の戻ってしまわれば、ここの浜も徒然のうなるわい。もう戻ろうかい」

背中をさしのべられると、娘もなにやらにわかにさみしくなってきて、

「もどろ、もどろ」

というのだった。

火葬場の隠亡《おんぼう》の岩殿は、日の昏《く》れ方のお葬式のうしろからついて行って、夜中か夜明けに、水俣川の川口の千鳥洲の、なよなよと夜も揺れている芒《すすき》の土手道を、提燈とぼして往き来していたので、その提燈が通ると、土手の向いの猿郷《さるごう》部落のひとびとは、

「ほうら、もう岩殿の帰らるけん、うしみつの頃ぞ、岩殿の提燈ぞ」

ほうら、ほうらといいながら、夜更《よさ》り泣きして泣きやまぬ子を、外であやしているときなど、背負った肩をふりむけふりむけ、芒の土手を通ってゆく灯りをみせて、泣き止ますのである。

岩殿《どん》は、無人のとんとん村にやって来た最初の住人とかで、兄者の方は、犬猫の皮をはいで太鼓三味線を自分で張って、弟の方の彼は水俣市がまだ町のころ、なり手のない火葬場の隠亡を志願して、この町でもいちばん辺鄙な避病院の手前の、千鳥洲のほとりに住んでいて、それがとんとん村の開祖だったと部落の老人たちがいう。兄者のつくる太鼓の音が、朝晩、川向うの八幡舟津部落や、洗切や浜部落にまでひびき渡ってゆき、八幡さまの宮司殿の鳴らす太鼓と、川をへだてて段ちがいの鳴り方をするのでとんとん村という名がついたのだそうな。だから、町のいちばんはずれの、墓地群やら避病院やら、火葬場のあるこの村についていえば、わたしの一家がとうとうこの村にうつることになったについて、もといた栄町の住人たちは、

「まあ、とんとんに! ゆきなはっとなあ。まあーあ」

と息をのみこむような溜息をついたのだった。

なにしろひとたび疫病にでもかかって町のはずれのこの避病院に送りやられたが最後、身内といえどもこわがって近寄らず、枕元には狐女《きつねじょ》か夢魔が出て来るばかりだったから、避病院からそのまた先の土手を、渚へつながる火葬場送りとなることはきまっていた。なんとわたしの家は、水俣でいちばんさい果ての村の、そのまたはずれの墓場と避病院

と火葬場の間の、舟納屋のような藁小屋に、栄町から移り住んだのである。

「えらい落ちぶれらいた」

町の人たちも、この村の人たちも、天草の人たちもそう云った。

わたしの家はとんとん村に来る前に自分たちの作った道路のひとつ、水俣町の梅戸港から町の中心部の四つ角へ結ぶ道すじの、栄町の中ほどに住んでいた。

母方は天草上島の下浦の出で、石積舟を廻送したり島原まわりの舟の売買などをしていたが、水俣に「会社」が出来たというので、天草通いの汽船の港をととのえる仕事を請負い水俣に来たのである。この港は「会社」の積み出し港でもあり、梅戸港という。

下浦といえば、石方の村で、祖父の松太郎は、今でも名のある石方たちから、「石の神様」とか「石方の神様」といわれるほど、石そのものへの特殊な愛着を持っていて、石の発掘や、めききに関して神技をあらわしていたという。九州の建築石や墓石の中でもっとも美しく強いとされている水俣川上流の宝川内《ほうがわち》石の石山を見つけ出し、この石山の口開きをしたことが石方たちの間で、「石の神様」といわれたものらしい。

わたしの家は栄町で差し押えというものに遭い、さらに見るかげもない藁小屋の家の、いまのとんとん村の涯に移って来てから、祖父も湯ノ児《ゆのこ》の世帯をひきあげて、権妻殿《ごんさいどん》を連れてやって来た。このふたりの間には男の子と女の子がいたが、気持の素直な姉弟はわたしの家にひたすら遠慮している風で、春乃も亀太郎もそれを不憫がっていた。

老年になってからの妻妾同居は、本妻のおもかさまが人目に立ちすぎる盲目の狂女だけに、部落中の耳目をそばだてずにはおかなかった。その娘の春乃、すなわちわたしの母は、祖父とその外家族三人を、まったくの身内として極貧の家にむかえいれた。けれども、そのような祖父の婿《むこ》養子の形である亀太郎は、祖父の庶子たちには優しくて、面倒を見ていたけれども、そのような松太郎の気質を明らさまに嫌悪した。彼が一生つねづね自己顕示し自称しつづけた「水呑百姓のせがれ」だという生活様式をもってすれば、「おるげは天領天草の様組《さまぐみ》じゃるけん、先祖代々、女の子でも近郷近在から、お千登さま、お高さま、お澄さまと、様を奉られる家柄じゃるけん、田畑残すより名を残せ」といい、死ぬまで一生白足袋を脱がず、牛肉ならばしもふりの赤身だけ、衣服も家の諸道具も、食べもの、酒茶、みな島原からとり寄せる式で、青魚《あおざかな》の類を下魚《げざかな》と称んで食べなかった祖父の生活様式とは、相容れないものだった。おもかさまは、権妻殿《どん》とその子たちの気配を察して、「身のきゃあくさる」と呟き呟き、漂浪《され》い出ては帰らぬ日が多くなった。見えぬ目でどう伝い歩いてゆくのか、水俣川の上流の川べりや、橋を渡って町の中心部の辻に立ち、髪ふり乱して青竹をふりまわしているので、警察から連れに来いと呼びだしがくるのはしょっちゅうの事である。どこの崖から落ちたのか、頭を割って白髪も全身も血まみれになって河原で泣きよらす、と遠い部落のひとが使いにかけつけてくれることもあり、そのとき必ず走ってゆくのはわたしの役目で、おもかさまはまた、この孫と、春乃が呼びにゆかねば帰らなかった。

「とんとん村」と町のひとびとが称ぶときは、あきらかに軽い蔑称のひびきがこもっていた。この町の成立感覚からいえば、この世のはずれに出現した部落というべきで、そこに住みつくものたちといえば、流れ者の中でもことに落魄《らくはく》したものたちが住みついて、どことなくうろんだけれど、精根の死にごわい人間たち、というニュアンスでも見られていた。わたしの家は水俣川の川口のこの部落に、ちいさな石山と畑を持っていて、部落の草分けのひとたちによくなじみ、工事のたびごとに、ここのひとたちに人夫に来てもらっていたのである。

火葬場の隠亡の岩殿《どん》に対しては、村のひとたちは一種畏敬の念をはらってこれを遇していた。

満ち潮が上るたびに、藻くずや砂の上層を運んできたのが土手を形づくったような、うねうねした芒の土手には、よくみればやはりちゃんと、自然石を寄せて重ねた石垣がほどこしてあり、潮と真清水の出入りする土手の水門の石垣の穴に、赤い可憐なカニたちが、出たり這入ったりして棲んでいた。肥後藩藩政時代の櫨《はぜ》の古木が、この土手にも残っていて秋には紅葉し、冬にはその葉が落ちたあと、大豆を寄せあつめたような実が梢にひろがり残って、カラスがそれをよく食べに来た。土手道には、そのようなカラスの食べた櫨の実が、消化されないまま糞になって落ちており、そのような道を、向いの猿郷部落では「岩殿の通らる荒神の塘《とも》」と称んでいた。芒の打ちなびく間をみえかくれに、提燈をとぼしてゆく道の、その明りでもまだ足りぬまっくら闇の夜が来ると、この岩殿《どん》はもうひとつ、人魂を伴のうてゆかす、というのである。

人の近づかぬ火葬場の、松は巨木の生いしげる磯辺の林の中で、死人さんが焼きあがる間の無聊《ぶりよう》を、この顔の赤々としたじいさまは、火葬炉のうしろにきれいに割って積みあげた薪をくべべ、焼酎を呑んですごしおらす、ともいうのだった。

「焼酎の肴には、遺族の衆たちの持ち残して行かいた骨の、膝のかっ骨《ぼね》の皿のところば、かじりかじり、呑みおらすげなぞ」

その話をまた肴にしながら、部落の親父さま達は炉端で焼酎を呑む。

「どうし、それであの小父やんの顔色ばみろ。頬っぺたの赤々しとらるじゃろうが」

「いや普通のもんより、達者な筈じゃなあ」

「肝の坐りようも、普通の人間とはちがうぞ。人魂ば提燈がわりに連れてゆかすひとじゃもね」

「あの、人の往ききらぬ夜さりの土手ば、頬っぺたは赤々させて、よか気色そうに、えつくわ、えっくわ、歩いてゆかすもんなあ。茱萸《ぐみ》の棘《とげ》どもつん切ってなあ、楊子にしてくわえて。何じゃいよ、鼻歌のごたるとば、ふんふん唄うてゆきおらいた」

「あの小父やんにゃ、魔もんの方が怖《おとろ》しじゃして、逃げてはってく」

土手には樹齢の古い茱萸の樹が茂り、たぶんそれは、防風や防波の役も持っていたろうが、秋には棘の間に、赤いちっちゃなちょうちんのような実がびっしり垂れていた。

昼は芒の根元からほっそりした紅色のカニが、するすると幾筋も土手の地面を横ぎって渚に出て、なにやらいっしょうけんめい、海の草や小魚の頭などを穴の中に運びこんだり、陽がさせば泡を吹いて遊んでいたりする。

茱萸の実る水門のあたりが避病院の入口で、夜になるとそこらあたりでは魔が出て来て、とって押える、というのである。そのような魔物たちの話は、いろりの熾《おき》の上に乗せた燗つけ用の、「ちょか」の中の焼酎が沸きはじめると、老人たちが集って来てはじめるのである。

火葬場は松の巨木の林につつまれていて、そのぐるりには四季を問わず、ふうわりと松葉が散り重なっていたから、村の人が、竈《くど》や風呂のたきつけにする松葉をかき寄せに時折あらわれた。わたしもちいさい熊手のような「松葉かき」をつくってもらい、見よう見まねで結構身体に合うほどの松葉の束を集め、一人前だとほめられるせいもあって火葬場によく近づいた。青い人魂をつれて帰ったり、死人さんの膝の、白々とした「かっ骨の皿」を、らくがんのようにかじりながら、焼酎の肴にして呑ますといわれているじいさまを見たい気分もあって、火葬場の道のどんづまりの、炉のところまで近づくと、けものの皮のちゃんちゃんこだけを着たじいさまは、褌《ふんどし》をひらひらさせて薪を割っている。松の幹にかくれてのぞいていると、むこうも気配で薪を割っている手を休め、のびあがって見廻して、その首をちょっとすくめてみせて、ほら見つけたぞというように笑ってみせるのであった。

「みちこしゃんかい」

ひげもじゃの岩殿《どん》の顔がいつも先にほころんで、

「松葉かきに来たや」

という。脂《やに》のかたい大きな松の木の蔭からわたしが首を出し、肩を出し、片足をそろりと出している間に、じいさまのひげは微笑《わら》いながら鉈を振りあげ、腰も定めずに、鋸で切り揃えてある丸太を、くゎん、と割る。

煙が登っているにもかかわらず、白い四角いコンクリートの炉の中に、死人さんが焼かれていることがこわくなかったが、それは岩殿の、ひろびろとした人柄のせいだった。木の間がくれに立ち登る白い煙を見ていると、その煙は梢高くさやさやと吹き渡る松籟《しょうらい》の彼方に消えて、そのような空の高さが、広い林間とその中にある白い炉や岩殿の姿を、明るく浮き出させているのだった。

海ぞいの火葬場への道には、朱色の山百合が綴れ咲き、秋には黄色い野菊やつわ蕗の花が乱れ咲いていた。火葬場に来る死人さんは、ゆきだおれや、よそから来ていて墓地をまだ持たぬ、檀家になろうとおもう寺もまだ定まっておらぬ、いわば無縁仏に近い人びとがおもだったから、火葬場への道のへりの、ことに美しい季節の野の花々は、そのような仏たちへの供養花としてはじつにふさわしかった。

土葬の方が多かった土地の風習に火葬はまだなじんでおらず、そのような葬いようをされるのはよくよくの場合と考えられていて、疫病が流行《はや》って来て、一日に焼き切れぬほど死人が出たりすると、川のむこう岸の「大廻《うまわ》りの塘《とも》」に薪を小積みあげ、磯風の吹きさらす中で焼き払われたりして、ことに哀れにさびしく見えていたから、大崎ケ鼻の火葬場といえば、町の人びとが忌むのも仕方なかった。金襴や五色の旗を美々しく押し立て、近親者や部落の者が死者への最後の供護をして土葬の墓地にむかうそれにくらべ、ここの火葬場への渚を来る葬列は、黒や、安ものそうな金襴の旗を、たいてい一本、ヒラ、ヒラ、と立て、人数も二、三人とか、五、六人で、中には遺族ではなく、柩《ひつぎ》をかつぐのに役場からやとわれたらしい「担ぎ人」だけの葬いも通り、ひどくさびしかった。

そのようなさびしい行列を、けものの皮で作ったちゃんちゃんこを着て、夏はその下に褌をしめたばかりの岩殿が導いて通ると、土手に添っている段々畑や丘の上の畑からじっとみて、人びとは、鍬《くわ》をやすめて合掌する。

「どこの仏さんじゃいよ」

「徒然なか仏さんじゃ」

口のうちでそう呟いて、そばに子どもがつっ立っていると、

「こら、拝め、拝まんかい」

という。

「迷いなはらんごつ、拝まんば」

猿郷の丘の奥の迫《さこ》にもうひとつ部落がある。その部落からいちばんひきあがったとこ

ろに、屋根の藁はほどけ、ほどけたところから竹の垂木が露出して来て、壁も破れはてた家が一軒あって、そこには、鼻が欠け、両掌の指も欠け落ちてしまった癩者の、徳松殿《どん》の一家が住んでいた。

部落の共同行事の田植などには、指のない病者だったので、頼むのをはばかっていると、人のよい徳松一家はどうやって調達するのか、かなわぬ手に下げて焼酎などを持参し、加勢の出来ぬのを丁重に詫びながら、さなぶりのご馳走などに遠慮しいしい加わった。

馬を連れて来てくれる代かきや、植え手や綱張りの衆に、もれなく、おこわや煮〆などを竹の皮に包んで持たせるのは、田植の習いになっていて、持たせる中身も量も家によってそれぞれちがい、まだもやいでやっていた田植のたのしみのひとつだったけれど、指のない徳松殿には、とくに竹の皮の包みを、しっかりくくってやらねばならなかった。

「えらいよかお土産ば、うんといただいて。嬶《かか》あと娘が喜びまっしゅ」

彼はそれを、すりこぎのようになった手でひょいと肩にかけると、首にまわしていつも唇のはしに嚙んでいる手拭いで、あごのあたりを拭き拭き帰ってゆくのだった。並みではないその後姿を見やりながら、村の人びとは、

「まこて、あの歩きつきじゃ、だいぶ、足にも来てしまわいたばい。あとでそろっと、徳松殿の使わした茶碗と皿は、お湯でごとごとたぎりかやるまで炊いておけ。箸の方は、くどにくべて始末してうっちょけ」

というのだった。

妻女もひとり娘も山の中の小屋にこもってめったに外に出ず、ときたま土手の中で行き逢うと、この母娘は蚕のすきとおるときのように、色が白かった。油や醬油の徳利など下げて部落をとおるとき、母親の方は黒い木綿縞の衿元をかきあわせる手つきのまま、ていねいに村の人たちとおじぎしあっていた。この三人は、間もなくいなくなり、噂では、県の衛生課の役人たちが晩のうちに連れに来て、熊本の本妙寺に連れて行ってしまったというのであった。

熊本の本妙寺とは加藤清正公を葬ったお寺のことで、清正は徳川家康から毒饅頭を食べさせられて死んだとも、癩者だったともいわれていて、死にざまが無惨だったというので、故郷を追われたよるべない癩者たちがこの寺の周辺に寄りあつまり、病気治癒の祈願にこもったり、寺に詣でる人びとに対して、物乞いをしていたのである。その癩者たちの印象的な集団のありさまが、本妙寺という寺と抱きあわせに熊本名所のひとつになっていた。

徳松殿の一家が、この本妙寺に連れてゆかれる筈はなく、リデル・ライト女史のはじめた救癩事業に収容されたらしいけれども、村の人びとは、熊本見物に行って来たものの名所まわりの土産話からそのように思いこみ、その後も、熊本見物にゆくというものがあると、

「本妙寺にども廻んなはれば、徳松殿にもよろしゅう、なるべく長生きしなはるごつ、

長生きさえしとれば、なんなりとよかこつもあろうぞちな、いうて下はりまっせなあ」

とことづけを頼んだりした。

それというのも、徳松殿《どん》の一家が、この部落を強制的に連れ去られるとき、立ち腐れかけたわが家の柱に、指のない両掌で哀れにとりすがり、ずり落ちながら泣いて泣いて、

「お世話になった部落の衆に、生き別れのあいさつも、盃のひとつもさしあげならずに、ひとくちのあいさつもせずに、行かんばならんかい。俺家《おるげ》は、何に罰かぶった罪人じゃろうかい」

泣き悶えながら髪の毛も抜け出したうすい頭で、振り返り振り返り、連れてゆかれた、というありさまがあんまりかなしかったからである。

ほんとうに廃屋になってしまったそのあたりに、薪をとりに行ったりすると、婆《ばば》さまたちは、

「あげんよか人間の、なして、癩病病みにはならいたろうかい。ふのわるか人間じゃった」

「娘の方はまだ、かかっちゃおらんじゃったげなばってん、娘ながら、連れてはってかいたなあ」

「ひとり残せば、かえって、哀れじゃろうもん。狐の引くよ、山童《やまわろ》の引くよわからんもん、残しとけば。お月さまも出なはらん闇夜じゃったばい。ありゃ十ばかりじゃったろうかなあ、おとなしか、礼儀のよか娘じゃったが」

「本妙寺の石段な寒かろうて。三人ながら坐っておらすとじゃろうか」

そういって絶句しいしい、

「とうとうこの家も、立ち腐れじゃ。こげん家でもなあ、わが故郷《さと》じゃれば戻りたかろうて」

「役場の衆の来てな、何んもかんも、消毒してしまわいたげなばい」

「燃やしてしまわる筈じゃったげなばってん、山火事になるしなあ。白か薬ば、振って振って、振りたくって、消毒しなはった」

婆さまたちは手拭いをかぶりなおし、連れ並んで、へっぴり腰にひとりずつ、徳松殿の小屋の入口に首を入れてさしのぞく。形ばかりの囲炉裏の自在鉤には蜘蛛の巣がかかり、それに下がった鉄瓶も、片寄せた鉄の羽釜も錆《さび》を吹き、囲炉裏のぐるりには、妻女と娘が部落に下りるとき下げて往き来していた見覚えの油徳利や、こわれた竹の碗籠に、つつましい世帯の茶碗類や、竹のしゃもじが、洗って始末した気配に置かれていた。波をうってくさりかけた畳には茸が生え、もらい手のあろう筈もない主を失った暮らしの道具の上には、雨風のたびにはらはらと、屋根から抜けおちる藁がふり積っていて、老女たちの涙を誘った。

「あーあ、人間の末期ちゅうもんは、お互いどげんなるかわからん」

彼女らは深い吐息を吐いて草の上に尻をつき、自分の背中に、「よいしょ」とかけ声をかけて、束ねた薪を背負い起こすけれども、にわかにどっとその薪が肩にくい入って、重くなるのだった。

水俣川の川口にあるこの「とんとん村」は、ちいさな丘を四つほど抱いていて、住みついてみるとこのようにやさしかった。

鬼火だという青い人魂さえも、人に寄り添ってここではあらわれていた。

第三章　往還道

川の上流の奥地に入ると、布の紐を編んでつけた負籠《おいご》を、運搬用の籠にどの家でも持っていたが、少し下って海ぞいになると、農家でも漁村でも「女籠《めご》」と称《よ》ぶものを使っていた。小さな子の一人は坐れるほどな竹の籠に、棕櫚《しゅろ》の毛で編んだ紐を長くかけ、振り子のように天秤《てんびん》棒の両端につっかける。その中にぎっしりと荷を入れて、天秤棒をしなわせながら女たちが畑の往き来などに担いだので、女籠というのであったろう。

魚を売りに来る女たちの女籠は、ことにつくりが大きく深く丈夫に出来ていて、八代女籠と云った。水俣町はもと芦北郡にぞくしていたが、その芦北郡のとなりの、球磨川あたりは竹の名産地で、ことに八代から来る籠職人が作ったものが好まれて、別格に八代女籠というのだそうだけれど、中にはそれを二段重ねにして、上魚、下魚に分け、一日に合計四籠も売りさばく女丈夫もいて、ことに魚売女房は、体力と気っぷと計算にたけて、商い上手でなければならず、そのような女たちは、丸島とか梅戸とか明神、月ノ浦、出月《でつき》、湯道《ゆどう》、茂道《もどう》の漁港漁村で育ったのである。

夜が明けかけると、丸島港と梅戸港につなげて祖父たちが造った栄町の道路の上を、八代女籠を担いだ女房たちが調子をつけて、ぎっし、ぎっしと揺りながら通ってゆく。たたらを踏んで踊りあがってゆくような足つきであった。女籠《めご》を揺る調子の合間に、張りのある声で呼ぶ。

「魚はいらんかなあっ」

彼女らは朝のひとときを行列のようにこの道を通って、町の中心部の四つ角に至り、そこで商いをひろげる女房もいれば、更に三方の道に分かれて、水俣川の上流や枝川の奥の村々に入り込むものたちもいた。ぎっし、ぎっしという女籠の音と、ひたひたと踊るように走り抜ける草履《ぞうり》の音と、「魚はいらんかなあっ」と町筋をのびてゆくつややかな声とはよく調和して、新興の栄町はそのような彼女たちの気魄によって夜が明けるようなものだった。この女房たちの二代目、三代目がことごとく、後年水俣病になってゆくのである。

丸島港には現今の魚市場がすでにあったから、近在の漁村から揚げられ、せりにかけられて、女籠に入れられた魚は、まっしぐらに町をめざして走ってゆくのにちがいなかった。冷凍の処置のできなかった昔はなおさらに、魚は鮮度が値うちである。一番荷を競って彼女たちが、天秤棒の両端の荷ながら、踊りあがるような調子で走る鍛錬をするようになったのは、自然の勢いというものだった。

そのような女房たちの足音をききながら、春乃はなんだか嬉しそうな朝起きの声を出す。

「ほら、祖父さまの、梅戸の掘割りば切り拓《ひら》いてよか道ばつくらしたで、小母さん達の足の軽さよ。走らる、走らる」

まだうとうとしている娘の首をゆすって、それをきかせようとする。

「ほら、よか道のでけたおかげで、小母さんたちの足の軽しゃして、走らすばい。もう起きろかいねえ」

春乃が、よか道のでけたというときは、栄町の道路工事が四つ角までで挫折したことをも云っているのである。

「道路ちゅんもんのごつ銭食うもんはなか。もうえらい銭食うて。この道路にゃ、かぐめ石の奥の山ば二山食わせても、まだ足らんじゃった」

と春乃はいう。

「あの山はとっておきの、最後に残ったよか山じゃったて」

そして溜息をつき、自分に云いきかせる。

「道路は失敗したばってん、この道のぐるりにゃ、よか町の出来るかも知れんねえ」

よか町であったかどうかは今もって判断しがたいが、辺鄙な浦々の、松の影がさしている磯のかたわらに、日本窒素肥料株式会社というのがきて港が出来る。そこから村々の中にむかって道路が一本のびてゆけば、道のへりに家並が出現して、町というものの雛型が出来あがってゆく。

最初この道路開発に目をつけたのは、天草深海《ふかみ》からやって来た二人の兄弟だった。

天草から流れ出るタイプにもいろいろあって、祖父や父のような石工の系統は、石のめききなどに目を細め、地蔵さまや石塔や獅子像や、つまり石の彫刻などをつくり出すことに、生涯を投入してもまだ飽きたりず、石を素材にする道路工事や拓きの事業などはことのついでの気まぐれというべきで、事業費の収支決算についてはまったく無知というか、無能というか、云ってみれば美的生涯を破産させることになる。そのようなことであるならば、九州一円をまわっていれば一代や二代は終ってしまうから、天草を出て渡り歩く石工にはこのタイプの名人気質が多く、現世の功利にたけているものはこのタイプからは出てこない。いまひとつの型は海外を渡り歩く村岡伊平治型である。これは資力はなくとも、一種の胆力と才覚と止めどもない野望を持ち、男女にかかわらず天草の人的資源を元手にあきないを発明し、自身も数奇の生涯を送るもので、女たちの中にもこの型が数多く出た。

深海村の小英雄たちは、先達たちにならい、新しい道路のへりにまっ先に、女郎屋と飲食店をひらいた。

女郎屋は「末広」と目出たい屋号をつけられて、町の新興階級を客にとった。末広のお客はこの町にはじめて出現した「会社ゆきの社員さん方」や、港にあがるようになった船員たちや、町の形成されてゆく過程にあらわれる人びとで、役場の上役たちとか、

商人たちとかで、祖父は先隣りに店をはった末広のにぎわいを横目にみて、きげんが悪く、

「あぎゃん所に上れば、よこねちゅう病気もらうけん、決して行くことはならん」

というのであった。その末広に張りあうわけでもあるまいが、夜ごと夜ごとに人夫衆に、灘の生《き》一本を四斗樽でとり寄せて、下魚《げざかな》は食わぬ主義の酒宴を、湯水を流すようにふるまいつづけて、今思えば、夢のような空おそろしいような暮らしじゃったと、はつのや春乃はいう。よくよく聞けば、それは若い頃の松太郎の、長崎・島原あたりの妓楼に、居続けをやらかしていた暮らしかたの、つづきでもあった。

けれどもときどきその、「よこね」という病気をもらってくる若い衆がいて、もらってくるとそのことはたちまちみんなに知れ渡る。焼酎で消毒した方がよいとか、いや、六〇六号ちゅう注射のあるげなけん、打ってもらう算段ばしろとか、よってたかって

「どら、出してみろ」とのぞきこみ、いやがるのを亀太郎が医者にそびいてゆく。

「それみろ、いうこときかんけん。もうこれで懲りろぞ。このつぎには鼻欠け殿《どん》になるばえ」

亀太郎は、弱りきってふとんの中にもぐり込み、顔を隠している若い衆にいう。

「梅毒じゃのうしてよかったぞ。淋病じゃち云わいた。どげんするか、梅毒どももらえば。嫁御見つけはならんぞ」

栄町のわたしの家は、この末広の先隣りに請負業を営んでいて、石屋ともいわれてい

た。天草から土工に出て来る若い衆たちは、一種せつなげな吐息を吐《つ》きながら、同じ天草の村々から売られてくる先隣りの末広の娘たちのことを想っていた。夕飯のあとや、雨ふりの日など、若い衆たちは手枕をして、膝を組んでひっくり返りながら小声で話す。

「末広に、またちがう娘の来とるばえ」

「あがったとかえ?」

「うーん、もぞかとの来とる」

「どこの村の娘じゃろかえ」

「さあ? 浅海《あさみ》あたりから来とるちゅう話でもある」

「直接、本人から聞いたとかえ」

「うんにゃ、飲食店の親父どんの、語りおらいたもん」

飲食店の親父とは、末広の親方の弟のことで、兄の経営する女郎屋に、弟の方は女衒《ぜげん》をつとめて、天草の貧家から娘たちを買い出して連れて来る。そのような先隣りの娘たちのことをポツリ、ポツリと話すとき、若い衆たちの、言葉と言葉のあいだの息づかいはなんだか切なかった。この「兄たち《あほ》」の姉や妹や従姉妹たちや、あるいは心に定めた娘たちが、末広あたりに連れられて来るかも知れないのである。

昼の日なかから、湯道具を抱えて銭湯にゆき、そのまんまの長い洗い髪で、うなじをかきあげながら髪結いさんに這入ってゆくのは、町でもこのような女たちだけだった。漁村や水呑百姓の娘の肌のきめから、少しずつ色が抜けてゆく素顔をみて、

「淫売！」

と背中から顎をしゃくって浴びせかけて、露骨にさげすむ町の女房もいた。わたしの家にいる兄たちは、町の人間の、この天草の娘たちの肩に吐き飛ばす、つばきのような声を、わが身に受けとめてきいていた。

家の裏戸を開け放つと一筋きりの栄町の裏側は湿田で、草創期の日本窒素カーバイド工場の旧工場の残骸が、田んぼのむこうにみえている。そのまたはるかむこうにうっすらと、遠い大崎《うさき》ケ鼻が見えていた。麦の黒穂が立つ頃になると、広い田んぼのそこここから、子供たちの吹く麦笛が鳴り、それに誘われて、黒穂を探しに納戸の縁から田んぼに飛び下りて、大きくなっている麦の畝をかきわけてゆこうとすると、石塔置場に隣りあった洗い場から、春乃が声をかけてくる。

「達者か麦ば、踏みたおさんようにせんば！」

黒穂は麦の病いで、一本それが出たら、たちまちほかの穂に伝染するので、子供たちがよその田んぼに、それを抜きとりに行って笛を吹くのは許されていた。湿田の排水をよくするために、畝と畝の間は普通の田んぼよりはぐんと広く間をとって溝が切られ、深い泥だまりになって陽を受けていた。初夏だというのに、げんげもまだ、その葉の上に露を乗せながら咲きのこっていて、赤い鼻緒の草履の裏に泥が重なりついてくる。もう食べごろをすぎた芹《せり》や、よもぎの葉やオオバコの穂で、泥を落とし落としそのような畦に坐り、抜き取って来た黒穂を噛み切ると、なにやらぷんと黴《かび》の粉の立つような匂いが鼻をつつみ、黒猫の鼻先のごつなって帰って来たと叱られるにちがいがなかった。黒穂を嚙み切るとストロー状になるだけの麦の笛だが、ぴゅうぴゅうと空へむけて吹いていると、遠い定かならぬものを呼んでいるような、切なくてならぬ息が出た。

湿田地帯の中を突っ切って出来たあたらしい一本道の栄町道路の両側には、女郎屋の末広が建つと、その弟の店の、焼酎といなりずしとうどんと、焼酎の肴に竹輪や酢ダコなどを出す文字どおりの飲食店が出来、その隣りに酒屋が出来、酒屋の前の髪結いさんが来て、末広の妓たちの髪を一手にひき受けた。腕がいいという評判で、髪にコテを当てる洋髪、といっても束髪のことをいうらしかったが、おいおい、耳隠しなどという髪も、町内の娘たちのよそゆきにそれを結うものが出て来たりして、銀杏返しやつぶし島田、末広のおっかさんは鬢《びん》を張らずに、ちいさな丸髷《まるまげ》を結いに来るといい、正月などには若い娘たちは、揃って高島田にも結っていた。

末広や髪結いさんの家の前の塵芥箱の下の地面に、鴇《とき》色や水色や朱色地に、銀粉を散らした「たけなが」の切れはしや、島田の上にかける扇形の銀の水引きやらが、目を射て生々しく散りこぼれている。そのあざやかな髪の具の端切《はぎ》れの前にかがみこんで見とれていると、末広のあねさま達や髪結いさんにおいでおいでをされて呼びこまれる。

「みっちゃん、そら汚なかけん、まちっと美しかっぱあげまっしゅ。こっちおいでなはりまっせ」

妓《おなご》たちの髪結い時や化粧どきには、そういうわけでなんとなく末広か、髪結いさんにあがりこむ。

日本髪の結い方は、元結いをしっかりしめておかないと、島田も丸髷も、ぐらぐらとすぐにくずれてしまうそうな。「髪結いの沢元さん」は、肉づきのよい豊頬の美人だったが、和服のエプロンの腕をたくしあげ、元結いをしめあげるときいちばん力を入れる。前髪と両方の鬢の上げ具合をたしかめながら、後の髱《たぼ》をとり、いただきのうしろに集めた髪をひと束にまとめて、片手でぎゅっと握る。それから向いあっている鏡の中をのぞきこんで、

「どげんですか、痛うございますか」

という。

「あ、はい、ちっと痛うございます」

「じゃ、こんくらい」

「はい、そんくらい」

「この元結いがなあ、結う方も結われる方もきつうございますでなあ。あんまり締めすぎましても、頭の地がもてまっせんけん。これで、辛抱できますか」

「はい、そんくらいなら、辛抱できまっしゅ」

そんなやりとりを交わしながら、白い元結いのこよりをきっちりと巻いてゆき、ぱちんと鋏で切りおとす。更にその上に飾の根かけのぴんと張ったのをいろいろ当てがってみて、

「どれがよかかしらん」

といえば、鏡の中からはにかんで、

「どうぞよかあんばいに」

と、まだ初々しい女郎衆は伏目になってこたえるのだった。

朋輩《ほうばい》たちが順番を待っていて、出来あがった髪に前櫛が挿され、銀のびらびら簪《かんざし》などがさされると、いっせいに溜息がでて、

「ほう！　このごろは首すじのやわらしゅうなってきたけん、島田のよう似あうばい」

年増の白粉《おしろい》やけした妓衆が、洗い髪の目を細めれば、髪結いさんは白い肩おおいを外してやりながら、

「やっぱり若かひとにゃ、この髷が、一番気品の高うございます」

という。気品の高いといわれたのは、ぽんた、という源氏名をつけられて、この頃末広に来た娘だった。

「これで化粧どもしあげれば、お姫さまじゃ」

朋輩たちにほめられて、ぽんたが上気してさしうつむくと、

「そんなら今日は、花嫁さんの髪結いの、日にちの延びましたけん、お化粧もついでに仕上げしてさしあげまっしゅ」

わあ、とちいさな嘆声がそこらじゅう洩れて、沢元さんは、まだ坐っているぽんたの衿足から背中をのぞきこみ、

「ちょっと、ここの肩ば、両方ともこう、出して見なはりまっせ。ちょっと寒かばってん。あ、そこの火鉢にまちっと、炭ばうんと、くべて下はりまっせ」

「ほんにもう、麦の熟るる頃になってから、今年は火鉢の要るよ」

年上がそう答え、若い妓たちの誰にいうともなく、

「もう、からいもは植えてしまわいたろうかいねえ、おるが家《え》あたりじゃ」

そう呟くと、ひとりが、

「なんのねえさん。まだ麦刈りさえ済まんて。それから先じゃろうもん、からいもは」

と答える。ねえさんは、

「あ、ほがんじゃった。永う百姓しとらんば、麦刈りの時期もからいもの植え時期も、うち忘れて……。もう、とんじゃくもなかごつなってしもうた、わははは……。そういえば、うちの末広の裏の麦畑は毎朝見とるくせ」

「ねえさんもとしじゃなあ」

「そうそ、おまいどんももうすぐ、ねえさんのごつ、とんじゃくのなか人間になっとぞ。雛御前《ごぜ》も出世しあがれば」

若い妓たちは、あははと笑ったが、しんとした口調になって、ひとりが、

「こういう梅雨前の寒さじゃれば、麦の実もまた、入らんとじゃなかろうかい」

妓たちの眸の中が一瞬沈んで、火鉢の炭がぱちぱち爆《は》ぜる。

沢元さんは、白粉刷毛をことこといわせて練り白粉を溶き、一旦挿してみた銀のびら

びらを抜きとって、かわりに両の鬢の下に鬢あげを挿してやって、重たそうな髱の下の、衿足の生えぎわに、すーっと線をひきおろすように刷毛をおろす。ぽんたの肩がぴくりとうごく。

「あら、冷とうございましたな」

「はい、あの、ちいっと」

沢元さんは「それじゃ」と云いながら手にした白粉の碗を火鉢の上にかざしている。するとそこにさしのべられていた妓たちの手が受けとりながらいう。

「持っとりまっしょ」

沢元さんは立ちあがって、こんどは、臙脂《えんじ》色の紅をちいさな皿の上にのせて溶きはじめるのだった。

「ねえさん」は、抜き衣紋にした衿元の、帯の間に片掌をさし入れて、しなだれるようなかっこうで肘を火鉢のふちに乗せていたが、

「せっかくほら、きれいに島田ば結いあげて貰うたけん、白粉のつけ方ぐらい、早うならいおぼえて、自分でし習わんば、商売にならんちゅうて、またおっかさんにおごらるばえ」

と、斜め向い側の末広の方にあごをしゃくった。

町のものたちから後指をさされているこのような妓たちは、天性ほとんど優しかった。土方の兄《あほ》さんたちの吐息と、銀簪の下にさしうつむいている彼女らのまなざしは相通っ

ていた。本来ならばこの兄たちと、末広の娘たちとは、健康な夫婦《めおと》が幾組も出来てよかった。

この妓たちの膝に乗せられて、わたしは、水色の手絡《てがら》の稚児髷に結ってもらうことがよくあった。

「ほら、よかお稚児さんの出来た！　さあ、帰らんば！　晩になるけん。晩な、みっちゃんとは遊びならんと。商売じゃけんねえ。おっかさんにおごらるるけんね。またあした来なはる」

紙にひねった飴玉を握らされ、しょげて帰ると兄たちはいっせいに目を細める。

「ひゃあー、こらまた、おいらんの来らしたごたる。誰が結うてくれたかな」

誰が結うてくれたかとは、自分の髪をほめてくれるより、結い手の女郎衆は誰かとたずねているのだと、切なかった。

「末広のあねしゃまに結うてもろた」

兄たちは、わたしが両袖を抱いてその中にもらってくる髪かざりのきれはしや、半衿のたぐいにじっとまなざしを落とす。

「うつくしか品物じゃねえ」

感にたえたようにそういうと、もう土方風の節になりかけている指で、そろりとつまみあげてみるのである。

「あげまっしゅ」

「ほんなこつ?」

びっくりしたように指がとまって年ごろの少年の目がうるむ。かすかな香料の匂うそれを、彼らはとても大切そうにお守り袋の中や手帳の間にはさみこんでいた。千代紙よりはいくらか分厚い、たかが色つきの紙のきれはしだったが、それは土方の兄《あほ》たちとわたしとの秘めごとのようなものだった。

「この前あげたとは、まぁだ持っとると?」

爪先立ちして耳元にいうと、兄たちも声をひそめて耳に返して、

「ちゃんと持っとるばい。ここに」

胸に下げたお守り袋をそう云って指す。

ぽんたが殺されるのが昭和六年、わたしが四つ、兄たちは十六、七から、十九、はたちだった。世帯を持てばよそに家を構えたが、兄たちとはその後も私の家と生涯の交わりが続いていた。

町筋の人びとは、新しくできた栄町の往還道を可愛がり、毎朝箒目《ほうきめ》を立てて掃き清めるのがならいだった。夜が明けると八代女籠を担った女房たちが、縞や絣《かすり》のみじかい裾に赤い蹴出しをちらちら出して、パッパパッパとはたきあげるような、たくましい素足にゴム裏草履をつっかけ、飛ばすようにしてはしった足跡が、道の表に重なってついていた。この足音が通ってしまうと栄町の筋は表戸をくりあける。

先隣りの女郎屋「末広」、隣りは衣笠まんじゅうを置いて、焼酎も呑ませる「万十屋」、

筋むかいの「渡辺飲食店」。この渡辺飲食店一軒をなぜ姓つきで称んだのかわからない。たぶん小母さんと小父さんがにぎやかな夫婦喧嘩をくり返し、すぐ仲直りして、とてもきっぷがよかったから並の店より格を上にして称んだのかもしれぬ。

　道のはたに出来てゆく店という店は、酒屋、女郎屋、お湯屋、紙屋、万十屋、米屋、野菜屋、豆腐屋、アンコ屋、竹輪屋、石塔屋、こんにゃく屋、タドン屋、と商いの名をそのまま屋号にして、髪結いさんにはさんをつけ、髪結いの沢元さんと称んでいた。ほかに称びようもないそのものずばりの屋号を持ったちいさな店が、思いついたように点々とあらわれると、その間の空地に「会社ゆきさんの家」がぽつぽつと建った。わたしの家から下手には、染屋、鍛冶屋、米屋、船員さんの家、学校の小使いさん、タドン屋、花屋、煙草屋、学校の道具屋、第二小学校と続き、その先の田んぼと溝をへだてて、ひときわ広大な日本窒素株式会社があるのだった。そのような町並の、酒屋やカフェーも交り出した界隈を、深夜じゅう千鳥足で、ひょとひょとともつれながら往き来して、ゲロを吐いたり、取っ組み合ったりしていた男たちの、酔いどれ紋ともいうべき足跡も、朝の新しい往還道についていた。

　土や泥がまだ生きていた頃の道の上には、そのような一日の人生の地紋が、さまざまに交わりながら残っていたのである。馬糞や、荷馬車や客馬車のわだちや、馬のひづめの跡や、医者の乗ってゆく人力車の跡がついていたりした。荷馬車がこぼしてゆく米や粟の粒や木炭のかけらの間を、ほかの荷馬車に積まれて、びゅんびゅんと青い葉をつけた梢をふり立てながら、まだ皮つきのままの杉の木や檜の荷が通ってゆく。すると地面には、そのようにそびかれて行った木の跡がすじをひき、青い渋い梢の香りが、馬車の行ってしまった夕闇に残っていたりする。

朝はまた花柴売りのお冴えしゃんの声で明けるときもある。

「花柴はいらんかなあ」

ゆっくり呼んで家々をさしのぞき、女房たちの気配が戸口に近いと、更に首をさし入れて、

「仏さんや神さんのお花はあったかな」

と重ねていう。

「早かなあ、いつも」

「はいもう、雀より早う起きますと」

足の悪いのにそんなに早く起き出して、山の迫《さこ》から花柴を切り取ってくるのは、継母のせいだとか、いやあれは、見かけによらず銭もうけが上手で、心がけがちがうのだなどと町の人びとはいっていた。ああいう風な破れ着物を着て、半人前のような見かけをしているものの方が、並のものよりは、小金貯めては上手ばい、ということから始まって、町筋に住みつき出した新商売のなりゆきに話はなってゆく。彼女が通って行くあとには、せんりょうだののまんりょうだのの赤い実や、榊《さかき》の花木の、花ともいえぬような、ちいさな蕾や柴の葉がこぼれていた。

掃き清められた朝の道を、弁当ガラを小脇に抱いて、日窒に急ぐ「会社ゆき」たちが通る。「学校ゆき」たちが通る。道というものはそのように、手作りの暮らしというものが成り立ってゆく道でもあった。祖父の作りかけた道はいのちをあたえられ、そこを往き来するひとたちの暮らしと共に生きはじめていた。人びとは道の上に箒目を立てて掃くとき、まだほやほやと湯気を立てている馬糞などを大切に塵取りにとり入れて、菜園の片隅に運んだり、隣りの里芋畑の、大きな畝の間に運んだりする。馬糞の要らぬ家といえども、百姓たちが取ってゆきやすいように、黒いコールタールで塗った塵箱や電信柱のもとに片寄せておくのであった。すると、山畑行き女籠《こばめご》を荷った女たちが通りかかり、足半《あしなか》草履の先や鍬の先などで、ちょいとつっかけて、有難うございましたと口のうちで礼をいい、女籠の中にかき入れる。

赤んぼのわたしは、そのような馬糞と共に、春乃の担う女籠の荷にされ、片荷ずつ振り分けに荷われて町の中を見物し、水俣川の川尻を渡って、とんとん村の丘の畠まで連れてゆかれるのである。女籠の坐りごこちが悪かったり、徳永医院の前の大きなブルドッグの顔にびっくりして泣き出すと、永代橋の手前の川沿いの小店で、一銭に十来《とお》る「からいも飴」やニッケ玉を買ってあてがわれるのである。春乃やはつのは山の畠にゆくとき、一銭銅貨の銭袋を懐に入れていて、永代橋の手前の店か源光寺の前の門前店でそれを買うのだが、三角形の新聞紙の袋から、茶色いその飴をとり出そうとして、女籠の下の地面に落してしまったりすると、春乃は、

「よかよか、今日は地ん中《じだ》んあのひとたちの御馳走ばい」

という。地の中のあのひとたちとは、蟻とか、もぐらとか、おけら、蛇などのたぐいをいうのらしかった。わたしはあのひとたちにあげるよりも、自分が欲しいのだが、女《め》籠《ご》に乗せられ揺られているので、遠ざかる道の上の飴玉のゆくえが気にならなかった。

草むらのかたわらに、半ばは溶けた飴玉がころがっていて、その下に、お祭御輿《みこし》さながらに寄り集まった蟻たちが、わっしょとそれを持ちあげながら移動している情景によく出逢った。わたしはそのゆくえが気にかかり、日が昏《く》れて見えなくなるまで、ちいさなまるい飴玉の御輿の後をかがみ歩きしながら、ついて行くことがよくあった。蟻たちの担ぐ御輿は、鍛冶屋の裏の、大きな無花果《いちじく》の根元にもぐって行ったりした。風が吹けば厚味のある葉がばさりと落ちて来て、昏れてゆく枝の間から木の乳が降って来る。夏になれば蜜を保ちきれぬ果実が、したたるようにいくつもいくつも割れて来て、繁りあった葉の間をさしのぞいていると、幹のわかれ目のところに、くちなわが絡まっていたりするのだった。

第四章　十六女郎

　権現様の森を抱いた陣ノ坂や竜山の上の方から、重みを帯びた雲がどっしりと町の上に垂れこめてくると、道の埃《ほこり》も落ちついてきて、馬が曳くわだちの音が非常に近々と聞えだす。そのような曇天になると、中空《なかぞら》のあたりに、地上の音のさまざまを吸収して、再びそれを地上へ下ろすしかけが懸るらしくて、不思議な、暮らしの音のさまざまが、町の上にくり出されて来るのである。

　ポッカ、ポッカと、馬のひづめの音が空から降りて来て町の上をまわり出す。車力の音も近づいてくる。小学校の児童たちが、ベース・ボールをしている声が、まるで校庭をさかさにしつらえたように中空のあたりに聞え出す。

　海に面したちいさなこの町の、晴天の日の暮らしの音というものは、かげろうといっしょにそのまんま、空へでもたちのぼっているのだろうけれども、厚い雨雲が、背面の竜山から中尾山をめぐりながら町をおおうようになると、音の抜ける上空がなくなってしまうのか、雨雲の下の中空のあたりに、暮らしの音が、地上のきずなをはなれた木霊《こだま》となってひとりあそびをはじめるのだった。馬のひづめの音だけでなく、鍛冶屋の音、石屋の音、もの売りの声などが、地上を脱け出た明るい音になって、中空の間に往き来してあそぶのが聞えてくるのは、ある落着いた牧歌的な気分をこの町にあたえていた。

そのような中空の木霊が消えてゆくと、いっぽんすじの町をかこんでひろがる田んぼや、丘のすみずみから蛙が啼きだして、必ずしなやかな雨が、この町の上に降ってくるのだった。

雨は、片ひら屋根からはみだして、裏庭続きの石置場に寝かせたまんまの、まだ磨きかけや彫りかけの地蔵さまの肩先や腰の上に、ぽつりぽつりと落ちて来る。石塔磨きの小母さんたちは、手にした磨き石をおいて厚い帆布の前垂れをうしろにまわし、ひょいと背中から頭にかぶって小腰をかがめて立ちあがる。

「ほら、降って来た、降って来た。

地蔵さまにかぶする笠はどこじゃろきゃ。この地蔵さまはもうじき磨きあぐるけん、かぶせ申さんば、きりょうの悪うならす。こんだの雨はなが<ruby>しに</ruby>なるばえ、みっちゃんや。バッチョ笠なりとかぶせ申さんば、剃りたての頭に青苔の生えらるばえ、春乃さん」

もう、ほとんど骨だけになっている石塔小屋の庇から破れ笠をおろし、

「こりゃだいぶ、使い損じた笠じゃねえ。ほかにゃもう良か笠は無かかえ、春乃さん」

栄町にはバッチョ笠を売る店はまだなくて、春乃が笠買いに走るよりも雨足の方が先

に来てしまう。

「まこてこの家も、地蔵さまのバッチョ笠さえ買いおきの無かごつ、身代こけにならいたわえ。仕様もなか。この破れ笠で我慢し申せなあ」

小母さんたちはそう云いながら横倒しのままの石の頭にのせかけると走りこんで来て、頬にかかった雨の雫《しずく》をぱたぱたと、帆布の前かけで拭くのである。

それがちょうどお茶の時刻になって、

「長雨じゃ、長雨じゃなあ、こりゃあ」

茹《ゆ》であげたばかりの唐藷《からいも》を手にして、小母さんたちは空を見あげ、ふうとその藷を吹く。

「ほらまた土方殺しじゃ。どがんするかえ、春乃さん。ちっとは儲かる算段どもしてもらうごと、松太郎さまにいえ」

「はあい」

春乃は呑気そうな声を出す。

「まことの話、一番あねさまのお高さまが、わたしが男の持ちもんをばぶら下げて生まれたなれば、こういう身代こけにはなさんじゃったちゅて、しょっちゅう悔みおらるばえ」

遠縁の身内の小母さんたちばかりだったから、春乃よりも諸事一族のことにもくわしくて、

「まことの話じゃ。お高おばさまが総領なれば、権妻殿《ごんさいどん》も要られぬばってん。松太郎殿《どん》ばっかりは、一人息子であんまり親さまが大切に育てらいたけん、わが気色ばっかり殿さまのつもりで、あのわれは、銭使うばっかりが能になって、生まれて来らいたお人ばえ」

その祖父の一番あねさまのお高さまは、わたしが生まれたときの「産病人」の看病に来たが、毎日「四つ足の牛」のしもふりの赤身を島原からとり寄せて、請負土方の大家族たちが、祭のように大酒呑んで暮らしているのに立腹した。石方や土方衆に酒はつきものでも、牛を食うとは見さげはてた根性で、畜生同士の共食いで浅ましゅうてならん、鍋も箸もけがれたと、自分用の小鍋を買って来て別の煮炊きをやり出した。それでも安心できずに、いちいち、鍋という鍋、茶碗という茶碗を嗅いでみて、精進用の鍋だと云っても、いいや、四つ足の匂いがすると云ってきかないのである。

そのうち生まれた赤子が母乳を吐く。「薬の牛乳」を、はじめて水俣で乳牛業をやり出した徳富さんからとり寄せて、吞ませてみたら、牛乳になじんでしまい、乳腫れするほど母乳があるのに、乳首をくわえぬ赤子なのである。

「みろ、お前どもが四つ足のなんの食うけん。赤子まで、人間の乳よりゃ、牛の乳がよかと見ゆるばえ。牛にどもなめてもろうて育て申せ。本家《もとえ》の一番孫で、様つきの赤子じゃと思うて来て見たりゃ、浅ましか。ここの家には畜生の気《け》のついてきとるばえ。もうかえろ。こがんした調子で、先祖さまの伝わりもんをばことごとく失のうてしまうとか」

と怒って、わたしが生まれて一週間で天草へ帰ってしまった。

この大伯母さまが、天草を出発するという便りが来ると、こちらに来ている一族の女たちは、何をおいてもまっ先に、家中の鉄鍋をぴかぴかに磨きあげて待つのだが、肉鍋でなくとも、味噌汁の炊き垢のようなものを鉄鍋のふちにくっつけたままにしておくと、この大伯母さまは鼻にくっつけて嗅いでみる。

「お前どもは牛食うたな」

そういうと自分用の鍋を買いにゆくので大恐慌であった。お高さまの襲撃するところには全部、専用のちいさな鉄鍋と鉄の羽釜がそろってしまったが、彼女はそれをもうたぐって、わたしの鍋でまさか、牛は炊かなかったなと念を押した。

今とちがってその頃は、囲炉裏で炊いたり、くどなどは、女たちが、自分で土をこねてつくって、炊いていたから、薪を燃やした煤が、鍋の尻に二ミリも三ミリもまっくろにつもって、煮炊きのあとの鍋の尻の、その墨を磨くことが、一日の仕事の大部分でもあった。朝晩使う鍋のつるをかかえて川端にゆき、川の流れに漬けながら、鍋の墨を磨きおとすので、鍋の中にはくどの下の灰や手づくりの藁《わら》だわしを入れて持ってゆく。棕《しゅ》櫚《ろ》のたわしは、鍋の墨があたりかまわず飛び散ってはためいわくなので、藁だわしをつくるのである。藁には棕櫚よりも、墨を溶かす灰汁《あく》があるのだと、川端で女たちは話す。そういう洗い場へ、今様の新しい棕櫚だわしなどを持ちこんで、墨をはね飛ばすなどとは、ものを知らぬ狼藉者と思われてもしかたなかった。

女たちは片手に山のような洗濯物を入れた竹の大笊《ざる》をかかえ、片手には、大鍋中鍋、杓子類、皿小鉢まで積みあげて、多少遠い道のりでも、「三寸流れりゃ清の水」という流れ川や村の共同井川に洗いにゆく。

栄町の筋のもう一方の裏側の川には、女たちの洗い場をおおって大きな柳の枝がさしかけ、樹の根元からちいさな板の橋がかかっていた。橋の上を杖をついて渡ってゆく年寄りや「ばくろうの兼どん」に、女たちは川の中から声をかける。

「今日はどこゆきかな、じいちゃん」

「はあい、焼山にああた、また孫のでけましたもんで。婆が、ささげ豆ば持ってゆけちいいますもんで。早う持ってゆかんば、虫の来るちなあ。おとどしのささげですもん、ああた」

「あれまあ、また、孫じょの出来なはりましたちな」

女たちは洗い物の手をやすめ、おじいさんを見る。

「焼山はもう何人の孫じょであんなはりますか」

「ええと——、何人目でござしたろ。十五人じゃろ、十八人じゃろ、いっこう、覚えこなしまっせんとばい。孫ばかり殖えまして。焼山に何人じゃいよ、丸島に何人じゃいよ。津奈木に何人じゃったろけ？　何人じゃろかなあ。銭《ぜん》な殖えずに、孫ばーっかり殖えますと」

女たちはあははといっせいに笑う。

「よかがなあ、じいちゃん、孫分限者で。ぜーんぶ、じいちゃんが持った孫じゃもねえ」

「はぁい、ぜーんぶ、自分が持った孫でござすとなあ。もうああた、なーんも持ちまっせばって、子種のぶんは、ひと一倍持っとりますもんで」

おじいちゃんはすまして、

「そんなら、ま、ああた方もきばりなはりまっせ」

といいながら板の橋を、こっつんこっつんと杖で渡ってゆくが、腰のうしろにまわした手に、五合ぐらいの、ささげのはいった布袋を下げている。そのようなまだ鄙めいたきれいな川のほとりの、巨《おお》きな柳の枝がはらはらとなびいている下で、女たちが甲斐甲斐しく洗い物をしていた姿はもう見られないが、そのあたりには、
青柳《あをやぎ》の張らろ川門《かはと》に汝《な》を待つと清水《せみど》は汲まず立処《たちど》ならすも
という万葉の歌をおもわせるような川風が吹き渡っていた。

水のほとりを求めて住みついた村々の形が、まだその頃の水俣の、ゆく先々の陽光の中に営まれていた。洗濯川にあそぶあひるのうしろから板橋を渡れば、蓮根畑である。畑と云っても、蓮根を育てているからには、川から水をひき入れた沼田で、七夕の頃になると、水の面にゆらゆらと重なっている広い丸い葉の間から、あの、睡《ねむ》って合掌して

いるような蓮の蕾が、夢のように風の根元に立っているのを見ることがあった。

「仏さまのお花の咲いとったばい」

わたしは、納戸や縁のすみに坐ってときどきしゃがれた声でしわぶくばかりの、気違いのおもかさまの背中にあまえていう。

「みっちんかい」

おもかさまは、坐っているときいつも膝の上においていて、なにを思い出すやら、ときどき袖だたみしている白無垢《しろむく》から手を放す。色のあせた大きな風呂敷にそれを包み入れたり、またとり出して広げたりして、茶褐色にすすけてしまっているが、元は白無垢にちがいなかった。その白無垢から片手を放して、孫の躰を探りにくる。わたしは彼女の背中にもたれて頰をつけ、

「おもかさま」

と小母さんたちが称《よ》ぶようにいう。するとこのおもかさまは、白い蓬髪《ほうはつ》をかしげ、

「あい。なんかにゃあ?」

というのだった。

おもかさまの声は、ときどき心の中が激していて、声が内側にひき割れてしまうため、ひびのはいった笛のようなあんばいだった。ただこの祖母の、「あい」という返事は一種独特のもので、狂女であればなおさらとくべつ、しおらしい可憐な返事に聞えていた。

「仏さまのお花の蕾ば見つけて来た」

「どこにかえ」

「川のはたに」

「蓮の蕾かえ」

「まだ、こぎゃんしとった」

「どのよに、どら?」

わたしは蓮の蕾の合掌しているさまを両掌でしてみせて、おもかさまにひと膝ずついざり寄る。

「ほら、このよに、ほら」

おもかさまは、自分ではとり束ねることのない蓬髪を、ふわりとわたしの頰の上にかぶせて来て、さし出している両掌を、自分の両手で探りとる。

「そんなら」

と、おもかさまはぺんぺん草の鈴のような声になって、わたしの耳にいう。

「あしたの朝ひらくばえ」

「あしたの朝?」

「稲の花のむんむする……」

「いねの花の?」

「あい」

みえない両の瞼が、野面の香りにうずまってゆくようにまたたいている。

「いねの花の、むんむんするなあ」

「七夕さまん風の、吹いて来らるばえ」

「どっから」

「外《と》ノ崎《さき》から」

外ノ崎とは、このひとの生まれ里なのであった。

「蓮の花の中にゃ仏さんの居らすと？」

「ややじょの居らすかもしれん」

「行たてみろ、あした。なあ、おもかさま」

「あい、あい」

「そんなら、髪結うて上げまっしょ」

春乃たちはそのやりとりをきいていて、蒲団返しに余念がない。

「ふたりともまんまんさまじゃなあ。こういうときは、まんまんさまでよかばってん、いつもはもう、荒神《あらがみ》さんじゃもん」

わたしは髪結いの沢元さんをやるつもりなので、丹塗《にぬ》りの舟底枕を持って来て横に寝かし、足継ぎにして、それから櫛をもって来る。かねて末広の妓《おなご》たちからもらいあつめている宝物のあの髪の具の、水色や鴇色《ときいろ》の手絡《てがら》やら、金糸銀糸のかざりごよりを持って来る。

「ほほう、みっちゃんのあねさま人形は、今日はおもかさまばえ」

石塔磨きの小母さんたちがそういうと、春乃は、

「わたし共がいくら梳《す》いてやろうとしても、あたまを振り立てて、決してさわらせんとでございますが、どういうもんじゃろ。この子にだけは、梳かせますとばい。稚児髷《まげ》のごたる風の髷の、出来ますと」

小母さんたちがたあいなく笑って、おもかさまは、前にまわったわたしの方に首をさしのべたまましわぶいて、白無垢をつまぐりながら袖だたみをはじめるのである。白無垢は、おもかさまが松太郎のところに嫁に来たとき着て来た衣裳で、気が狂ってしまってからは、いつもそのように両の袖口に手をさしいれてつまぐりながら、裄《ゆき》やら裾やらを合わせてたたんだり、ひろげたりするのが、一日の仕事になっていた。そのようなしぐさをしながら、おもかさまは、もつれにもつれた白髪を梳かれているのに気づくと、幼な児のような声になって、

「みっちんや、痛かばえ」

と哀訴するようにいうのだった。

首すじをかきあげて、耳をかきあげて、うしろのいただきに結びあげようとするのだが、白髪といえども幼女の手には余る量だから、ばらばらとほつれ落ちてしまうのだった。それでもなんとか櫛の目だけは通るようになる。そのうちなんとかもとどりが出来てきて、わたしは、ためつすがめつしながらいう。

「おもかさま、元結いのでけました。

島田にしまっしゅか、丸髷にしまっしゅか」

「よか花嫁御にしてくれなっせなあ」

おもかさまは、そう云って、茶褐色の白無垢を膝の上にはらりと乗せる。わたしはもう鼻のあたまにいっぱい汗をかきながら、そのもとどりの先を輪にしてみたり、水色絞りの手絡で結んでやったりしてから、裏庭の地蔵さまの足許にはしっていって、ぺんぺん草を取ってくる。髷の両側から、仕上げにそれを挿す。

「おもかさま、首ば振ってみて」

おもかさまは、結い上ったその髷で首かたむけ、しゃらしゃらと揺れて消える草の実の音に聴き入っている。

「ほら、しゃらん……しゃらん……」

しわぶくたびにもとの蓬髪になって垂れ下ってしまう髪の間に、小さな草の実がこぼれ落ちる。

「まあいっぺん首振ってみて、おもかさま」

ほほほと羞《はに》かんでおもかさまが首を振る。耳を寄せれば、しゃらん、しゃらん、と涼しい幽かなぺんぺん草の音がして、

「……この世の無常の音のする……」

傾けた首のままおもかさまがそう呟く。そのおもかさまに頬寄せてわたしも口真似をする。……しゃらん……しゃらん……。この世のむじょうの音のする……。掌を耳にか

ざして聴いていると、草の実の音の彼方に、人智のおよばぬ寂しい世界が漠々とひろがってゆく。

この世の無常と有情とをそのようにしてつくったり、ほぐしたりするあそびをあそぶ幼女がそこにいた。だからぽんたが死んだときも、寂滅の世界の中から、大人たちの膝の間にかがみ出て、それを見ていた。


そこは昼間、紙芝居の小父さんが来て立つ「末広」の勝手口に近い角だった。

かねてはまだ、水俣では誰もかぶっておらぬ黒いベレー帽を小粋にかぶって、活動小屋の弁士の小父さんが、昼間の仕事に名調子で、

「えー今日の外題は、ごぞんじ怪傑黄金バット、黄金バットの物語り」

というとドクロ仮面の黄金バットが、黒い大きなマントを画面いっぱいひるがえす。

「ああ、あやうし、可憐なる美少女のいのちは風前のともしび。そのとき一陣のつむじ風を伴い、天から降ったか、地から湧いたか、あらわれいでたる、われらが黄金バット」

中の方にいる男の子たちは竹ぎれにつっかけた水飴を片手に握ってなめているけれど、それを口の中にパッと突っ込んで両手をたたき、喚声をあげる。銭をもって来なかった子たちが外側から遠巻きにのぞきこもうとする。すると小父さんは、ちらりとかかげて見せた絵の一枚をパッと下ろしてしまい、

「おい、そこのぼうず、帰って一銭もろうておいで」

という。そんな町内の子どもたちが幾重にもとり巻いていると、風呂帰りの妓たちが、石鹸のいい匂いをぷんと送りこんで来て、片手に金盥《かなだらい》を抱えこんだまま、子どもたちの後から紙芝居をさしのぞく。すると小父さんの表情がにわかにゆるみ、声の調子がなんだかつやを帯びて来る。年上らしい妓がいきなり、

「晩に来なっせなあ」

と奥の座敷の〝おっかさん〟にきこえるような商売声をかけるのである。すると小父さんも名調子に一呼吸入れて、顔いっぱいの流し目を妓たちの方へ使ってみせるのだ。

「えーと、えー、黄金バットは風をはらんで、いや、マントが風か、風がマントか」

などとやって、午下《ひる》りにはそのような景色になる場所でもあった。

しかし末広の表の方は、夜と朝では様子がまるまる一変する。昼間そこを通れば、町並みのうちでとくに間口の広い表戸は閉め切られ、ゆうべの賑わいがまるでまぼろしのようだった。夕方になって灯が入ると、「雛御前《ごぜ》」になった妓たちが、首白粉を浮き立たせて、間口いっぱいに並べられた縁台に腰をおろし、簪《かんざし》の下から、新しい町筋の暗がりをじっとみていた。

舟乗りや会社ゆきや学校の先生や、馬車ひきたちが、灯のともりかけたその町筋をとおった。

「あら、旦那さん、寄って行きなっせ」

袂を自分の躰ごとふわりと投げかけて、

「寄って行きなっせてばあ」

「ひゃあ、旦那さんち、いわれたばえ、あねさまたちから」

若い舟乗りらしいのが連れ立っていて、嬉しがってやり返す。

「あらあ、失礼、お兄さん」

そういうのは、いつもあの、もう酔っぱらっているあねさま株の女郎だった。あねさまたちはもっと酔っぱらうと、

「こら、そこのよか兄《あほ》！　寄ってゆけ！」

とどなる。

「ひゃあ、おとろしかあねさまじゃ」

「なんのおとろしかもんか。子守唄うとうて抱き寝してくるるけん、来《け》え」

あねさま女郎は暗がりの中から、朦朧となっている目つきですかし見ているが、

「おれがおとろしかなれば」

そういってぽんたたちの方をみる。

「あたらしか、無塩《ぶえん》の、生きのよか娘どもも来とるばえ、ほら」

ふわりとむきなおり、袂ではたはたと「無塩の、生きのよか娘たち」の方をあふりやるようにする。無塩の魚という云い方がここらにあって、塩物ではない、とれたての、特別生きのよい上等の魚の意なのである。

そのぽんたが、たちまち衿元にあごを沈めてしまうのをあねさまは、ちょっと人指しでなぞってやって、

「お姫さんのごたるじゃろが」

と、目尻ですくいあげるようにして、へっぴり腰の酔客にながし目をくれる。

「抱いてみんかい、新しかばい、あはは」

酔客たちが三人ばかりもつれあってさしのぞく。

「うふん、これがぽんたかい」

すると顔がかくれて、牡丹色の花簪が暗がりに浮いている。

「さ、早うあがってあがって。おっ母さんに相談して、負けてもらいなっせ。早かが勝ちばい」

男たちを押しあげると、ねえさんのひとりはしゃっくりをして胸を撫で、

「へっ、酔食《えく》らい共がひっかかった！」

といい、焼酎の二合徳利を抱えて立っているわたしをみつけると、

「あら、みっちゃん、また焼酎買いかい。みっちゃんげのお父っつぁまも、毎晩毎晩よう呑ますねえ。こぎゃんこまか子ば、また焼酎買いに出して。さあ帰った帰った。帰って早う寝ろ。亀太郎さんあんまり呑みなはるなち、云いなはる」

男たちを店にあげた袂でねえさんは、ぱたぱたと自分を振りはらうようにして奥の方へ這入ってしまう。

そのぽんたはいつも化粧してうつむいていたから、匕首《あいくち》をしのばせた少年と、そのときどんな風にむきあったのか。年の頃なら、思いつめた少年と、花簪の灯影の娘淫売はつり合っていたろうに。

夜があける頃から、町並みの戸口から戸口がほとほとたたかれて、

「ぽんたが殺されたばい」

「なん？　ぽんたが殺された！」

「はい、ぽんたが殺された」

「あいや！　ぽんたが殺されたちゅう」

一軒一軒の戸が開いて人が走り出し、犬が鳴いて走り出し、栄町の通りの空は朝焼けがして、カラスが啼いて夜があけた。

いつもは開かない先隣りの「末広」の、朝の表戸がくりあけられて、男衆が黙々と板戸一枚分ほどのすきまから、畳を出しにかかると、たかり寄って奥をのぞきこもうとしていた近所の人びとは、持ち出された畳をひとめ見て、声のないどよめきをあげるとうしろにひいた。心なしかもう黒ずみかかって、ポトリ、ポトリ、とたたきに糸を曳きながら、どっぷりと半畳ほども重たげな血に濡れた畳が、表戸に立てかけられた。

「……えらい血じゃ」

「畳半分じゃ……。これじゃあ、助かりもせんじゃったろ」

「心臓ばな、ひと突きじゃったち」

「ふーん！」

「何でまた殺したろか」

「まだ若か男ちゅうばい」

「中学生ちばい」

「中学の五年生ちばい」

どよめきがまた起った。

中学生という言葉はわたしの家の生活語にはなかった。「中学生」という言葉は耳なれない言葉だったから、なんだかそれはフレッシュな高級な人間のようにきこえた。たぶんこの町内の庶民たちにとっても「中学生」などというものは、今で云えば、「村から出た学士さま」とでもいうようなひびきを持っていた。群集のひとりは町の裏手、すなわち末広の裏手のげんげ畑のむこうにあごをしゃくり、声をひそめた。

「あそこのほら、古賀の曲り角の、二階家《や》の分限者どんの息子たい。川内《せんだい》の中学に通うとるのがおったろうが」

たぶん人びとはもうその中学五年生のことを知って集っていた。けれども人びとはこのようなとき、お互いが知っていることを、誰かが先に云ってくれるのを待っているものだった。大きな溜息が人びととの間に幾度も湧く。

「なんでまあ、あげんよかおなごば、殺してしもたろか、もったいなか。まあえらい損ばいここの末広も」

末広のまん前のお玉小母さんがみんなにきこえるように大声でいう。その小母さんの御亭主は、わたしの家の石工仕事を手伝ってくれたり、小母さんの方もときどき石塔磨きに来てもいた。そのような小母さんたちが集まると、末広の話が出ぬことはない。

「末広の淫売どもが！」

と特別に淫猥な話を持ち出して、あらんかぎりに妓たちを憎悪しているのはこの小母さんである。

「まだなあ、小娘のごたったが」

「小娘も小娘、十六ぐらいじゃったち」

「十六じゃったちゃ、淫売じゃもん。一人前じゃあったろうもん。いちばん売れよったちゅう話じゃが」

お玉小母さんが死んだぽんたをげなすようにいう。人びとはなんだか言葉のつぎ穂を探すようなささやき声になる。お玉小母さんは元気もので、朝早く起きると前の道に水を打つのが大好きで、いつも朝は閉まっている末広の表戸にとどくよう、パッパパッパと勢いよく水を打つのだと、近所の小母さん達が笑っていうのだった。

お玉小母さんは更に追いうちをかけるように、

「小娘のくせしとってなあ、あんまり客のとり過ぎじゃったろうもん。中学生ば騙《だま》かして」

するとその隣りの「こんにゃく屋」の小母さんが、

「ぐらしかですばいあんた、そっでも。深かわけのあって売られて来たとじゃろうもね。おっかさあーんちな、たったひと声、出したちばい。息の切れる間際にたったひと声、おっかさあーんち」

人びとはおし黙った。

こんにゃく屋の小母さんは重ねて云った。

「仏さまじゃがなもう。かあいそうに」

天草の島から売られて来た十六の小娘の、毎夜毎夜、売りひさがれていた姿を見知っていた栄町通りの人びとは、こんにゃく屋の小母さんの声にたしなめられたように、おし黙った。そして、人びとは、いまわのきわの娘淫売の、おっかさあーんというひと声をたしかにその時きいた。わたしは、牡丹色に光るびらびら簪が、しゃらんと鳴って、畳の上に落ちる音をきいた。血の海の中にそれが浮くのをみた。

「中でなあ、検屍ちゅうとのありよっとち」

人びとは細目にあけられた表戸の中をのぞきこもうとしてつま立つようにする。

「県の大学から、解剖の先生の来なはっとち」

「ふーん」

「殺されたもんな、そんままでは、葬式も出されんとげなばい。警察が許さんとちゅうもん」

「解剖の済んでからでなからんば、土葬も火葬もでけんげな」

「あ、葬式するとなれば、いったい誰が出すとじゃろかい、その葬式は」

人びとは考えこんでしまう。

「長島の方から買われて来とったちゅうけん、親は、長島におらるとじゃろうもん」

「うーん、ばってん、一旦売った買うたとなれば、ここの末広が親許じゃろうけん。葬式はここの末広から出すのが筋道じゃろうもん」

ひとびとは首を傾げ、ありありと悪意をもって、表戸のすきまから見えない暗い末広の奥の方をみた。それから息をひそめ、親指をさし出して云った。

「そりゃあケチンボちゅう話ばい、ここのおっかさんな」

「並のケチンボじゃろうかい。当り前の商売じゃなかぞ、おなご共が生き身で商売する家じゃもね」

「葬式出すか出さんか、見ものぞ」

「ぽんたぽんたち、売り出して。さんざん客とらせて。もう元はとったろうもん。葬式ぐらい出してやっても損じゃなかろうもん」

「うんにゃわからん。賭けてもよか。出さんじゃろ」

「ほんとの親には、知らせは行ったじゃろうか」

「さあ……なあ」

「まこてなあ、器量が仇ちゅうはこのことぞ」

「犯人な、そして、どげんしたちな？」

「すぐ自首したげな。覚悟しとった風じゃったげな」

「ふーん」

「ぽんたの親もきつかろが、中学生の親ものさんよ。せっかく中学のなんのにまで出してやったあげく。並のもんじゃ出しきらんとに。女郎狂いされて殺人犯人になって」

紙芝居の小父さんがいつも子供達を集めているあの勝手口の方がざわめいて、そこにもあった人だかりが割れ出した。巡査さんの黒い服がみえ、つづいて若い衆たちが四人、白いまっさらな晒《さら》しのたすきをかけ、その晒しで戸板を荷って運び出そうとしていた。戸板の上には茣蓙《ござ》がかけられている。ひとびとは、

「あっ、ぽんたばい」

と腰を浮かしたが、こんにゃく屋の小母さんが合掌しながら、

「仏さまじゃが」

と瞑目すると、いっせいに手を合わせ、

「なむあみだぶつ、なむあみだぶつ」

という唱和が起きた。戸板は、巡査さんを先頭にして人だかりを割りながら、栄町の通りを行った。茣蓙の下から赤いメリンス模様の、しごきのようなはしっこがみえ、季節におくれた蠅が一匹、茣蓙の上に止ったり離れたりしながらついていった。

ぽんたの死骸の解剖に、亀太郎が立会人として立ち会ったということは、彼が帰って来て、飲食店の後藤さんや土工の兄《あほ》たちと焼酎を呑み出したその話から知らされた。彼

は春乃に、

「今日は肉きれも魚きれも食わんぞ。ぽんたのお通夜じゃけん」

と云いつけた。

「身内のもんも、長島から、ぽんたの兄貴が呼び寄せられとったが、とても立ち会いきらんちゅう。さもあろうわい肉親なれば。警察のもんと世良博士だけでは、立ち会うたことにはならんちゅう。末広の親方、汝家《わるげ》の兄貴も」

彼は杯を後藤さんにさしながら軽蔑した。

「銭もうけには鬼《おん》のごつなっても、わが買い寄せてきたおなごの最後を看とりきらんとは、ひときれの仏心もなか奴ぞ」

と遠慮しない。

「そういうなや兄貴」

若はげになっている後藤さんは、亀太郎に弱味をつつかれるといつもそのはげの部分を撫でながら「兄貴」というのだった。

「おる家《げ》の兄貴やつも、妓《おなご》はまるまる損するし、店はまんの悪うなるし。警察にゃ散々どやされるし。ぽんたが解剖までは、いくらなんでも気根の続くみゃあもん。そのよにおごらずに、気分直しに、いっぱい、今夜は呑んで呉れなっせ」

「おお、呑むぞ。呑まずにおらるるか。但し、呑むとは自分の銭で呑むわい。胸くその悪か。水俣中の消防団の団長も、小娘ひとりの解剖ぐらいに立ち会いもきらずに。なんで、なんのかかわりもなか土方の俺が、立会人にならんばならぬか。だれひとり立会人のおらんちゅうけん、おりゃ、ぽんたがあわれと思うて、先隣りのよしみで立ち会うたぞ。末広じゃの、お前じゃののために立ち会うたわけじゃなかぞ。間違うな。酒呑めのなんのちゅうて。お前どもが酒は一滴も呑まんわい。おりゃな、立ち会うてみたらな、あんまりぽんたがあわれじゃなかか……」

　彼はそう云って若いものたちをじっと見た。

「よかか兄《あほ》たち。今夜は、ぽんたがお通夜ぞ。それでお前どんもうんと呑め。消防団の臆病者どもばっかりが。よっぽどあの組は、末広の妓どもにゃ、おとろしかわけのあるとみゆるわい。こら後藤！　おまえどもが兄弟して末広に、水俣中の男どものくされきん玉ば、かねがね食わえこませとっとじゃろうが」

　泣きべそをかいていた兄たちがくすくすと笑い出す。

「そういうてくるるな、そういうな、兄貴。今日はほんなこて、助けてもろうたとじゃけん、恩に着るけん」

　後藤さんはしきりに片手で汗を拭き、片手ではぺらぺらと杯を干す。

「おりゃお前ごときに恩に着らるる覚えはなかぞ、間違うな。あのよなよか娘をば、打ち殺《こ》れてしもて……。こら後藤、ようく考えてみろ。誰がぽんたば打ち殺したか」

「早崎の息子はもう自首しとるちゅうが」

「このバカが！」

亀太郎はあぐらの片膝をのり出して一喝した。湯呑みについだ片手の焼酎が、ボッと巻脚絆を解いた脛の上にこぼれ落ちる。

「それでお前どもは銭餓鬼ちゅうとぞ。誰が殺したかぽんたば。熊大の法医学の世良博士がな」

彼は自分も学者のように威儀を正したが、ふいにはらはらと落涙した。

「世良博士がな、数々解剖も手がけたが、これほど美しか、立派なよか肺を持っとる娘は、見たこた無かち、そがんいわいたぞ」

「肺？」

「美しかよか肺じゃち。見たこともなかち、感心さした」

「うん……」

「なんがうんか、この銭餓鬼どもが。あぎゃん達者か、よか娘どもをば、高う買うたの安う買うたのちゅうて連れて来て。どぎゃん躰になしてしまうか。お前どもは犬畜生より浅ましか奴どもぞ。あげくのさんぱちにゃ、ああいう死に方をさせて。親にも兄貴にもみせんじゃった躰ば。ムコどんも持たせんじゃったうつくしか躰に莚《むしろ》かぶせるごとなして。解剖のなんのして。おりゃ、あわれであわれで……。

ほら、みっちん、お父っつぁまにつげ。おまやけっして淫売のなんのにゃ売らんけん、しあわせぞ。いっぱいのめ、のむか、うん」

わたしはこっくりをして杯を受ける。頑是ない娘の杯にとくとくと一升びんの焼酎をつぎこぼしながら亀太郎は泣きじゃくった。兄《あほ》たちも泣きじゃくった。
ぼんたの葬式は出なかった。

第五章　紐とき寒行

栄町の通りを、日に何回となく青竹を曳いて往ったり来たりする盲目の老狂女の、その竹の杖を、銭湯帰りの末広の妓《おなご》たちが、二、三人で曳いたり背中を撫でてやったりして、連れて帰って来てくれることがときどきあった。

白粉《おしろい》を落とすと寂しい唇の色になりかけている女たちだったが、それでも風呂上りの束の間は、さえざえとしたまぶたをして、片手に風呂道具を入れたあかね色の金盥《かなだらい》を抱え持ち、洗い髪をさらさら肩になびかせている。

「ばばさまば、遠かところにやらんごつせんばなあ。馬車の通るけん、あぶのうして」

そう云って、むかえに出ているわたしに、曳いて来た青竹の先のおもかさまをひき渡すのである。

誰がみても、ひとめで正気人とはちがう神経殿《どん》だったから、道筋の家々とても、戸口のそばにたたずまれ、不意に荒々と呪言めいたひとりごとなど云われたりしては仰天し、迷惑することこの上もなかったろう。店の迷惑になるから早う連れに来てくれと、豆腐屋の小母さんからよく使いが来る。走って迎えに行っても狂女の発作がおさまる筈もなく、腰にすがって押したり曳いたりしているあいまにも、豆腐を買いに人が来る店先で、人にはわからぬ口説を、おもかさまは気が済むまで呟いたりおめいたりするのである。露骨に舌打ちする小母さんの気持もよくわかり、わたしはまったく途方にくれるのだった。豆腐屋やお玉小母さんの家の前を通るときは身体がすくみ、一生の罪劫を負ったような気になってくる。

おもかさまのそのような姿は、この界隈に出没する異形のものであったにちがいない。雪の降る日も跣《はだし》のまんま、左の足は象皮病に罹《かか》って異様に肥大しひび割れている。着せても着せてもひき裂いて、あらわな肌が出る腰巻の、前も後もはだけほどけてしまうめくらの狂女と、道筋の昼間にはなじまれぬ昼風呂帰りの雛御前たちが、白い蓬髪《ほうはつ》と、黒い洗い髪を風になびかせ、一本の青竹につらなりながら道行きをするさまは、人目をひくに充分だった。妓たちは、おもかさまにむかって、こんな風に語りかけながら歩いてくるのだった。

「まあほんなこてなあ、きゃくされ世の中の賑あいじゃなあ。ここの栄町の眺めのよさよさ。みんなしてなあ、見物しょらすばえ。よか雛御前《ごぜ》の通らすけん、なあばばさま」

おもかさまはなんだかなごやかな様子になって、ちいさな笑い声さえ出し、時々立ち止まる。妓たちは爪先探りになって歩きだす狂女の足つきそっくりに、しずしずと踏み出して、

「なあ、ばばさま、なあばばさま」

と天草なまりもいちばんみやびやかに、尻上りのほそい声になって杖を曳く。片手をそろそろと曳いてやり、背中を撫でてやったりして連なりながら、道筋の見物衆のために、彼女たちは歩いているのだった。

このようなありさまなのでおもかさまは、昭和六年、陸軍大演習のみぎり、日本窒素水俣工場に「天皇陛下さまが行幸のあいだ、不敬この上ないので、本町内の浮浪者、挙動不審者、精神異常者は、ひとりもあまさず、恋路島に隔離の措置」というのにも遭うのだった。

徴兵検査に通らなかったこともあって、ひといち倍いちずに「陛下さまの赤子」をもって任じている亀太郎には、この措置はこたえすぎたらしい。切腹するのなんのと云いだしたのだったから。その通達をしに来た巡査に、

「わしげのばばさまをば恋路島に島流しに、しゃりむりしなはるならば、わしげの一家が、生まれながらに国家にそむいていることになり申す。

わしゃ土方で、破れ着物を着て、兵隊検査には、ごらんの通り、珠算玉のごたる肋骨しとるけん、通してはもらえんじゃったが、赤心だけは、忠義の心だけは誰にも劣らずあっぱれじゃと、躰が惜しいと、検査官の云わしたです。頭も惜しかと、惜しか頭じゃと、検査官の云わしたです。わしげのばばさまが、陛下さまに危害をするような人か、わしげの家がそういう家か。

うけたまわれば陛下さまの通らす道すじは、この栄町通りじゃなか、駅から会社までの道すじだけちゅうことです。駅から会社までの道すじに、おるげのばばさまが目ざわりとあれば、目ざわりじゃろうから、出さんようにとりしきる心得は、云われんでもおそれながら心得とりました。そのくらいは、日本国民として、家族でとりしきるつもりであります。それもならんとあれば、そうなれば、この場でたった今、白石亀太郎、不忠のお詫びに、ばばさまを刺し殺して切腹いたしやす。切腹しますけん、あんたその牛蒡《ごぼ》剣でいやそのサーベルで、二人の介錯ばたのみます」

縛ってでもばばさまを連れてゆくと云い張っていた巡査は、牛蒡剣などといわれたのは耳に入ったのか入らないのか、

「そりゃ困る、そりゃいかん」

という。

「ともかく、しかと、陛下さまのお目にふれん、耳にも聞えんという約束をしてもらえば、仕様がなか、特別でわがはいも責任持つ。家族も責任持つか」

「あんたのそのサーベル剣にかけて、信義は守ります。男に二言はありまっせん」

「まこて、この神経さまには、ほとほともう煩悩もつきるばい」

春乃とはつのが身を絞ってそう嘆く。

「ああ、この子は、神経殿《どん》の孫女《まごじょ》」ともいわれていたので、いずれ自分もおもかさまのようになるのだと、わたしは思いこんだ。陸軍大演習のときの、父のやるかたない心中

を思いやってから、わたしはある覚悟をたぶんしたのだとおもう。

わたしの小さい頃の大人たちが使いわけていた「正気人」と「神経殿」という言葉の

ニュアンスはおもしろい。気ちがいの方に殿をつけ、自分たちを正気人という。俗世に

帰る道をうしなってさまよう者への哀憐から、いたわりをおいてそう云っていた。その

ころの、ふつう下層世界の常人は、精神病患者とか、異常者とか冷たくいわずに、異形

のものたちに敬称をつけて、神経殿とか、まんまんさまとか云っていた。

わたしにはもう、年子の弟が生まれていた。一《はじめ》と命名されて、子ども心にも弟は、ど

こかひよわな、生命力のうすいような子だったのを、雪のちらつくこの子の「紐解《ひもと》き」

の祝いの日に、ことにあわれに思ったのを覚えている。

「紐解き」の祝いは、今でいえば七五三の祝いで、その頃では、男の子も女の子も、満

で三つになると肥立ちを祝い、前身《まえみ》の左右に縫いつけた紐つきの「ひとつ身」の着物を

脱いで、紐をとった本裁《ほんだ》ちの「四つ身」に縫った晴着を着せられて神参りをし、一族近

所寄り集って祝うのである。

その「紐解き」が、わたしのときはえらく盛大に行われた。亀太郎は大満悦で酔っぱ

らい、盛装させた娘を、娘の躰よりも大きい床の間の鯛の浜焼きの上に抱えてゆき、そ

の上でわたしを揺すった。

「ほら、太か鯛の来とるぞ。みっちんば嚙もう嚙もうちゅうて。機嫌のようせんば、こ

の鯛に嚙ませるぞ」

大鯛の尻尾と目の玉がおどりあがって来るように泳いで、それまでおひなさまのようじゃとほめられて機嫌がよかったのに、はじめて履いた白足袋を天にはねあげ、わたしはぎゃあっと泣き出してしまった。そのとき島原の老舗《しにせ》からとり寄せられた金襴緞子《きんらんどんす》の帯を、いまでも伊達巻きがわりに愛用しているが、翌年の弟の「紐解き」は、銘仙の絣《かすり》の上下と袴で、わたしのときの華美さにくらべてさびしかった。親たちが、

「男の子じゃけん、もう島原からまでとり寄せんちゃよかろうぞ。衣屋から買えば安うもある」

というのを小耳にしたときからもう弟への一生の負い目がはじまったのだった。その弟の紐解きの日、前年の盛装を、姉というものになったわたしもついでにさせられて木《ぽっ》履《くり》をはき、八幡さまと為朝さまにおまいりした。はじめての晴れの日だというのに弟は、熱でもあったのか青いこめかみのあたりに鳥肌を浮かせ、重たげなまぶたを切なそうにひらきひらき、おんぶしている亀太郎の背中に顔をくっつけてぐったりしていた。旧霜月の初雪のちらつく中を、今にしておもえば、弟の様子は神参りでもなかった気色だった気がするが、わたしの衣裳が目立つのが弟に申しわけなくて、いつもは嬉しい木履の底の鈴の音が、いやに響き渡ってそらぞらしく、わたしは小さくなって歩いていた。

　八幡宮にゆく道の筋は、舟津という古い漁師村で、舟津をすぎると道の片っぽは石垣の渚になっていた。その渚にはらはらとそそぎはじめた牡丹雪を見やりながら、小さな

ふたりを背中に負うたり、手にひいたりしていて、父と母はこんな話をした。

「このごろは、癩病殿《どん》たちの姿は見えんごたるなあ」

「思いがけん雪じゃもね、このような寒さじゃれば、来られんじゃろうもん」

「寒かときこそ寒行になるちゅうて、雪の降りには必ず漬かりに来らるもん。今夜どもは、ここらの縁《へた》にも漬かりに来らるかも知れん」

癩者たちが、八幡神宮とその途中にある為朝神社に願をかけ、寒中の潮が満ちてくると白衣を着て、神社の前の渚に漬かりにくるというのだった。八幡さまの大鳥居や、唐獅子用の石材を天草から掘り出した松太郎が、舟を仕立て、ここの渚から満潮を見て陸上げしたのは、クレーンなどのなかった当時としては大仕事だったが、その鳥居や唐獅子を浜町界隈の人びととともに献納したりしてわが家にはなつかしい渚なのである。癩者たちの潮につかって寒行をしているありさまは、渚でそのような仕事をする人びととの胸をよほどにうっていたのにちがいない。思っただけでもその情景はかなしくて、父母に手を曳かれながら、ほかの子たちもゆく渚ぞいのこの参道は、晴れ晴れとした紐とき神事の道ではなく、人生のかなしみへの道のように思われた。父母の話に胸しめつけられて、稚児髷《まげ》をうつむけながら木履の音をさせて歩いていた。

弟のどこか儚《はか》ないこの雪の日の貌《かお》は、癩者たちの寒行の話とともに、祖母の姿と重なりながら浮きつ沈みつ、終生わたしにまつわりついてくる。のちに汽車に轢かれてこの弟が死んだ日にも、線路の上に小雪がちらついた。

わが家ははじめての男子に一《はじめ》と命名して、その紐解きを祝うゆとりまではあったが、急激に凋落しはじめてもいた。

魚市場のある丸島の消防団の若い衆が、春の恒例の「消防団のけいこ」の済んだ夜に、末広に揚がったが、銭が足りなかったというので、末広の弟のあの後藤さんが、その若いものを道路にそびき出し、兄の方がその若い衆の足だか腰だかを蹴り折って帰したので、丸島消防団が鐘をうちならして人を集め、竹槍を削いで、この兄弟に仕返しをすると云っているのを警察が知り、署長が出むいてやっとなだめたという話を亀太郎がした。

「丸島の組が云いよるげなぞ、後藤。月夜の晩ばかりとは限らん。この世にゃ、闇夜ちゅうこともある。そげんことをば云いよるぞ、後藤。お前どもも、そろそろ年貢のおさめ時の近づいたかにゃ」

「うーん、闇夜ちな……」

後藤さんはそう呟いたが、漁師部落の若い者の足をへし折ったにしては意気があがらなかった。そのうち町の人びとは、末広の親方はつっこけて怪我をして、躰の具合が悪くなっているんだそうだと云いはじめた。

「あはぁ、やっぱりこの前の闇夜に逢わいたばい。やっぱりなあ、ぽんたのことがあってから、あそこもとうとう傷のついて、つまずきのはじめじゃ」

その親方は天草にさいさい帰っておなごやら金を調達しているという噂だった。

「もう傾いて、立ち直りは利かんちゅう話ぞ。このごろ妓どもが顔の替っとの早かもん。

生きもの元手の商売じゃけん、いつかは祟《たた》りの来ん筈はなか。そういつまでも栄えはすまいよ」

ひとびとはそう云った。

大《う》廻《まわ》りの塘《とも》の海岸線が大きくしらしらと町の方角にむかってうねりはじめると、この町の日《ひ》昏《ぐ》れが急に寒くなる。

海の色が変って来て、日昏れの風は天草の沖からやって来る。大《う》崎《さぎ》ケ鼻をめぐり、川を渡って大廻りの塘をまわりながら町を撫でる風の足が、猿郷《さるごう》の石山の上から見下せる。わたしと弟は、綿入れを着せ直されて、それでもう帰るのだとわかるのだった。春乃は、瀬戸引きの青い薬罐から残りの水を蓋に受けて飲みながらこういうのだった。

「ほうら、西あげどんの沖の方から吹いて来らったぞう。寒うなった寒うなった。ほうら、西あげどんの追うて来らるけん、はよう帰らんばねえ」

白い和手拭をひらひらさせながら、昏れ足のはやい西あげ日和に追われて、あちこちの畑から女たちが、櫨《はぜ》の木で区切られた畦道をとおって帰りはじめ、互いに声をかけあって下ってゆく。

「おーい、日の昏るっぞー。まだ帰らんとやぁ」

「はーい、いま帰りまっしゅう」

そのような声が段々畑の迫々《さこさこ》にこだますると、いちだんと野良の黄昏は寒くなる。櫨の木はもうすっかり紅色の葉をおとし、枝の間の空に、大豆粒を手のくぼ二、三ばいかき寄せたようについている実が、日昏れの風にいっせいに吹きあげられ、霰の降るような音を立てて鳴っている。

冬の野良は麦踏みから始まるようだった。

前夜の寒《かん》がきつくて、霜柱がワリワリと音を立てるのを、麦の芽立ちといっしょに踏み倒しながら、うしろ手を組んで麦踏みをするのである。麦踏みは三つ四つの幼児にも出来たから、わたしも一人前に大人たちとならび、綿入れねんねこの上からうしろ手を組みながら麦を踏んでゆく。

「ほら踏めほら踏め。また起きて来《け》え、ちゅうて踏め」

そう云われると、海老茶色の別珍の足袋につっかけている足半草履《あしなかぞうり》の、半凍えになって地駄んだを踏んでいる足が、うたいそうになるのだった。春乃たちは麦のうねの間の、まだ霜柱の解けぬ土を鍬《くわ》で打ち返してゆく。

「こぎゃんして、打ち返して、根ば引いておかぬことには、いくら下肥《しもごえ》やっても麦にゃ行かずに、草がおっ盗《と》ってしまうけんねえ」

春乃は麦に云うとなくちいさな子に云うとなく、ひと鍬ごとによいしょ、よいしょとはやしをかけながら鍬を入れてゆく。

霜の下りた朝は、日中になるとぽっぽと汗が滲むほどな陽になるのだけれども、麦の中打ちをやりあげて、痛くてたまらぬ腰を伸ばすと風はやっぱり冷たくて、すぐにもう肌着の汗が、ぞくぞくと寒気に変ってくるのだった。昏れるにつれて、女たちの鍬取りはせっせせっせと追い立てられて、大根畑の中も、しゃくし菜やチシャ菜畑の中も、葱《ねぎ》や馬鈴薯畑の中も、冬の野良は気忙《きぜわ》しい。そして西あげの風が吹いたあとはたいがい、時雨続きのしょったれ日和が続くのである。

　そのしょったれ日和が来ぬうちに、麦の中、大根の中、菜っぱの中をやっておかぬことには、赤い粘土質のここらの土壌は、雨がくると、ひと鍬ごとにべっとりとその赤泥がくっついて来て、仕事にならぬのだった。そのような日に畑に入ると踏み固めてしまい、乾いてみるとカッチンカッチンになって、石でも割るおもいをして掘り起さねばならなかった。だからそのような日和になって否応なしの畠憩いの日が来ると、

「あんた家《げ》はもう、麦の中は済みなはったかな」

「麦の中はどうなりこうなり済んだばってん、まだ大根の中がなあ」

　などといい交わすのは挨拶だけのことでなしに、しょったれ日和に逢う前に、畑の中をやってしまうかしまわぬかは、春の農事にも食いこんで、うっかりすると田植にまで支障を来たすことを心配しあうのである。

　まだここらでは、桜島大根の小型のような聖護院大根や、宮重《みやしげ》青首大根などという種類をつくっていた。その大根類の間引きも三度目が済む頃になると、宮重青首も聖護院も、大人の小指ほどにはなっていて、土の上にうす緑いろの根首を出し、どんどん大きくなった。幾度も霜が来て、しゃくし菜も高菜も、濃くなってゆく葉の上に初雪が舞っ

たりすると正月が来る。それらの大根類が正月用のなますになる頃は、人参も土の乳を含んで来て、千六本に刻んで噛めば、その芳香が歯の間からほとばしり出た。

丘の上に来る寒風の四方にむかって、ゆさゆさと葉を広げる白菜や大根の葉の先には、ちいさな無数のイガイガが出来て、指の間やあかぎれをちくちくと刺すのだった。年寄りたちは天気をみていて、寒の風のからからに乾いて吹きさらす日を選び、子供たちもよってたかって大根引きをして、畑のぐるりを囲っている櫨の木や柿の木や、椿の枝にかけて干す。そのような木に登るには子どもたちの方が身が軽く、実を採ったあとの櫨の木や、柿の木の枝の先まで伝って行き、大人たちが天秤《てんびん》棒の先につっかけてさし出す大根の束を、上手に枝の間にかけてゆく。

丘の上の木という木は、みんな束になった大根をぶらさげて枝をしなわせ、寒の季節をそうやって過ごす。時雨つづきの日和に逢わせぬよう、枝の間で干しあがれば、また一家中でとり下ろす。来年の春までに食べるたくあんや寒漬の幾樽かが出来あがる算段がそういうぐあいについてゆく。

天気の見頃は年寄りたちの才覚というもので、そういうことになるとわたしの家も隣り近所も「神経さま」におうかがいを立ててみねばわからぬことが多かった。天気は、農作業や漁に関わりがあるだけでなく、味噌麴《こうじ》や醬油麴を寝せる具合にも密接なつながりを持っていた。

「おっかさま、今、ちいっと、白か麴の吹いて来たばってん」

その味噌麹になりかけの押し麦をすくって春乃が持ってゆくと、このめくらさまは、手のくぼに受けて嗅いでみて、しばらく首をかしげているが、ひとつぶふたつぶつまんで口に含み、ほつほつと噛みながら、手さぐりで麹の莚《むしろ》のところにいざってゆく。ほかほかと熱を持って来ている莚の中にそろりと手を入れる。そして和やかな繊《ほそ》い声でいうのだ。

「明日どもはもう搗《つ》いてもよかろうばってん、この天気じゃ、まちっと莚ば押し広げて、冷《さ》ますんことにゃ、毛足の長かねずみ黴《かび》の生ゆるばえ」

家に伝わる勘というものがあって、味噌も醤油も麹のときにきちんと仕上げぬことには、甕《かめ》に仕入れてしまえば、味も色もそれできまってしまう。田植や麦蒔《ま》き、祭ごと、供養ごとに、村内のひとびとや一族中を招ぶのだから、そのような家の味というものも知れるのである。腰が曲がって、野良にも山にも、浜にも出なくなって、納戸の仏さまや猫とばかり話すようになり、雲ゆき、風ゆきに耳傾けている婆《ばば》さまが家の中にいれば、家というものにも魂がはいっていた。雨に逢わせなかった大根はすがほげず、芯も残らずしなしなと干しあがり、たくあんも寒漬も、噛めば歯ごたえの中から味がしみ出して仕上った。

雨憩いや雪憩いに家の前を通る人間には、誰彼かまわず「寄ってお茶なりと呑んでゆけ」と、声をかけるのが村のならいで、寄ってみると、二人や三人はもう先客がいて、茶呑み話が、「どんどん賑わうて」いる仕掛けなのであった。よろず馬鹿話も打ちあけ話も、供養の相談ごともまるまるいっしょくたにして、そういうときの、「お茶の塩気」というくらい、お茶には漬物がついて出る。

「ああたんところは、干し時の良うあんなさったけん、出来のちがいますなあ」

お茶に招ばれる女房たちはそうやって、身上相談のついでに自分の味というものを見つけ出してゆく。

漬物用の大根かけがはじまる前までに櫨の実も採っておかねばならず、冬は一見農閑期のようでも、ひとつとして手抜きしてよいことなどありはしなかった。

冬野菜が育つ頃から女たちの指の先や、節のくれにはほとんどのように、あかぎれが割れてくる。だからいつも冬の囲炉裏のぐるりには、富山の薬を入れた木の箱が置いてあるのだった。風邪や血の道の薬のサフランや、あまい甘草の木根などを煎じる匂いにまじり、貝殻の中に練り入れたあかぎれの薬があたためてあったりしたものだ。熾《おき》が出来るとその熾のひとつふたつを灰のこちら側にかき寄せて、貝のフタをのせ、その中に黒い膏薬《こうやく》をとり入れてとろとろと溶かしにかかる。それから焼けた火箸の先に溶けた膏薬をつっかけ、ふうふう吹き冷ましながら亀太郎が、女たちのあかぎれの裂け目にその膏薬をしたたらす。

「熱かろうばってん我慢せろ、我慢せろ。これがいちばん効くとじゃけん」

治療をほどこす方の人さし指にもそれが出来ていて、黒い膏薬の繃帯を巻いている。

あかぎれは、水や石の粉をしょっちゅうあつかっている、石塔磨きの小母さんたちの手にも出来て、冬の間はなおるいとまがない。ましてや、真冬とて、凍るような鉄の鑿《のみ》や鏨《たがね》や玄能や、石の体積を計り出す「水平」や墨箱や、竹をささらにした石材用の粉刷毛や、ひとつとして皮膚をそこねぬものはない道具を使い、自分がふりあげた石鎚で、力まかせに自分の指を打ちひしゃぐこともしばしばある石工たちの手には、ぱっくりと肉までひらくあかぎれが幾筋も切れてくる。

秋の彼岸のころに富山の薬屋さんが、自分の躰よりも大きな紺の風呂敷を背負ってきて、その中からいくつもいくつも魔法のように行李《こうり》を取り出すと、この貝の中に入れたあかぎれの薬と、腹痛《はらいた》の熊胆《くまのい》と、アスピリンと血の道の実母散とをいちばん沢山置いてゆく。そばに坐ってつくづく眺め入っていると、折り畳んである四角い絵入りの、紙風船をくれるのが、子どもたちにはたのしみだった。

しょったれ日和とか、たたくれ日和とかになって降りこめられ、野良にゆこうにもゆけなくなると、女たちは、からいもを茹《ゆ》でて丹念に切り、囲炉裏のぐるりや縁先きを干し場にして莚を敷き、天気のよい日に切りとって来ておいたかんねかずら（蔦かずら）の緒にさし貫いて、軒の下に長木をかけ、いくつもいくつもわさにして下げるのである。

からいもは始末に困るほど沢山とれるかわりに貯蔵法がむずかしく、新しい藁《わら》で厚く囲って土中に埋めても寒気に弱い。よくよく心を配り、束ねた藁の穂を土中からのぞかせて、「からいもがま」を、三つも四つも畑に掘って、その中を暖かくして埋めておいても、きびしい寒が続いて、心配しいしい春の彼岸にとり出してみると、案の定くされていて、うっかりすると種藷《たねいも》さえも無しにしてしまう。だから、米が端境期《はざかいき》になる間の保存食には、茹でて切り干しにするカンコロ藷や、うすい輪切りにして生干しにする木っ葉藷を作るのがもっとも確実な保存法で、秋の終りから冬の間の、女たちの家内仕事になるのだった。農家の家の内というものはそのまま仕事場になっているけれども、茹でて丸い輪切りにしてさし貫いたからいもが半乾きになり、冬の陽ざしにあたためられて飴色に透き通ってくると、陽が落ちても夜なかじゅう、甘い日向くさい匂いが漂って、それは猿郷の山の上のあの、蔦かずらの花のいろいろに抱かれている、大岩の匂いに似てもいた。

猿郷の山の畑から戻るとき、大人たちは鍬についた泥を鎌の背でかき払い、それを天秤棒の前にかけ、その先の、棒の両はしに吊るした女籠《めご》の片っ方に弟を、片っ方にからいもや大根を入れて荷いあげ、わたしには青い瀬戸引きの薬罐を持たせてくれるのだった。

石をとり出したあとのかけらのこっぱで、ぐるりを築いた畦の小道を下り、おおきな櫨の根元ごとに曲がり道になる段々畑を下ってゆく。ひとつちがいの弟が、どっと落ちてくる日の昏れと、迫々をめぐる風の音におびえて、ええん、ええんと、女籠の綱にすがって坐り泣きすれば、薬罐を下げて女籠のあとさきになってゆくわたしも悲しかった。

水俣川の川口に出て、そこの飛び石を伝って川を渡る頃は足元が暗くなり、芒《すすき》の深い塘を抜けて出ると、洗切という部落はもう灯をともしている。浜という町、古賀という町をとおる。

「もうすぐ家《うち》ぞ。ほいしょ、ほいしょ」

と声をかけて春乃は女籠の中の弟を揺った。なにしろ西あげどんという風が背中におっかぶさったり、前にまわったりしてついて来るのだったから、わたしはふうと息をつきながら、家の中にかけこむのである。

「さあ閉めろ、はよ閉めろ。西あげどんの這入って来るけん」

わたしはもう、女籠の片っ方に入れてもらえなくなっていて、自分のかわりに弟が入れられて土間に置かれるのを見やりながら、奴凧《やっこだこ》のように腕をひろげて板戸を閉めたりする姉気分にもなっていた。

祖父の松太郎は時々帰って来て、淡くなってゆく陽ざしの荒石置場に、やわらかい黄色い和紙の絵図面を幾枚も重ねてひろげ、書き入れの線を引いたり直したりしていた。真鍮の矢立から筆を引き抜いて墨壺に含ませ含ませ、すーっと細い線を入れてはうち眺めている。うしろの脇からのぞいて見ると、のびやかな稚い顔をした地蔵さまの絵で、横向きの姿があったり、うしろ向きのものもある。時には唐獅子の下絵が描かれていることもあった。

気に入った石があれば絵図面を描かずに、いきなり石に鑿《のみ》を当てて彫りはじめ、「なんともいえん夢んごたる地蔵さま」を彫りあげて、そこらの石工たちを唸らせ「石の神さまじゃもん」といわれていたが、それも若いときのはなしで、祖父が絵図面を引いているときは、たぶんあり得ぬ石と地蔵さまとを描いているのだったろう。晩年はもう自分で彫る気も、人に彫ってもらう気もなくなっていたが、この祖父が帰ってくると、おもかさまの機嫌が悪くなる。霰の中でも雪の中でも、なにやら口説を呟きながら出て行ってしまうのである。

畑から帰って祖母の姿が見えないと、一旦閉めた戸をまた押しあけて、わたしは祖母を探しに暗い町の辻々を見にゆくのだった。ちいさな商いをする冬の町筋はもう表戸を閉ざし、細目に開いているのは先隣りの末広ばっかりで、夕餉《ゆうげ》のあとの匂いや語らいが、人の通りの少ない路地に洩れてくる。あっちの路地こっちの角と探しながら耳を立ててゆくと、特徴のあるおもかさまの、あの咳ばらいが聞えてくるのだった。

「ここに居ったなあ、早よ戻ろ、なあ」

腰にとり縋《すが》って見上げると、おもかさまは頭上に淡い三日月を頂いて、蓬髪だけが浮いてみえる。

「みっちんかい」

と、やさしくしわぶきなおして、

「松太郎殿《どん》は、まだ居らるかえ」

というのだ。おもかさまの心持ちもなんとなくもうわかってきていて、寒さは寒し、地の上を這ってくるどこかの夕餉の匂いがおなかに沁んだ。腰にとり縋ったまま頭をくっつけ、「なあ、なあ」とわたしはちいさな足ずりをする。祖母はしばらくだまって、片手でわたしの髪やらほっぺたやらを探っているが、この神経さまの、芯のあたたかい掌に撫でまわされると切ない気持がこみあげて、その手をとって曳きながら、わたしは泣きじゃくり出してしまうのだった。すると祖母の足がひとあしそろりと動いて来て、

「どらどら、行こうけん、そのように引っぱって、つっこけどもすんなえ」

と自分の方がめくらのくせに、つっこけどもすんなえという。ひとあしずつそろそろとさし出されてくるはだしの片っ方は象皮病で、みるからに重たげにひきずっておくれるそれが、裂けほどけている裾にかくれると、ほそい方の足が出て、その爪先に粉雪らしいのが舞っている。

おもかさまは首傾けると寒い月あかりの彼方に耳を澄ましながら、ささやくのだった。

「みっちんや、三千世界の、雪じゃわい」

そのような夜はほそめに開けられていた末広の表戸も早めに閉められる。妓たちのかすかな嬌声が、遠い世界からくるように聞えたり、土俗の節の三味の音が、思い出したように鳴っていたりした。

祖父は黙念として長い煙管《きせる》で、幾度もきざみ煙草をつめ替えて、自分用の高浜焼の、丸い火鉢の前から動こうとせず、かたわらにはまだ絵図面をおいている。おそい夕餉が済んで、父の焼酎くさいふとんの中に抱きとられると、わたしは湯たんぽのようにすぐにあったかくなるのだった。

法華宗のお寺の坊さんたちが寒行《かんぎょう》に入り、どんつくどんつくと、寒の空気を打ちたたくような太鼓の音が遠くの方から近づいて来る。末広の前を通り、万十屋の前に来たかなと思ううち、「妙法蓮華経、妙法蓮華経」ととなえる声明《しょうみょう》がはっきりきこえて、それがどんつくどんつくという太鼓の音に迫力をあたえながら家の前まで近づいて、えたいのしれぬ衝迫感にとりかこまれるような気がしていると、やがてその声明は鍛冶屋の方角の、町の下方にむけて遠ざかってゆくのだった。わたしはもうなかばは睡《ねむ》りながら、

「ミョウホーレンゲーキョち、地獄極楽な?」

「妙法蓮華経、うーん、まあ、お寺の坊さんの寒行ちゅうもんじゃが……うーん」

「恐《おと》しかなあ」

「カンギョウち、なん?」

「なんのおとろしかろうか」

「もう、ねんねせろ、ねんねせろ、早うねんねせろちゅうこつばい」

となりで弟を寝かしつけながら春乃の声も半分ねむっている。

その寒行の坊さまたちに、わたしはおもかさまを連れに行った夜更けの雪の辻で逢ったことがあるのだった。祖母によりそってたたずんでいるそばを、おおきな深い網代笠《あじろがさ》をかぶった黒衣の坊さまたちが五、六人、うちわ太鼓を顔の前にかかげてたたきながら、雪を踏んで通り抜けて行った。足もとをきりりと白い脚絆《きゃはん》でしばり、顔は網代笠に深々とおおわれて見るすべもない。

坊さまたちが、ちいさな町の中でかくれもない狂女の姿を知らない筈もなく、その網代笠の列は降り止んだ雪の中に立っているわたしたちのそばを、

「妙法蓮華経、妙法蓮華経」

ととなえて通り、男声の沈んだ美しい声明が、家にいる兄《あほ》たちの声ともまたちがってなつかしく、不思議な憧憬にさそわれて、わたしは黒衣の行列の去ってゆく方をいつまでも雪あかりの中で見送っていた。近くできけば南無妙法蓮華経というのだけれども、「南無」は口のうちに消えて、「妙」のところから抑揚が入り、子どもの耳には妙法蓮華経ときこえるのである。

妙法蓮華経の声明は、雪かも知れぬ町の中に幾重にも響きあいながら、どんつくどんつくどんどんつくつく、でんでん太鼓に笙の笛という風にきこえて鳴りひびき、わたしはそれにきき入りながら寝入りはじめ、それから先は溶け入ってしまう冬の闇だった。

第六章　うつつ草紙

わが家の年中行事のうち、亀太郎はことに七日正月《なのかしょうがつ》の七草粥《ななくさがゆ》を重んじて、その材料を集めるのに、裏の田んぼの畦道に、二人の子どもを必ず伴ってゆく。つぎつぎに生まれたそのあとの弟や妹も、この行事には必ず加えられた。

「これが芹《せり》、これがよめ菜。まだ芽の出たばっかりじゃけん、今日は七草粥に入るるしか摘《つ》んじゃならん。まちっと育って来たなれば、うんと摘み集めて、よめ菜飯の御馳走にしゅう。春の七草の中じゃ、この草がいちばん良う伸びる菜ぞ」

残雪が畦に残っている年もあり、南国には早く来る陽光が、野面にさしかけている年もあった。もうあきらかに早春の気配が土の色にもこもっていて、実科女学校にゆきたかったうら若いはつのが、この行事に加わると、必ずあの「早春賦」を小声でうたい出した。

春は名のみの風の寒さや

谷のうぐいす　うたはおもえど
時にあらずと　声も立てず
時にあらずと　声も立てず

この歌のメロディとことばは、どこやら古風なわが家の中にフレッシュな風が立つような感じがした。

「末広の妓《おなご》どもより、はつのさんの方がよっぽどよかおなご」と町内の小母さんたちがいうきりょうよしの叔母が、谷のうぐいすうたはおもえどとうたえば、この叔母はわたしにとっては内心非常に自慢の姉さまでもあったので、狂女の母親の世話と没落してゆく家のために、実科女学校にゆけなかったその胸のうちが伝わってくる。

今でもこの早春賦の歌に逢えば、残雪おろしの風が渡ってくる七草摘みの野面で覚えたのだと思う。むかし玉井徳太郎という挿絵画家が少女雑誌や大衆雑誌に、まつげに憂いを湛えた美女を描いていたが、叔母はその美女にそっくりだった。裁縫上手で縫えないものはないけれど、姉の春乃にわたしが生まれてしまったので、この叔母は習いかけていた男袴をあげることが出来なかった。そのはつののうたう早春賦とともにわたしたちは芹を摘み、よめ菜を摘み、御形《ごぎよう》や蓬《よもぎ》の芽立ちを摘んだ。蓬は七草粥に入れずに雛の祭の草餅用に茹《ゆ》でてとっておく。猿郷《さるごう》の畑から、人参も、唐藷《からいも》がまのほとりに埋《い》けておいた牛蒡《ごぼう》もとって来て、塩のうす味にととのえられた七草粥は、いささか儀式めいて、漆塗りの高坏《たかつき》台の上につぎわけて並べられるのだった。

正月酒を呑んだくれている亀太郎がそのようなとき、七草の茹で方、きざみ方、粥の塩加減までいちいち指図するのをうるさがって、春乃は、儀式ばる夫に憎まれ口をきいた。

「自分が呑んだくれて、二日酔で頭の痛かもんで、酔い冷《ざ》ましに、七草粥でも欲しゅうなっとじゃろうねえ」

後年には喘息のふとんを引っかぶり、そこから首だけ出して、ほんとうに酔い冷ましにもこの粥を、ほうほう吹いて、あえぎながら食べていたものである。

七草粥をいただくときに彼が語るのは、天草という祖《おや》の島の難儀、百姓の難儀についてであった。

「米というな、お米さまというて、拝んでいただき申せ」

そういうときは正座して聞かぬと、たちまち煙管《きせる》の雁首が、はみ出しているくるぶしのあたりに飛んで来る。

春が闌《た》けてくると、塩味だけで味つけしたよめ菜飯が歳時記のようにつくられた。くさぎ菜飯というのは、疳《かん》の虫に効くくさぎ菜虫の宿る、落葉灌木の若芽を摘んで入れるのである。くさぎ菜の若芽は歯ごたえのある日向《ひなた》くさい風味を持っていて、この菜飯《なめし》を炊くについては、摘みあつめた若芽を茹でてひと晩水に晒《さら》し、あく抜きをしてから固くしぼりあげ、自家で醸した醤油をほんのわずかふりかけてちょっと空炒りをして、炊き立てのご飯に交ぜた。

「米の少なか天草じゃ、飯よりもくさぎな勝ちにして、ほんとうの菜飯ば食いよったわけぞ。こういう米勝ちの菜飯ちゅうもんは、天下さまが御馳走にならいてもよかような、ぜいたく飯じゃ。有難う思うていただき申せ。風味のよか飯じゃろうが」

土方飯場を兼ねる家だったから、三升入りのお櫃《ひつ》やら、すし桶がいくつもあって、自分で味つけしたくさぎ菜を振り入れてかき交ぜながら教えた。芹飯、紫蘇《しそ》飯、筍《たけのこ》の飯、無塩《ぶえん》ずし。

「筍というても春からいろいろ時期を追うて孟宗竹、若竹、淡竹、こさん竹。味も歯ごたえもそれぞれに違うて、細か竹なれば道のぐるりの藪くらにでも生ゆるわい。

ご飯にふり入れる具《ぐ》は、菜飯を風味よく仕上げるには、使う青菜の味をいちばんもとの味に活かして、しぼりすぎぬようにせんばならん。

それからぶえんの魚を使うぶえんずしには、必ず焼き塩を作って味つけせねばならん。焼き塩なれば、魚の生ぐさ味をほどように消す。鯛ずしも鯖ずしも、このしろずしも塩の焼き加減がまずものをいう。あさりめしじゃの牡蠣《かき》めしじゃの、貝類を入れて炊くときは、貝が塩を含んでおるけん、塩は控えめに。岩貝のむき身は筍に合わせたがよか。このような貝の飯は、春がいちばんじゃけん、きっと山椒《さんしょう》の若芽を刻んでふりかけて出す。汁の実には、アオサがいちばん合う。

それからつのまたの飯。ひじき飯。ひじきや、つのまたや海の草を入れるときには、まず油で炒るか油揚げに加勢してもろうて、味をつければよか」

その春の海のくさぐさと、野の芽立ちのくさぐさを集めた五目も六目もの雛の祭のときのちらしずし。貧しいという島の食べ物の、話だけでなくて応用の実際をやってみせるのだけれども、今おもえばなんと多彩で豊富な海の幸、山の幸の、ほんの一部分だったことだろう。今どきの魚屋やマーケットの店頭に、茹でてむき身にしてある貝などは、もう吐きすてたチューインガムのカスのようなもので情けない。あした、あさりご飯をつくろうとおもえば今日、あさりを採りにゆく。すると、あさりだけでなく、アオサも巻貝《びな》の類もはまぐりも潮吹き貝もぶう貝も、ひじきまで採ってくる。欲ばって採ってくるのでなしに、採って帰らぬと、海の中の貝たちの人口がふえてふえて、うじゃうじゃになりはせぬかとおもうくらいに、もうそこらじゅうにいるのだったから。海に降りる山道のついでに、つわ蕗もわらびも山椒も採れた。山道伝いに、一日海に下れば、ゆうに一週間分は、多彩に食べわけられるしゅんの海山のものを、背負いながら帰っていた。春の海山のものがそうであったように、秋のものはなおさらにまた種類がことなり、歳時記とは暦の上のことではなくて、家々の暮らしの中身が、大自然の摂理とともにあることをいうのだった。

天草を水俣の波うちぎわから眺めると、米のない島、水のない島、飢饉のつづく島、仕事のない島、人の売られてゆく島というてきかせられても、貝も居ろうに魚も居ろうに、食べられる草や木の芽のいろいろも生きて居ろうに。なぜ人はそこから流れて来て売り買いされ、いったん売られてしまうともう、淫売！　などといやしめられるのか。そのような世界を産み出して、自身は動かぬ島というものが、未知の謎を胎みながら微光を放って、空とひとつになってゆく海の向うに浮き出ていた。

八幡さまの祭がすんで五月も半ばをすぎる頃になると、そら豆の花畠が紋白蝶を呼ぶ。そら豆はぽってりとした楕円形の、乳緑色をした葉をつけていて、幼女たちの唇によくなじみ舌の先に含めばぷうとまるくふくらんで、ほおずきのように鳴った。そら豆の茎というものは成長が早い。

わたしの背丈などたちまち追い越して、蝶々のような花をびっしりつけながら、畝の間はうす緑色の豆の木のトンネルになっていた。落花するともうその芯に、青くふんわりと肉の厚い莢《さや》をつけるが、その莢の上にまた新しい花が頂へ頂へと咲いてゆくのだった。そのようながっしりした茎の繁みの、畝の下蔭をくぐってゆくと、落花して散らばる花弁や蝶の死骸の間に、除草をまぬがれた雀のえんどうやクローバが、淡い線画のように生きていて、よく見ると、雀のえんどうもまた、まるでおちょぼ口のお雛さまの食べもののように、うすいちっちゃな莢の中に、胡麻粒ほどの青い実がぷちぷちと並んでおさまっている。

そら豆は、小豆や大豆よりもここらの土質に合うらしく、豆の皮質が固くて虫害もすくなかったから、一年の作物のひとつに必ず入れて、どこの畠でも作っていたのである。

この豆は、自家で作る醬油や味噌の麴や、一年中に使う餅やだんごの餡になくてはならぬものだった。桃の節句に春の彼岸、菖蒲の節句が来れば餅の外皮に蓬をつみ入れて蓬餅をどこの家でも作っていた。そのようなときは、そら豆を茹でて竹の笊《ざる》で漉《こ》して漉し餡にして、うんと砂糖を入れて甘くする。さらりとして風味のあるあんこが出来あがるのである。梅雨あけのはげのだんごは、挽《ひ》きたての小麦粉をとかしてうすめの餅型につくり、熱湯におとしてすくいあげたその熱いのに、黒砂糖をけずってまぶすだけ。熱いのを舌の先でちょろちょろさせて食べるから「舌だご」ともいうのである。七夕が過ぎて、お盆の前の、丸島の祇園さまと、観音さまの祭は「だご祭」といわれるほどで、一軒の家で小麦を一斗も二斗も使い、あんこの豆を三升漉したとか五升漉したとか、一週間も前から用意しながら客人を招んで配り散らしたから、だんごとタコと、そうめんがお好きという祇園さまの祭に招ばれる家々では、みやげにもらい集めた各種のおだんごが、一斗笊いっぱいにもなり、食べきれなくて近所じゅうに配ったり、蒸し直したりして処理に困るほどだったのである。招ばれても行けずにいると、

「せっかく一週間も前からこしらえ出して待っとったのに、来なはらんもんで」

という口上をつけて、大きな重箱に山盛りに、そのだんごがとどけられた。

家々の作り方があって、小麦粉にソーダをいれてふわふわ饅頭風にしたものや、濁り酒を入れた酒饅頭がある。それをさらにやわらかくするために黒砂糖を入れたものがある。米の粉に蓬を入れたものがある。小麦粉や米の粉ばかりでは固いから、黒砂糖や蓬

を入れるとやわらかくなり、風味が増すのだった。外側の砂糖や蓬の加減も、一軒一軒の作り方によって、多彩な色や味が集まって来て、あんこは漁村では豆を作るひまがないので、この祭の時は小豆の餡が多くなり、ささげや黒いんげんや、グリンピースのうぐいす餡が混っているのだった。

家々の味というのも不思議に定まっていて、特別上等に作れる家というものは毎年味が落ちるということがなく、もしもその味が変れば、そこの家の婆《ばば》さまが死んで、嫁御の味になったのだと、だんごをもらった家では推量するのである。だんごのお返しには、翌年の春の八幡さまの祭のおこわや煮〆や、さなぶりのときの御馳走などを当てて忘れずにお返しをする。貰いきりにしては義理を欠くので、お返しをするために四季いろいろつくったが、面倒ばかりでもなく、結構それで忙しさも潤っていた。

お盆の十三日には、うるちと餅の両方の米をひき合せて、ちいさな俵形のだんごを作り、今夜いらっしゃるというご先祖さまにお供えするのである。十五夜さまが来て、秋の彼岸がくればもう新藷が出来ているから、塩味を利かし、小麦粉の外皮にその新藷を切り入れて藷ながら蒸すと、「いきなりだんご」というものになった。春と秋の川祭や、ご先祖の命日や親類の供養の日、それに、月々の二十三夜さまにまで、おだんご、おはぎ、煮〆の類を作ったから、今にしておもえばあれほどすきまのない農作業の間に、あきれかえるほどいそいそと、女たちは年中、豆を煮て漉したり、だんごをくるむ香木の類、肉桂の葉やさるとりいばらの葉などを摘みに行ったりしていたものだ。

黒く乾燥してゆく莢の中で、充分熟してかたくしまったそら豆は、梅雨に遭わぬ前に茎ながら刈り取って莚《むしろ》の上に押しひろげ、さらによく乾かさねばならぬ。莢が乾反《ひぞ》り返って実が跳び出すようになると、木の株でつくった柄の長いおんばを宙天に振りかざし、ごっとん、ごっとんとたたきながら、さらにその実をたたき出す。堅木の根を切って来たその切り口に、大きな歯形を十筋ばかりくり抜いたおんばは、同じ時期に前後して小麦の穂をたたくにも使い、子どもにも出来ぬことはなかったから、子どもの多い家ほど、そのような作業は助かった。

乾きが足りぬと梅雨のしめりに遭うて莢も豆もふくらむやら、その柔らかさに黴《かび》がくるやら、畠ではつかぬ虫まで来て、ひとつぶひとつぶの豆の、肩のところやおしりのところから、丸い穴をあけて這入りこみ、御馳走になってしまうのである。だから、梅雨前の穀物《みもの》の干し方というものは、お日さまの昇り具合、沈み具合をみていて「よか豆干し日和」とか「よか麦干し日和」とかを判断し、夕方の陽にならぬうちに、莚にくるんだ麦や豆類の出し入れなどは、年寄りのみならず女子供といえども、日時計のうごきのように身について心得ていた。

陽のうごきを五官できとっているおもかさまは、そのようなときには正気人で、おだやかなやさしい声を出す。

「今日は、よか豆干し日和ばえ、なんもかんも出したかえ」

「あいあい」

娘たちは、その母の正気のときの返事のしようを真似ながら、積み重ねて折りたたんだ莚を抱え出す。

「使わん筵もひろげて、たたいておかんば、虫どもが棲みに来るばえ」

「あいあい」

孫のわたしも真似して答え、心が和やかになる。莚の端のひとところにぶら下り、親たちの抱え出すのに曳きずられてゆくのだが、気持だけはいっしょうけんめい、「穀物干し」を手伝っているつもりである。近所の小母さんは、

「こういうときには、おもかさまの正気人じゃもん。なあ、ばばさま。ばばさまの正気人じゃけん、孫女《まごじょ》まで一人前じゃ。今日は、よう干《ひ》上るばい」

などという。

正気人、正気人とあんまり耳近く立て続けにいうと、おもかさまは機嫌がわるくなり、ちいさな躰がふるえて来て、先の方はささらになっている竹の杖で地をたたきながら、邪気払いをするのである。そのような狂気の起るさまを見るにつけ、病者に対してむきつけに、さなきだに千切れかかっている神経を、逆撫でしてあそぶようなことをいう大人たちの種類を、わたしはひそかに識別するようになっていた。

麦もまだ熟れきらぬのに、早い梅雨がやってくることがあった。梅雨のことをここらではながしというのである。ひとあし早い梅雨のことを、菜種ながしとか前ながしとい

う。栄町の家の裏は湿田だったから、稲の刈入れがすむと、霜やうす氷が邪魔して排水がとどこおらぬうち、次の麦作のためには、ひときわおおきく高い畝が立てられていた。

栄町にかぎらず、旭町も駅通りも平町《ひらまち》も「往還道」がつながるにはつながって来たけれど、町とは名ばかり、道の片側にぱらりぱらりと家が出来はじめ、両側に家がならびはじめたところでも町の奥行きはまだ足りなくて、家並の裏側は、たいてい、稲も麦も反収に頓着せぬ湿田で、水俣川のきれいな枝川が、家並の根元に絡むように流れていたりした。

流れのとどこおる湿田は蛭《ひる》も湧かせていたが、そのような枝川は水が豊富で、水底に、海のひじきによく似た水藻を密生させながら流れているのだった。流れの勢いに揺れ靡《なび》いているその水草は、重なりの深い枝の間に、さまざまの淡水魚や小指の爪ほどな小さなカニや、川えびのたぐいを棲まわせていた。子どもたちはもう非常にちいさい時から、そのような川にもよくなじみ、水に棲まうちいさな魚や虫類の育ってゆく過程などを見て川の生態によく通じ、流れにそって下っては、田んぼや海に注ぐ水門のあり方などとも不可分に暮らしていた。

ながしに遭えば、この町を貫流する水俣川から枝分かれしている排水溝が、海沿いの潮止めの水門とせめぎあう。海に近いぐるりの村々はよく水に漬かったが、水にも漬かるかわりに、沖や本流から流れてくる木の葉の堆積や、海底の藻くずが、氾濫する水量にもまれて沿岸に分厚くうち寄せて、それは豊かな有機分を含む堆肥になったのである。

木の根や流木なども打ち寄せて来て、流水のあったあがりの朝早く海辺にゆくと、潮のとどかぬ渚辺に、そのような拾得物の山が一軒一軒の目じるしを立てられ、うずたかく積みあげられており、それは海辺の家々の一年中の堆肥や薪や、作小屋や風呂小屋の材にさえなった。長雨で仕事の出来ぬ損失をそういう形でとりもどし、埋め合わせをつける暮らしがそのようにめぐりあっていた。出水時の流木や藻くず集めのことを「川流れを寄せにゆく」といい、海ぞいの村々では、年中行事のうちの大切な仕事になっていて、畠仕事の出来ぬ合間に、一家総出で人びとは「寄せ」に出かけた。

前ながしは、根元から熟れはじめてくる麦の田んぼが、中ほどから上の方はまだ緑色をしている頃、大風などを伴ってやって来たりした。請負っている河川工事が、そのような前ながしに遭うともう、まるまる請負い方の「出しまえ」になる。

「請負いも人間の仕事じゃけん、信用が第一。わが請負うた仕事が、雨風のためとはいえ、期限におくれたなりゃ、財産潰してでも、出しかぶる。それが人の道。銭というものは信用で這入ってくるもんで、人の躰を絞ってとるもんじゃなか。必ず人の躰で銭とるな」

松太郎はそう云い云いして、信用の方はなるほど「仏さま」と云われていたが、

「出てゆく銭ばかりで、這入って来ても家のうちに泊ってくれる銭ではなか様子じゃった」

と今もって、この祖父のもとで働いた老人たちはいう。出す銭といっても、事業のも

うけというものはなかったようだから、天草の地所を売り、山を売り、栄町往還道に関してては、水俣にあった最後の山を二つも道路に食わせたと、思い出しひき出し春乃がうらみにいうほどだから、

「松太郎殿《どん》。おまいの請負い仕事は道楽じゃ。このような道楽さえせんば、あれしこの財産をば、むざむざ人にただ、呉れ散らかしはせん。おるが、きんたま下げておったなれば、ご先祖さまに申しひらきの出来んようなことはせんじゃったばえ。どぎゃんするつもりか、こういうざまで。孫子の末まで落ちぶれさせて」

姉のお高さまが来て、膝づめでこういわれるのが松太郎のいちばんの苦手である。

「まあ、そういい申すな姉女。たしかに銭は、末代までは残るみゃあが、仕事だけは後の世に恥かかぬ仕事をし申したで」

「おまやのう、蠅《ひやあ》のごつもなか男ぞ。蠅なれば、我が鼻の下なりとわが手でつくろうばってん。おまや、わが鼻の下のそのぶんぶんさえ、追いきらん男ばえ」

わが鼻の下のぶんぶんさえ追えぬ、とは、家のうちや、わが身の始末をしきれぬことをいうのだが、証文なしで金を借りつづけている土工たちは、そのやりとりをふすまの外で聞いていて恐縮し、

「さしずめ、俺どもは、この松太郎小父さまの鼻の下にたかっとる、金ぶんぶんの蠅ちゅう訳ぞ」

と首をすくめあった。

「証文のなんのと、汚かこつばいうな。金のなんの、ひとに貸す、借りるとおもえば、ただでさえせつなか世の中に、精神のいやしゅうなる。ここに、無かった金の、ひょいと出て来た、と思え」

　そう云って、財布の底をはたいて、呉れていた。

　請負い事業というのは文字どおりの賭で、河川工事などを抱えていてそのような前ながしがくると、一種沈鬱な気分が家中にたちこめた。

「期限が切れて、違約になった分は、まるまる払う。じゃが、期限が切れても、仕事の仕上げだけはきばってくれい。手え抜いて決潰どもしてみろ、末代の恥ぞ。おまいどもが賃銭ば小切ったりはけっしてせんけん。

　川の水量のふえたなりゃ、日頃はわからん水の当りの強かところのわかるはず。ケンチ石のなるべく丈夫なのと取り替えて、充分、惜しまずに打ちこんでおいてくれい。素人には見えん土台のところが、いちばん肝心ぞ」

　そう松太郎はいい、こまかい才覚のところは切り捨てる、かねてのとのさまぶりを快く思っていない養子格の亀太郎も、その点だけは云わずもがなという顔になり、緊迫した身がまえになって現場におもむいた。

　そのような日の昏《く》れ方には、帰ってくる男たちの掌も、巻脚絆《きゃはん》や地下足袋をはぎとるように脱いでゆく脛も、その先の指の股も、まっしろに水にふやけ、ケンチ石の荒角にぶっつけられた生傷をそこここに負い、唇は紫色になって、どしゃぶりの中をずぶ濡れで帰って来たりした。子ども心にも、土方仕事というものはよっぽど苛酷なことに思われて、胸がつまるのだった。男たちの脱ぎ捨てる仕事着から、雨を含み過ぎた脂の匂いが家の中に立ちこめる。赤んぼのおむつは囲炉裏をたいて二日も経てば、なんとか煙の匂いにいぶされて乾きあがるのに、土方たちのつぎの当った厚い木綿のズボンは、囲炉裏に当ててもなかなか乾くものではない。いちばん風通しのよい石塔小屋の中は、縦横にはりめぐらされた竿竹に、家族とそのような大工たちの、一向に乾きあがらぬつづれが、ぎっしりとぶら下っている。

朝になると、まだ、生干しの匂いを放っているそれを竿から下ろして着て、兄《あほ》たちは出かけてゆく。一《はじめ》のおむつを干しながら、気の毒がって春乃がいう。

「一日なりと、陽いさんの、顔見せてくれらっせば乾くとばってん、乾かんなあ」

「うんね、どうせ雨仕事で、濡れにゆくとですけん、おんなじですもん。濡れ着物でよかよか。

天草の海べたなれば、褌《へこ》いっちょで歩かるるばってん。ここは町じゃるけん、褌いっちょで歩けば、巡査さんのつかまえらすちゅうもん」

兄たちははにかみ笑いをして、陽に焼けた上半身とは、くっきり染めわけられたような白い湿った下半身を、生乾きのズボンの中にさしいれるのである。

「どのような日照りでも、丸々裸のむき身になっては、身体の芯が熱出すけん、夏はことに躰が保てんぞ。裸にゃなるな」

そう松太郎や亀太郎が云っても、土工たちの上半身の、ことに背中には梅雨の前からもう、火傷とおなじ陽やけの水疱が、幾替りも出来てはつぶれ、出来てはつぶれしていて、風呂あがりにはかならず、赤んぼの汗疹《あせも》用の天花粉をもらいに来て、互いの背中を見せあいながらパタパタとはたきつけていた。水疱の剝げあとの皮を、そろそろとむいてやったりしているが、十五、六から二十前後の若者たちなので、突然抱きあって角力になったりする。

「こら、そがん、ひどうにすんな」

そこらじゅう、どたばたとつかみあっていると、年かさの衆が、

「騒動ばっかりすんな、根太の抜けるが！　陽やけの皮ば無理して剝がせば、もう夏じゃけん、膿んでしまうぞ。膿んでしまえば疱瘡病みのごつなるけん、やめろ、こら！　もう、この若かもんどもは、元気のはけ先のなかもんじゃけん、犬の仔と同じじゃ。じゃれ合うてばかりおって。盃の中にゴミの入ってたまらん。ほらもうじき、雨のくるけん、外に出て、おめいてけえ、どんくどもといっしょにおめいて来え」

そういうのである。

どんくというのは田んぼの蛙や、雨蛙のことで、兄貴衆からそういわれると、若者たちはもつれあいながら表に飛び出してゆく。

「ぎゃろぎゃろ！　ぎゃあろ！」

どこから出るかと思うような奇態な声を出して両手を空にさしあげながら飛びあがっ

たりするので、見ているものたちは、焼酎をのどにひっかけてむせかえるのだった。わたしも喜んで飛び出して蛙の行列に加わり、この行進についてゆくが、もう縁台に腰かけている末広の、首白粉《くびおしろい》のあねさまが、ひとりでもその行列の方を振りむくと、とたんに若い衆たちは浮き足立って、

「ワーッ」

とうしろを振りむきざまに逃げてくるのだった。

大人たちは、どかどかと戻ってくる若者たちを眺めながら、よい機嫌になっている。

「雨乞いは済んだかえ」

「降って来らいた、降って来らいた、ワーッ」

兄《あほ》たちはほんとうに、坊主あたまや頬骨のあたりに雨の粒を光らせて、いやその雨の粒よりもっときらきらする瞳になってうたうようにいうのだった。高菜漬の油いためなどを丼に盛りあげて、前かけでおおいながら晩には遊びに来る石塔磨きの小母さんたちが、おっほっほと、その前かけの中から丼をとり出して身体を反らし、

「この童《われ》たちの雨乞いのまあ！　えらい早う利いたよ。権現さまのてっぺんにも登らずに、末広の前までも行きとどかんうち、もう雨もろうて来らいたじゃあ！」

と天草弁でいう。ただでさえも不況の昭和初年の、しがない土方風情に最低の「土方殺しのながし」だったから、一縷のきっかけさえあればまるでお祭かなんぞのように、ひとびとははしゃいでいた。

雨は往還道をたたき、裏の湿田をみるみるふくらませた。緑と黄色のぼかし染めになっている一面の麦田が雨の中に没し、もうもうと煙りながらその雨足が、大《う》崎《さぎ》ケ鼻の沖に去ってゆくと、畝の間は川になっていて、あの枝川の溝と合流してしまい、泥鰌《どじょう》や鮒やスッポンの子や鯰《なまず》や、自分の躰の倍以上もある鋏を持った川海老などが、大雨の難を避けて、畝の間の草の蔭に泳ぎ寄って来ていたりした。

「こりゃな、雨水に酔《え》食《くろ》うとるとぞ」

男の子たちはそう云って麦の茎の間をのぞきみ、自分でつくったさまざまの網を持ち出して、そのような川魚をすくいとった。町内の男の子たちにとって、梅雨の時期は、一年中でいちばん大漁の時期というべきで、上手な子はブリキバケツにうじゃうじゃと獲物をいれ、意気揚々とほかの子たちを従えて帰ってくるのだった。持って帰った川魚のさばき方も種類によって定まっていて、どこの家でも父親が伝授した。海の魚は腹の方から割くが、川の魚は、鰻も鯰も背の方から割いてわたを出す。

長い、しろいヒゲをゆっくりゆっくりうごかしている大鯰などが、バケツの中に他の群魚を圧倒して這入っていたりすると、その子はもう得意の絶頂で、家中、近所じゅう出て来てのぞきこみ、そのいちいちを嘆賞するのである。そのような川魚をさばくのは、せまい台所に持ちこんだりせず、かみさんたちの夕方の仕事がひととおり片づいたあきの間の、共同井戸のはしとか、ひんやりと裏風のよく通る路地の空地とかに、まな板や錐などを持ちこんで、そこら中の子どもたちがかがみこんで見守る中で行われていた。子どもたちは活気づき、頼まれもせぬのに替る替るポンプを汲み、バケツの水替えをやりながらいちいちのぞきこむ。子どもたちはそのようにして、結構「魚ごしらえ」の手順というものを覚えてしまう。

町内で川魚ごしらえの大の名人は、いつも焼酎の匂いをぷんぷんさせている鍛冶屋の小父さんだった。そこの子たちのいちばん上の保さんがまた川魚とりの名人で、長い足の脛に、濡れた川藻の葉っぱなどをあちこち絡ませて、ぴた、ぴた、ぴた、と跣《はだし》で、たくしあげたズボンからしずくを垂らしながら帰ってくると、わたしたちはそのうしろから、保さんが身体を傾けて片手に下げているバケツの中や、背中にまわしてかついでいる「さで網」の中をのぞきこみ、鍛冶屋の庭の中までついてゆくのである。すると、布袋《ほてい》さんのようなお腹を、形ばかりにひっかけている肌着の前からつき出したまんま、小父さんがゆらゆら立ち上って来てげっぷをして、

「ふーむ、まあまあじゃ」

と相変らず楊枝をくわえている。その楊枝を、ぷいと小父さんが吐き飛ばす口元を、子どもたちは見つめていて、はじまるな、と思うのである。

「どりゃどりゃ」

子どもたちはもう心得て小父さんの席をあけ、円陣を組んでかがみこみながら見学の姿勢になる。小父さんは庖丁差しから、先の尖った庖丁を抜いて来て、首を傾け、片目

をつぶって上向きにしたそれを宙天にかざす。それからふとい指先を、かすかにふるえて光る刃の上にあてがうのだった。子どもたちは息をつめて、刃の上に当てられた指先を見つめているが、

「こりゃだめじゃ」

と小父さんがいうとほっと息を吐く。小父さんは幾通りも並べてある砥石の上で、水もつけずにしゅっ、しゅっ、と庖丁をやって、それからバケツの中に腕を突っこみ、

「こいつがいちばん御上《おんじよう》ぞ」

というと大きな鰻がその指の間に絡みついてあがってくるのである。

薩摩から来た鍛冶屋の一家と、熊本から来た染屋とわたしの家は、いわば貧乏人仲間ともいうべきで、なかでも鍛冶屋夫妻はことのほかの善人だった。小父さんはいつも酔っぱらっていて、爪楊枝をくわえながら片手でふいごを吹かせていた。赤く焼きあがった鎌の先かなんかを鉄敷《かなしき》の上に乗せて、褌ひとつの全身から汗をしたたらせながら、とんてんかん、とんてんかんと火花を散らしてやっていて、つねに学校帰りの町内の悪童の誰かが三人、四人とそれを見物している。

小父さんはもっと酔っぱらってくると、羊羹《ようかん》色になった夏の帷子《かたびら》なんぞを、紐も結ばずに、かの布袋腹を丸出しにしたまんまひっかけて、栄町通りを、ひょろり、ひょろりと斜めに歩いてゆく。そんなあんばいの千鳥足の突き当たった家の前で、躰のむきをゆらりと変えながら、大声をあげるのだった。

「まあこて、ここの栄町のきゃあくされどもは、高《たか》ぶって、俺家《おるげ》と染屋と、白石さん家《げ》の子供《こどん》が、ここん道ばたで、つっこけたちゃ、見差別《みさべつ》して、誰《だある》も、起してもくれんとぞ。この栄町のきゃあくされ奴どもわぁ。

　会社ゆきが、どんくらい良かか、あん。米屋が何か。女郎屋が、どんくらい良かか、ああん。鍛冶屋が、どこが良《ゆ》うなかか。おてんとさんにゃ、はずかしゅうはなかぞぉ。鬼畜生どもが。会社ゆきがなんか、ああん。

　俺家《おるげ》とぉ、染屋とぉ、白石さん家《げ》の子どもが、ああん。道ばたでえ、つっこけたちゃじゃな、誰《だある》も……」

　くり返しそうおめきながら、ひょろり、ひょろりと、短い町内のはしからはしまで千鳥の筋を描きながら往き来するので、三軒の家の嫁御たちは、早う終ってくだはりまっせと、身のちぢむ思いであったそうな。


　梅雨の晴れ間もめずらしく、からりと栄町の往還が乾きあがった日に、わたしは例によって髪結いの沢元さんのところに遊びに行ったが、いつもとなんだか様子がちがう。お休みの様子でもないのに、来る女郎衆、来る女郎衆がそそくさと、髪も結わずに帰ってしまうのが訳ありげなのだ。大人たちは自分らの思いの中に這入りこんでいるようで、わたしは気にも止められずにそこにいた。新しいお客には髪結いさん方の子と思われたりして、この家の雰囲気の中に居場所を持っていたのは、沢元さんの人柄のせいと「夢のごたる茫とした子」であったからにちがいない。

見なれている沢元さんが、白足袋をはいてちょろりと出て来てバスケットを上《あが》り框《がまち》に置き、すぐにまたひっこんだ。その足元がなんだか眩しくて、異様に感ぜられた。いつもは紫がかったコール天の足袋の、親指や小指のあたりに穴がほげていて、指が出ていたり、丹念に刺した糸の目のつくろいがあったりして、大きな鏡が一枚置いてある板の間を、その足袋のゆききする様子が、女郎衆の湯上りの足もととはおもむきがちがっている。いわばそれは、かいがいしい足元とでもいうべき印象だった。

今日は声もかけてくれない沢元さんをいぶかしがりながら、振り仰いで見い見いしていると、足元だけでなく、どこかしら様子がちがう。それはまず彼女の衿元のあたりだった。いつもはふさふさした髪を後にぎりぎり三回ぐらい巻きつけている。お客さまの髪を結うときには、肩を盛りあげて力を入れるので、ゆたかな髪の筋が首すじにこぼれ落ちるのをそのまんま、衿元まで割烹着《かっぽうぎ》でひっつつんで働きやすくしている。今日はその衿元をすっきりとかきあげて、何の造作もない結い方だが、おくれ毛がなかった。衿元がちがって見えるのは割烹着を脱いでいるからでもある。

そのひきしまった白足袋が、三度ばかり上り框と奥の方をゆききしているうち、黒塗りの自動車が来てこの家の前に止まった。

黒塗りの自動車が来て止まるということは、末広の前しかなかったから、わたしは非常にびっくりした。そのころ、この世にタクシーというものがあるということは、わたしだけでなく、町内の子どもたちも知らなかったにちがいない。末広の前にそのような自動車が来て止まるときは、酔客めいた紳士が出て来て、末広の「おっかさん」らが出迎えるので、黒い自動車というものは、末広とそこのおっかさんについているものと理解していて、女郎衆になじむようには、なじまなかったのである。陸軍大演習のとき大日本窒素肥料株式会社にあらわれた「天皇陛下さま」の小豆色の自動車は、会社をとり巻く湿田の中に莫蓙《ござ》を敷きつめて、大人たちの間からうつつの絵巻のように眺めたが、沢元さんの玄関口にふいに横づけになった黒い自動車には、どぎもを抜かれて胸さわぎがしたのである。すると、ものもいわずにあっというまに、沢元さんがふところのあたりから草履を下して、上り框においていたバスケットと黒っぽい大きな風呂敷包みをひっさげ、この自動車に乗り込むやいなや、自動車は煙を立てて走り去ってしまった。

わたしはポカンとしていたが、にわかに、沢元さんをひっさらうようにして去った自動車は、どこに行ったかと思い、あわてて外に出た。すると、戸外のそここに、町内の小母さんたちが二、三人ずつたたずんで、沢元家を盗み見しながら、何やらささやきかわしているのである。事の次第を理解しようとしたが、異様なあたりの雰囲気からして、子どもの立ち入れることがらではないらしい。小一時間ぐらいも、小母さんたちが出たりはいったりしているあたりを、行きなずんでいるうちに、またもや、例の自動車がもどって来て、沢元さんの家の前に止まったのである。小母さんたちの影が、さっと家の中に隠れた。ぎいっと音がして、おどろいたことにその自動車の中から、鼻ひげを蓄えている、あのこわい沢元さんのお父さんが出て来たのだ。このお父さんの方を沢元さんというべきだろうけれど、痩身で眼光炯々《けいけい》、ねずみ色のセルの着物の上から、時々古びた袴なんぞを着用して、腰に両手をあてがってあたりをはらい、歩き方からして普通の人とちがう小父さんだったから、町内のおかみさんたちも子どもたちも、いかめしい風貌のこのひとの側を通るときは、なんとなくおじぎをして、急いで通りすぎる風情があった。ひとびとは、「もとは軍人さんちゅうばい」とか、「うんにゃ巡査さんあがりちゅう話ぞ」とか云っていた。そのお父さんが出て来たのだから、おかみさんたちは大慌てでひっこんだのだ。小父さんは、自動車から降りるやいなや中かがみの腰つきのまま踏んばって、片腕を自動車の中にぐいとさし入れ、なにかを引き出そうとした。みるみる満面朱を注いで来て、もの凄い力を入れていることがよくわかった。けれどもこのひとが引っぱり出そうとしているものはなかなか出て来なかった。

しばらくそうしていたが、息を呑んでいる町内中にひびき渡る大声で、

「出て来いっ！　馬鹿もんめがぁっ！」

と怒鳴ったのだ。小父さんの腕の先に、虚空をつかむような女の指が見えた。まるで大地に生えている木の根でもひっこ抜くような腰つきで、小父さんが片足をどどん、と自動車に踏みかけたので、とうとう、女の腕がひき出され、わたしの大好きな沢元さんが、顔中涙だらけになって、バスケットとともに地の上にころがり出て来たのである。バスケットの蓋がパッと開いて、折りたたんだ紫色の矢絣が、雨あがりの乾きかけた往

還道にこぼれ出た。

わけはわからぬながら、地の上につっころがって打ち伏した、豊かになまめかしい躰つきの沢元さんの悲痛な涙が、落花の舞うようにわたしを包んできて、躰じゅう金縛りになってしまった。

「この、親不孝ものがぁっ、この親不孝ものがぁっ!」

小父さんは沢元さんを蹴りやり、地面につっぷして泣いている躰をひき起すや拳を振りあげてその頰を打擲《ちようちやく》し続けた。袴《はかま》を着ていない着古しのセルの裾からあらわれて、宙を蹴る毛脛が異様に生々しく、あわれにみえた。栄町通りは静まり返っていた。

「トーキョーに出てゆかすつもりじゃったちばい」

「あのような働きもんの、親孝行むすめがなあ」

「あれだけ繁昌する腕持っとって、なんのわけのあっとじゃろうかい、男とでも行かすつもりじゃったろうか」

「なんのあんた! 朝は早よから、晩な遅うまで、末広の妓どもの髪は全部抱えこみ、どこそこの花嫁御はちゃんとこしらえる。男と約束のなんの、あれじゃあ出来るひまは、とてもなかろうもん」

「一軒の家のうちのことは他人にゃわからん。どういうわけのあったもんじゃいよ、よっぽどのことのあったばいなあ」

「ほんに、あのしっかり者さんがなあ。よっぽど、思いつめとらしたじゃろう」

「トーキョーになあ……。それにしちゃ、えらい荷物の少なかったよ。バスケットと、風呂敷包みふたつじゃったもん」

「ふーん。ふだんの顔にはなあ、親ば打捨《うし》てて、家出するまで思いつめとらす風は、見えとらんじゃったが」

「そりゃまあ、ひとは見かけによらんけん、よその家のうちのことは」

家出しようとして、自動車まで用意して駅までゆき、汽車に飛び乗ろうとする寸前をお父さんにとっつかまり、そびき戻されてしまった娘の方に、圧倒的に町内では同情した。末広の妓たちは、小母さんたちとはひといろ異る反応をみせ、

「そびきもどされらしたげな」

「すんなら、こん次は、まあだむずかしかろ」

そんなことを云いかわして、もの考える様子でうなずきあっている。

あの忙しい沢元さんが、どうやって家人の目を盗んで、汽車の時間の出発間ぎわに自動車を呼ぶことが出来たのか。まだそのころは電話など、お医者さまならともかくも、いくらはやりの髪結いさんでも持ってはいなかった。

「家出の手筈は、ひょっとしたら、末広の妓どもが、仕組んでやったもんじゃなかろうか。末広にはたしか、電話ちゅうもんのある筈ばい」

ひとびとはそういい出した。

「そがん風に、たやすく妓どもに使わるるところに、電話ちゅう品物の置いてあるじゃ

ろうか」

「沢元さんを逃がすより先に、妓どもの方が先になって、どんどん電話ば使うて、逃ぐる算段をするじゃろうもん」

「とすると、ひょっとすれば、末広の妓どもの馴染客のなかに、自動車の運転手がおったかもしれん。運転手なれば、汽車の時間もよう知っとろうもん」

髪結いさんは一週間ばかり、いつも開けっぱなしにしている間口を細目にしてお休みだったが、やがて仕事をはじめ、以前のように妓たちが寄りつくようになった。そのやりとりをきいていると、沢元さんは以前よりは無口になったような気がした。ひとびとは云った。

「前よりもまた一段とよう働かす。躰こわさすとじゃなかろうか」

わたしは、「トーキョー」とはどこだろうとおもい、汽車に乗ってゆくところ、「家出」というものをするときは、「トーキョー」というところにゆくものだということを漠然と考えこんだ。沢元さんは相変らず古い割烹着に糊をつけて着て、妓たちの髪の元結いを、たくしあげたゆたかな腕で握りとり、ぴいんと張った元結いの、白いこよりをふた筋ばかり唇に含みながら、青いまなじりをちょっとあげて、鏡の中の若い妓に呼びかける。

「どげんですか、きつうございますか」

「あ、はい、ちょっと、きつうございます」

元結いを握られた妓は、首をのばして瞬いて、伏目になっていたのが沢元さんをちらと見る。そのような光景は以前と少しも変らなかったが、なんだかわたしにはそのような女たちのやりとりが、〝絵金〟の描く泥絵のように、血なまぐさい気配をひそめながら、いちまいいちまいの生き絵になって、奈落の宙にひらひらと、落ちてゆくように思われるのだった。

第七章　大廻りの塘

道というものは、もっとも不思議なもののひとつだった。

つねづね、「御先祖さまからの生き血のような財産をば、このごとく道に食わせても まだ足らんじゃった」ときかされていたこともあって、道というものは、なまぐさい咀嚼運動を持っているものに思われた。歩き初めて、自分の足で降り立ってみた朝の栄町の往還道の上には、酔っぱらいたちの嘔吐や、犬や馬や牛などの排泄物が、たったいま生きものたちの体内にあったようなおもむきで横たわっていたし、鼠やみみずや、かぶと虫や蝶や蟬たちの死骸が、陽の光の中にも草の蔭にもおかれていないことはなかった。草の蔭にはまだ生きている他の虫や蟻たちが、地の下に巣を営みながら地表に湧き出していて、道というものは、そのふところにさまざまの生命を生き死にさせ、牛馬たちの曳く車や、人力車や車力や、はては自動車のたぐいまで往き来させていた。それはほとんど驚異といってよかった。足をおろすにも息をのむ思いでわたしは歩いていたが、道というものは大地と生きものたちの営みの、目にみえる条痕でもあった。

山の畑に寝ころがされていた頃から、山の心音のごときにとらえられ、大地の気配が、無限のひろがりをもって動いているのに深いおそれを抱いた。道というものを、あんまり先へ先へとつくってゆくと、出来上ったその道が、鎌首をもたげて動き出すのではあるまいか。その鎌首が、深夜、道の作り手のわたしのうちを望み見て、御先祖さまからの山や地《じだ》を、ぱっくり呑んでしまう光景は、おそろしいのである。銭に換算される財産というものの意味はわたしにはまだわかっていなかった。

栄町通りの裏側にひろがる湿田にかこまれて、海の方からとおってくる野中の細い一本道があった。出来たての栄町の通り筋に対して、このほそい旧道はもう完全に裏通りになってしまっていたが、家の裏から田んぼの畦を通ってこのさびしい道に出ると、海の方へゆきたくなってくる。

その頃からもう、チッソの旧工場といわれていた赤レンガの、残骸めいた塀がこの一本道を囲んだ湿田のはしに、忽然と建って一角をなし、溝をへだててくずれ落ちていた。レンガの崩れ落ちているあたりの溝に近寄ってみれば、鮒《ふな》や水すましが群をなして泳いでいる。人影におどろいて水の表にならべて出した背びれと頭が、ビシャビシャッと強い水しぶきをあげ、もぐったかと思うとダイナミックに方向を変えてゆく。川幅いっぱいに群れているので、水底《みなそこ》の色が魚たちの動きにつれて、生きもののように変化してゆくのだが、それを見ていると、突然、川のものたちの棲む国に来合わせたような驚きにうたれるのであった。群れているのは鮒だけでなく、ハヤとか、小集団だけれども躰の大きな鯉たちがいた。岸辺の草の下蔭にゆらめいている、川藻の葉のいちまいいちまいには、その葉と見紛うような透きとおった小さな海老たちが、びっしりとりすがってい て、溝川の中はじつに賑わっていた。流れに添ってゆらぎやまぬそのような厚い川藻の底にはまた、丸いのや細長い形の川蜷《かわにな》が這っていたし、泥鰌《どじょう》たちがほぐしてしずまった、微粒子のような泥のたまりがあると、睫毛《まつげ》をみひらいたような蜆《しじみ》の目がふたつずつ並んでいるのだった。そのような溝川の縁に添ってしばらくゆくと塩浜の観音堂に出る。するともうさやさやと、お堂の上をおおって、大きな傘をさしかけたような松の梢が揺れていて、海からの風が鳴っているのである。

なぜかこのお堂のあたりに出ると、すっきりとしたわびしさに襲われる。お堂はもう、村のはずれ、田んぼのはずれ、野のはずれにあたっていて、そこらの風景はなにかしら、境界とか、さかい、とかいうような気配をつくりなしていた。なにをへだてる境かは判然としないけれど、松の枝にもお堂の縁の下にも、さびしい風がひろびろと渡ってゆくのである。

人と、人との間に無常の風が吹くように、景色と景色との間にも無常の境というものが、この世にはしつらえられているのかもしれなかった。そのような気配が漂う風に当てられて、巨《おお》きくなってゆく厚い松の木肌というものがある。わたしはしばらくお堂の前に立ちなずみ、権現山の方にむいて、そこからいつも、おじぎをするのだった。それは、町の、人界のある方角だった。さようなら、さようなら。

そして、あの「大廻《うまわ》りの塘《とも》」の方へむいて歩いてゆく。点々と続く家のたたずまいが漁村めいてくる。田の間につづいて来ていた堰川も広くなって、潮の香がまじりあい、川底の草ももう海の草になる。干潟の真砂《まさご》の上に長々とひこばえて、ナゴヤ草や青海苔が、真水の筋のぐるりにもう生え初め、晩秋の磯のしんとした色どりがひろがっている。そこは亀ノ首という砂浜を持った岬で、砂浜をつっきってしまえば、両側を深い芒《すすき》にかこわれた「大廻りの塘」に入るのである。

秋の昼下り頃を、芒の穂波の耀《かがや》きにひきいれられてゆけば、自生した磯茱萸《いそぐみ》の林があらわれて、ちいさなちいさな朱色真珠の粒のような実が、棘の間にチラチラとみえ隠れに揺れていて、その下蔭に金泥色の蘭菊や野菊が、昏《く》れ入る間際の空の下に綴れ入り、身じろぐ虹のようにこの土手は、わだつみの彼方に消えていた。するともうわたしは白い狐の仔になっていて、かがみこんでいる茱萸の実の下から両の掌を、胸の前に丸くこごめて「こん」と啼いてみて、道の真ん中に飛んで出る。首をかたむけてじっときけば、さやさやとかすかに芒のうねる音と、その下の石垣の根元に、さざ波の寄せる音がする。こん、こん、こん、とわたしは、足に乱れる野菊の香に誘われてかがみこむ。晩になると、大廻りの塘を狐の嫁入りの提燈《ちょうちん》の灯が、いくつもいくつも並んで通るのだと、婆《ば》さまたちから聞いていた。わたしは、耀《かがよ》っているちいさな野菊を千切っては、頭にふりかけ、また千切っては頭にふりかけてみる。自分がちゃんと白狐の仔になっているかどうか。それから更に人間の子に化身しているかどうか。

大廻りの塘は、町にはもっともはずれて、おおきく海辺を迂回していた。「亀ノ首」の内ぶところの漁村で、祇園さまをいただいている丸島部落の端からはじまって、とおく八幡舟津の部落へとつながり、おおきくはこの町全体の潮止めの塘でもあった。八幡舟津という漁村は、八幡さまだけでなく、為朝さまや、八大竜王やお稲荷さまにもつかえている部落だが、大廻りの塘は一応ここで切れ、海岸線はさらにのびながら水俣川を渡って荒神《あらがみ》の塘から火葬場へゆく。それから磯を伝い、山の神さまへの登り口の渚などを通って大崎《うさぎ》ケ鼻へゆき、幾曲りも迂回しながらこの磯は湯ノ児《ゆこ》へと続いていた。

舟津の先の川口の村は、いまのわたしが住んでいるとんとん村で、この村は秋葉山の山神さまをはじめ、山と名がつかなくとも小高いところでさえあれば山神さまを祀っていた。山神さまとは山の主《ぬし》で、年取った猿であったりおろちであったりしたが、このひとたちのことを総称して山童《やまわろ》の変化したものだとも思われていた。村々はさまざまの井戸の神や、荒神さま方につかえ、山童たちや川太郎《がわたろう》たちの世界でもあったから、大廻りの塘の界隈は、人の通る道というよりも、むしろこれらの土俗神たちや、夜になるとチチ、チチと鈴のような声で鳴いて通る船霊《ふなだま》さんの往来がにぎやかであった。神々やその眷族《けんぞく》たちの通られぬときは、「多々良の夕ゼ」という「ガゴ」や、「もたんのモゼ」という「ガゴ」どもが、多々良の山と、もたんの川口のところから出て来てこの塘で出遭い、いくさをするところだということであった。ガゴとは、子どもたちが親のいうことをきかずに、夕暮れどきまで遊びほうけたりしていると、うしろからおっかぶさって来て噛むという、誰もしかとは見たことのない妖怪である。「ガゴに噛ますっぞお」と親がいえば、いつまでもぐずり泣きしている子たちが、息をひっこめて泣き止むのである。ガゴどもは力がつよいので、いくさになるとなかなか勝負がつかず、神さま方や山童や川太郎たちも総出になって、はじめのうちは面白がって見物しているが、多々良の夕ゼが負けそうになると、多々良の上の権現さまが腕まくりして出て、

「ぬしゃ、なんばへこたれとるか」

と囃《はや》してまわる。すると川のこちらの八幡さまも、もたんのモゼに加勢して、

「見ちゃあおられん」

と四股《しこ》を踏み出して、神さま同士のいくさになるのだという。山童どもも、川太郎どもも、もういっせいに喜んで、お互いに取ってはこかし、取ってはこかしして、後にはどちらが山のものたちやら、川のものたちやら、見さかいもつかなくなってくる。双方とも大きなコブを打ち出したり手足をもがれたり、頭の皿をうち割ったりして、春と秋の彼岸の、川下りや川上りの交代どきには、こういういくさで、半端ものになったものたちはしおたれて、行列に加わらず、山と川とにそのまんま居残って留守をするというのだった。

そのような騒動が賑わった夜明けには、大廻りの塘の芒の原は雨風も吹かぬのに、くしゃくしゃになっているというのであった。いくさのいわれというのは常にささいなことで、大廻りの塘の石垣の下に降りて、多々良の夕ゼがうたた寝をしていたら、こうい

う唄がきこえて来たというのである。

むこうの川岸
タゼが家《え》の川太郎《がわたろう》やつが寝えとったら
俺家《おるげ》の蟹《がね》やつが
這うて行たて
きんたまば　ちょこっと　挟うでくれた
強えこた　強えばってん
そんときばっかりゃ
ぐーんにゃり

それがうたた寝の耳にきこえたもので、もたんのモゼのやつが唄うたにちがいない、ということでいくさになった、というのである。昼下がりにこの塘を歩いていて、知らずに、神々やガゴたちの昼寝などをさまたげると、神さま方は機嫌を悪くして、怨《あた》をされるというのだった。たとえば、荒神さまの昼寝の枕の磯茱萸の根元などに、ことわりなしに、漁師たちが立ち小便などすると、三日三晩くらい目つきがとろとろとなって来て、長いこの土手を行ったり来たりしていて家には帰れない。荒神さまとは竈《かまど》の神さまで、藪の中の灯りのようにちらちら垂れているちいさな磯茱萸の実が大好きで、この木の下を好んで寝えとらす、というのだった。

「大廻りの塘にはいろいろおらすとばい」と年寄りたちはいう。舟から揚げて担いだ魚はうしろから、山童《やまわろ》たちや狐たちがついて来て、一匹おっ盗《と》り、二匹おっ盗りして、替りに、馬のわらじのひっきれなどを入れてくれらすというのである。そこでこの塘を通るときは、時々、えへん、えへん、と咳払いなどして、担いでいる手綱の柄などをたたきたたき、

「今日はおかげで、えらいよか漁のあったぞ。家《え》のもんどもも喜ぼうぞ。おかげさまじゃった。

どりゃ、ここらあたりで、小便どもさせてもらおうかい」

などとことわけをいわねばならぬ。黙って通ったり、いきなり小便をひっかけたりしたならば、そこらに憩《よこ》うていらっしゃる方々をおどろかしてしまうのである。ここらの狐の眷族たちは、八幡大神宮さまの神使であるという話だったが、人間よりは神格をそなえたものたちである筈なのに、むかし信太《しのだ》の狐が、「恋しくばたづね来てみよ和泉なる信太の森のうらみ葛《くず》の葉」と狐の筆で歌をのこして人間を恋うて、恋い死したという浄瑠璃の、狐の母子のあわれな物語りは、祖父の権妻殿《ごんさいどん》のおきやさまが、身ぶり手ぶりで語ってくれていたから魂をうばわれて、わたしはなんとか白狐になって、それから人間の女性《にょしょう》というものに化身してみたくてならなかった。

そのような昼下りの、人気のないこの塘に誘いこまれると、神々や妖怪どものにぎわ

いが、うちつづく野菊の道にこうこうと沈みこみ、白狐の仔に化身して、こん、こん、と啼いてゆけばさびしくて、芒の穂の光って消えるそのあたりに、見たこともないふかぶかとしたまつげがじいっと伏し目勝ちに、こちらを見つめているようなまぼろしを見た。

……もとよりその身は畜生の
くるしみふかき身の上を……

おきやさまの浄瑠璃の、「葛の葉」の声音が黄昏の底で語り出す。その浄瑠璃に、おもかさまのひくいしわぶきが、もひとつのくらがりからきこえて間にはいる。

語りあかして夫《つま》にさへ　添ふに添はれず住みなれし　わがふるさとへ帰らんず　仮の宿りは秋の霧　立ちまよひたる乱菊ぞ　わが身の上のあさましや……爪先立てて
ちよこちよこちよこ　ちよこちよこちよこと爪立てて　あるき乱るる萩すすき　は
つと思ひて気をとりなおし　つくりつくろふ笠の内　傾く日影まばゆうして……。

自分を化生のものにしてたたずめば、あたりは幻妖に昏れながら、大廻りの塘は、四、五歳ごろのわたしのひとり道行きの花道だった。「足爪立ててちよこちよこ……」と口三味線をそえて語る祖父の権妻殿《どん》のおきやさまは、畜生のなり替りだといわれていることをわたしはそこかしこできいてしまっていて、そのおきやさまが、沈んだ、やつれたような気配をして、「もとよりその身は畜生の、くるしみふかき身の上を……」と語り出すと、この人の性が深沈と伝わってまじまじときいた。

「みっちゃんばおひとり、お客さまになってもろて、語りましょうばい」

そういって小さなわたしを「ご正客」の座ぶとんにすえておいて、おはぐろの口もとにちょっと袂を当てながら、えへん、えへんと咳ばらいをしてから低い声で語り出す。

ちよこちよこちよこと爪立てて　しよてい乱るる萩すすき　はつと思ひて気をとりなおし……。

狐の姿をあらわしかけて、ちょこちょこと爪立ち歩いてゆくきわの、あわれでならぬ葛の葉は、おきやさまでもあり、おもかさまでもある。いま狐の仔になって、それから人間の子に化生《けしよう》している自分とおもえばただならぬおもいがする。野菊の咲き乱れている足元がふっと暗くなり、この世は仮りの宿りとつぶやいて、えたいもしれずさまよい出したわが魂におどろいて見あげれば、もう色の変った海の風がするするとうねって来て、逆さ髪の影絵のような芒のあいに、赤いおおきな落日がぽっかりとかかっているのだった。

……もしかりうどの有るやらんと　あわて驚きふり返る……それととがむる人だにも……今は悔まじなげかじといへど乱るる蘭菊を……。

五位鷺《ごいさぎ》が、ギャッギャッと啼いて渡って、わたしはにわかに性根づく。完全にひき裂けて、継目の合わさらぬ人間の生身でそこにいるのに気がつけば、もう狐の仔ではない足元に、生あったかい風が這って来て立ちすくむ。

ひと足すざり、ひと足かわして後むきになり、逃げ出す構えになればこの道は、ぐるりと天地が入れ替るおそろしい安達ケ原になって来て、三千世界の裏側から、ひとつ目のお月さまが半眼になって、浅い雲の間から追ってくるのだった。あえぎあえぎ家に帰りつけば、家のものたちは悲鳴に近い声をあげた。

「こん子はまあ、どけ、往たとったろうかい、日の昏れてしまうまで。どげん心配したか」

寄ってたかってのぞきこまれ、狐の仔になってみたくて往っていたのだとはいわなかった。

「みっちんな、どこさね往たとるかえ。居らんばえ」

おもかさまがまず云い出して、目くらの跣《はだし》でさがし歩いていたという。

大廻りの塘の一帯はこの地の土俗神やその眷族たちが、ことに好んで集るところだった。村老たちはそれぞれに、愛すべき多彩な神々との、出遭いの体験を持っていて語ったし、誰もが知っている共通の話もあったけれど、自分だけが出遭ったというとっておきの話を、ひとりひとりが持っていた。誰もが知っている話であっても、解釈の仕方は微妙にちがっていて、それは話し手たちの芸のごときものでもあった。神々たちや山童《やまわろ》や、川太郎《がわたろう》や、ガゴやゆうれいやの話になると、どんなちいさな部落にでも、ちいさいなりに異説があって、多々良の夕ぜやもたんのモゼ級《クラス》のいくさの話でも、いくさ以上に、話し手たちの気宇が大廻りの塘をめぐって賑わっていたのである。

この塘一帯はいま、チッソの八幡プール残渣《ざんさ》の下に生き埋めのまま、神々とともにあった、ひとびとの壮大な魂の世界は水銀漬となり、わたしの村の目前にある。

明くる年の夏、栄町通りの井戸の出がいっせいに悪くなった。いつもはぼうふらの湧きつづけている裏の湿田が干上って、ひび割れが出来ている。

町内の子ども仲間たちは、跣で、柳の木のある洗濯川までバケツを下げて、水くみにゆくのが互いの仕事になった。枯れたポンプから水を突き出すためには、誘い水が要るのである。

親たちがポンプの柄をあげてかまえると、子どもらが並んでいて、つぎつぎとポンプの首からバケツの水を注ぎ入れる。すると、グスグスというような音を立てて、ポンプの下の管をとおってゆく水の音が聞こえるのである。その水の音をききながら、力をこめて柄を押し下げる。管の下の水位が低くなりすぎていると、誘い水はポンプの弁の下に素通りしてしまい、柄にも弁にも手応えは来ずに、空井戸をつくることになる。だから井戸の下の管の水位にとどくまで、誘い水を絶やしてはならなかった。ポンプの弁が錆《さ》びていたり、ゴムが摩滅してくされていたりしても、管の下の水位は落ちてしまって、水はなかなか揚って来ない。このところ、鍛冶屋の井戸も染屋の井戸も、うちのも、前の飲食店も隣りの飲食店も、ポンプをばらして弁をとり替えて、バケツや水桶や水瓶、はては盥《たらい》にまで汲み込んだ水をぜんぶ注ぎいれたが、グスグスグスと、誘い水が管の空気の中を素通りするばかりで、水は揚ってこない。鍛冶屋も染屋も石屋も、飲食店も、水がなくては仕事が出来ないのである。

誘い水には、常々は汲みためておいた井戸水が使われるのだが、日照りになると一滴ほどの水でも、清水であれば飲み水に使われるから、誘い水にするのはもったいなくて、よほどのドブ水でないかぎり、その頃はまだほんとうにきれいだった洗濯川の水が、盥などにまで汲み入れられて使われた。そのようにして地下水にやっととどいた上水《うわみず》は、どんどん注いだだけ汲み出されて、乾き切って土埃の舞っている表の道に打ち水したり、どこの家でもまだ持っていた菜園などに注がれていた。底水のところが出だしたならば、仏様の水や飲食に使うだけはあろうから、心配するなと親たちは教えていて、そういうものかといぶかっていたが、磯のきわや山際の泉の水とちがって、出来たての町のポンプ井戸では、多少雑菌ぐらい含む水であったかもしれぬ。

そのうち誘い水がとどいて、ポンプの手応えが均等になり、男の子たちにでも押せるようになって来る。きれいな水がポンプの口から一押しごとにあふれ出てくると、気持がゆたかになって来て、そのような町内の、水汲みの様子を眺めているのはじつにうれしかった。一軒の家のポンプが出るようになるまで、町内の子ども達も手伝ってまわり、万が一のときのために、その水は近所にも配られておくのが常だったのである。その水配りには、かねがねは多々良の夕ぜや、もたんのモゼなみに、いくさをせぬこともない子どもたちがいっしょになって、汗をふりこぼしながら嬉々と働いた。裏の田んぼをのぞきに来て大人たちが、

「どこもかしこも、白穂ばっかりぞ」

という。ひびわれた田んぼの割れめに、泥鰌や鯰《なまず》の子が、躰をくねらせたまんま、切なげにまだ生きていたりした。その割れめをふさいで小さな池をつくってやり、洗濯川から水を汲んで来てやったりするが、鯰も泥鰌もすぐにいなくなった。

「犬か猫か来て、食うたろうもん」

と春乃がいう。

「犬猫も咽喉の渇いとるけん、ついでに食うたろ。日照りにゃ、食いもんも少のうなるけん」

ひとびとはまぶしげに掌をかざし、炎天の空を見あげて日照りの話ばかりする。

「空梅雨ばっかりで、日照りじゃなかろうかち思いよったら、案の定じゃった」

「からいもの蔓も里芋も枯れよるばい」

昼だというのに、どこかで鐘が鳴りはじめていた。ものういような、かなしげな音色だった。

「火事な?」

わたしはおもかさまをゆすってきく。

「雨乞いのはじまるばえ」

例の白茶けた白無垢を袖だたみしながら宙にかざして、この狂女が、なんだか婉然と微笑った。表の方で声がして、

「ありゃあたしか、長崎の方の鐘ばい、竜山《たつやま》の方角じゃもん」

「うん、いずれ一日、二日のうち、南福寺でも打ちはじむるじゃろう。深川あたりでもやりだすかもしれん」

いちばん高い山の頂の方で鐘が鳴りはじめると、それにこたえるように、遠いかしこの頂のあたりで、いくつもの鐘が鳴りあって、それはだんだん町の方へ下って来る模様である。

するうち、いきなり、裏の湿田のすぐむこうで、かん、かん、かんと美しく澄み切った鐘の音が鳴り渡り、続いて、ズッシン、ズッシンと、おなかにひびいてくる音が間近でした。

「おう! こりゃ、古賀のドラじゃ」

地蔵さまの石の墨取りをしている兄《あぼ》たちが、竹のささら筆を墨壺に漬けていた手をや

すめていう。ドラとは、四、五人抱えの大太鼓のことである。

「やっと、古賀でも打ち出したなあ」

「おそかったぐらいじゃ。まちっと早うしかかってもよかった」

「そうとも、天草あたりじゃもう、仕事どころじゃなかげなぞ。凪《なぎ》の晩にゃ、御所ノ浦あたりの雨乞いの鐘のきこゆるげなぞ。こっちの海べたまで」

「御岳さんの方でも、頭石《かぐめいし》の方でももう、仕事はでけんげな、毎日毎日雨乞いばっかりちゅう」

「じゃろうじゃろう。今年は、はげ殿《どん》も来られんうちから雨のひきあがって、もう、二ケ月半、ぱらりとも降られんもん」

「天草の方の旱魃はあわれなもんばえ。末広あたりにくる娘どんが値段の、牛よりも安かちゅうぞ」

彫刻のうまい助松兄が、中かがみで、地蔵さまの耳のあたりを、コツコツ彫りながらそう呟く。

「ここらのぬかり田んぼまで、ひびの割れたちゅうはなあ、めったに聞かんぞ。山の上はさぞかし難儀じゃろうわい」

鍛冶屋の小父さんが赤い顔して、石塔小屋をのぞきに来た。

「ドラ打ちば見にいこうか」

子供たちが六、七人、小父さんより先にかけ出してゆく。誘われなくともこう間近で、ズッシン、かんかんとやられては、もうじっとしてなどいられない。

古賀の青年団の小屋のそばの大きな農家の、広島さんという家の庭で、雨乞いのけいこがはじまったのだった。青年たちは浴衣の裾をお尻まではしょりあげて帯にはさみこみ、したたる汗を、ねじり鉢巻に受けていた。古賀の大ドラには、紅白の布をより合せた太綱が結わえつけてあり、若い衆たちが、四人も五人も、その大ドラにとりついている。きれいな水を汲み入れた木の桶に、竹の柄杓《ひしやく》がそえてある。

「この衆だけには、水はちゃんと呑んでもらわんば」

若い娘たちがあねさんかぶりで、若衆たちに水を配っている。竹の柄杓は呑み口が分厚いから、ごくんごくんと動く咽喉ぼとけのぐりぐりを伝って、きれいな水滴が、地面の上にこぼれ落ちる。柄杓を口にあてながら、若い衆の鳶《とび》色の瞳が、あねさんかぶりの中をのぞきこんで威勢よくいう。

「ありがとうござした！」

片手に桴《ばち》を持ったまま、くるりとゆきかける尻ばしょりの膝のうしろから、太い汗が、はらっと地面にこぼれ落ちる。その汗が泥をまぶした玉になり、水呑みの順番を待っているわらじの足に踏み潰される。泥の玉だか、汗の玉だか、淋漓《りんり》と噴きこぼしながら踏んでゆく炎天下の土が、若衆たちがドラを抱えて舞うたんびに、黄色い埃《ほこり》をあげている。

「鉦とドラが、合わんばいかんとぞ」

これもねじり鉢巻をしめて、年寄りたちが、ドラの打ち手たちに手をそえて、桴さばきをやってみせる。足を開いて、腰をかまえ、たたいてみせる。

「やってみろ、ほら」

「うーむ、爺さんのごつはいかんばい」

「腰の構えがな、大切ぞ。腰がきまれば、足は自然に舞うて揃うわい」

子どもたちは、その足さばきの邪魔にならぬよう、遠巻きに見物している。

かなり近くのあちこちの部落で、もういっせいに、ドラと鉦《かね》の打ち方が稽古されていた。草角力や虫追いや雨乞いの時、競り舟の時のために、部落ごとに大ドラと鉦を持っていた。ふだんは青年団の小屋や、おおきな納屋を持っている農家や漁家や、お宮などが、それをあずかっている。

江添というところにある大太鼓が、水俣ではいちばん造りもひびきもおおきくて、「江添の喧嘩ドラ」とあだ名されていた。二百年、三百年前のドラというのは珍しくはなかった。ドラや鉦にまつわるさまざまなエピソードは、部落の遺産でもあった。ごく新しいとんとん村のはじまりとて、〝ドラ太鼓〟のことに由来していたのである。水俣川の川口の、海から見れば左手の丘の中腹に、はじめて住みついた「紅太《べにた》どん」という人が、そのような大太鼓を、牛馬の皮をなめして造りはじめたので、その音をとって「とんとん」という部落の名になったのだというくらいだったから。蔑称の気分を見つけようとすればなくもないが、次々に来て住みついた「とんとんの者たち」にすれば、それを気にしていては生きてゆけなかった。

とんとん村とはよびやすくおぼえやすい部落の名だといわれると、「はい」とこたえて、それでもうおしまいだった。そのとんとん村の元祖が張った大太鼓ももう、いくつか雨乞いに加わっている。若者たちの勢いのよい村では、そのような大ドラを打ち破るところもあって、片側を打ち破れば片側に新しい皮を張って修繕するので、そのようなドラは、音が変るのだという。ひときわおおきな、「江添の喧嘩ドラ」が破れれば、そんなおおきな、〝こって牛〟の皮はもう、この頃見かけないので、「あんまり暴れてくるるめえぞ」と、ドラ造りの名人はむっつりしているという。

他村の者たちは、村の威信をかけるこのような神事を通して、この紅太殿《どん》と縁を結びつづけており、はじめから神職として遇した。

「こういう腕持っとれば、いちばんの殿さんぞ。日照りの来れば来るほど、力の入った仕事になるなあ」

若者たちは黙々と牛の皮をなめしている紅太殿の前にかがみこみながらこういう話をする。

「雨乞いの済めば、炭坑さねゆこうかい」

「うん、炭坑の方は、景気のよかちゅう話ぞ」

「米の飯だけは、ほんなこつ、食わするちゅう話ぞ」

「それよりもはよ、兵隊にとらるるかもしれん」

昭和六年、陸軍大演習のついでに天皇が日窒水俣工場に立ち寄ったあと、子どもの耳

にも満州事変という言葉が、なにかの前兆として伝わっていた。大人たちは声をひそめて、

「満州事変のはじまったちばい、兵隊ばい、兵隊ばい」

というのだった。

このような町とても「不景気時代」に突入しており、日照りのもとで田んぼは枯れ、米麦、雑穀の値段は上り、飢饉食には頼みの綱の〝からいも〟の蔓にさえ、晩になると土の中から出て来る夜盗虫が異常発生して、畠によってはひと晩のうちに蔓の葉を食べつくして裸にしたりした。大百姓の家だとて、米の飯を食うなど思いもよらなかったから、雨乞いのため村に留っている壮丁たちは、炭坑か、兵隊にゆくことを夢みながら、ドラ打ちの稽古につとめていたのである。

雨乞いというものは、天にむけて祈願をとどけるものであったし、水の涸《か》れてくる山の頂に近い村々からまずはじまるのが常であった。

水俣は、水脈を豊富に蓄えた山々をいくつか持っている。薩摩の出水《いずみ》郡や菱刈郡にまたがっている大関山や亀齢《きれい》峠や、紫尾《しび》山、矢筈《やはず》山などの三谿は、地表に流れ出す水の豊富さもさることながら、これらの山々はふだんの雨量でもよほどに水を蓄える力があるらしく、海岸線の先まで来てさまざまな泉をあふれさせていた。そこかしこの潮の下に、渦をなして盛りあがっている湧出口のさまは、むこう岸の水の少ない島々からみれば、もったいないかぎりで、雨乞いをせねばならぬほどの大旱魃であればなおのこと、海の

表にまで湧く水は人びとの眼底に印象づけられていた。ことに水俣病の発生地となってしまう湯道部落の湾内にとうとうと噴出して、海の中の井川と恨めしく称《よ》ばれているのは、潮のうねりを変えるほどで、御所ノ浦島や樋ノ島の人びとは、潮を盛りあげながら広がる真水の渦のもったいなさに、嘆息せずにはいられない。そのような島々からは、水を抱いた矢筈山や矢城山の姿がよくみえるのである。

天草の本島からも外れている離れ島あたりから、ここらの岸辺に来て住みついたものたちの気持の中には、水への切実な憧れが深いのである。ここらあたりの水系は、熊本寄りの三太郎群峯の向うの、男性的な球磨川にくらべて、山々の地質が甘味のあるやわらかな女水《おなごみず》をつくるのかもしれなかった。これらの山地は、水俣川の水源にも当っていて、飲料や使い水だけならば、一般に事欠くわけではなかった。よほどに遠いところでも半里ほどの道を、水桶を荷って通いさえすれば少々の不自由をいわぬかぎり、水が枯渇するということは稀であった。

畑作にはしかし、ぜひとも雨に来てもらわねばならなかった。ことに焼畑に頼って雑穀を作っている山頂の村々では、来る日も来る日も天を仰いで雨を待っている。ひとびとは、より高い、より天に近い山の頂をめざして登り、部落総出で祈願をこめる。十日も、一ケ月も、雨が来てくれるまで。雨が来てくれるまで大ドラを抱え、鉦をうち鳴らして、雨をくれる神々を呼ぶ。

町の年寄りたちは、朝、孫たちを起すのに云っていた。

「ほら、もう、ずす、くゎん、くゎんの鳴りよらすぞ。起きてみんかい。今日どま、雨の神さまの、来てくれらすかもしれん。ほら、ずす、くゎんくゎん、ずす、くゎんくゎんの……聞こゆっぞ」

夏の早いあかつきに、どこかの峰でもう、雨乞いのドラと鉦が、遠く遠く、切実な祈りをこめてけんめいに鳴る。ずす、とはお腹にこたえてくる大ドラの響きの擬音で、鉦は、かんと鳴らずに、くゎん！　と鳴らねばならなかったのである。

ずす、くゎんくゎん
ずす、くゎんくゎん
ずす、くゎん、ずす、くゎん
ずす、くゎんくゎん

山の頂までドラと鉦を打ち鳴らしながら登り進んで、祠がなければ祠を建てて、村の中のいちばんよい井戸から汲んだ清水を天に供え、祈願者たちもひと口ずつ干《ひ》あがった咽喉《のみど》にいただき、幾日もお籠りして、まだ雨を下さらぬときは頂を降り、迫々《さこさこ》を下って海の方に向う。

山間の部落からぞくぞくと降りて来て合流し、町の辻にまでくるとこの行列は、各村方が勢揃いしているのを点検しあう。そのようなドラと鉦に連れられた雨乞いの行列が、水をしめした笹を振り振り、うねりをつくって流れ出てくると、若者たちは競りあって、ドラとドラがぶつかりあい、喧嘩ドラといわれたりするのである。けれども、ことは一年中の収穫にかかわり、命の雨をもらうための神事であるから、行列やドラから離れて個別の喧嘩などはしてならぬ。自分の部落のドラに祈念を集中して打ち鳴らすから、雨乞いが終ると、ひとつふたつのドラが打ち破れるのは常のことであった。

　行列が、いよいよ浜辺の方角にむかって動くようになると、競り合いのとき他村との識別がつくように、ドラ打ちたちは、浴衣の上から、それぞれの村の色をあらわすたすきを十文字にあやどり、背中に結んで垂らした。たすきは、未婚の娘らが締めるあの兵《へ》児《こ》帯《おび》用の布で、蒔色や水色や、赤や黄やを、村ごとにあらわして同色の鉢巻をしめた。神事のよそおいではあるが、女たちに見せる武者ぶりでもあったろう。

　色どりあでやかな、熱狂を帯びた雨乞いの行列が、汗をふりこぼし、山の迫々からそのようにしてくり出して、町方のドラと合流し、渦巻き状となりながら、道の幅に従ってほそく伸びたり、ひろがったりして来る。行列はもう連日、炎天下の行事に憔悴しきっているのだが、神を招ぶものの目つきになって栄町どおりまで来て、浜辺をさしていた。

「大廻りの塘さね、行かすとちばい」

　家々の外に出て、行列をむかえている女房たちがいう。

「おお！　ここまで来ようには、きつうあんなはったろ、きつうあんなはったろ。さぞきつうあんなはったろ」

　ここから三里も四里もある山の中には、うちの石山もあったので、そこの村々から来た雨乞い衆は、顔見知りなのである。

「戻りにゃなあ、お茶ども呑んで行って下はりまっせなあ」

　声をかける途中から、春乃も石塔磨きの小母さんたちも絶句して、祈る顔つきになった。

　御岳の村、石坂川の村、深川村、桜野村、葛渡《くずわたり》村、宝川内《ほうがわち》村、無田村、岩井口村、寒川村、久木野村、仁王木《におぎ》村、桜野上場村、頭石《かぐめいし》村、石飛村……招川《まんば》内村……湯ノ鶴村、野川村、長崎村、茂川村、大窪村、鶴村、……そのあとに町方が続く……。

ずす、くゎん
ずす、くゎん
ずす、くゎん、くゎん
ずす、ずす、くゎん、くゎん
ずす、くゎん、くゎん
ずす、くゎん
ずす、くゎん
ずす、くゎん、くゎん

ずす、ずす、くゎん、くゎん
ずす、くゎん、くゎん

栄町の往還道が家の前からするすると、遠い山奥の彼方の村につながって行き、この往還道は躰ぜんたいで、ぶる、ぶる、と身ぶるいをしながら、ドラや鉦たちといっしょに鳴り出していた。

おもかさまも背中をしん、と曲げて坐り、首傾けてお行列が通るのをきいている。その頬にかかって、ひろがり垂れる白髪のかげからのぞいていると、白髪の向うに雨を降らさぬお日さまが炎え上る。おもかさまの髪も炎え上る。ずす、くゎん、ずす、くゎん、ずす、くゎん、くゎん……。

天明三年、水俣地方を通った古河古松軒は「西遊雑記」の中に左のように記した。

水股は求摩《くま》郡より幾谷川となく北流落合ふ所なり、大概の町場にて、一村門徒宗にてよき寺院の有る所なり。此節数日雨降らずして井水もなきくらひにて、数十箇村申合せて雨乞有り。土人の噂をきけば竜神へ人柱を立ていけにへを供すと云。珍らしき事なれば一見せんと思ひ其地に行見るに、海岸にかけ造りのこ屋をたて、藁にて長一丈ばかりの婦人の形をつくり、紙を以て大ふり袖の衣装をきせ、それに赤きもやうを画き、髪は苧を黒く染て後へうち乱し、さて村役人、社人、巫女、見物人彼是数百人群集し、其の中の頭と覚しき社人海上にむかひ、至て古き唐櫃のうちより一巻を取出し高々とよみあげし事なり。その祭文の文章甚埒なき事ながら、かな書の古文章とは思はれ侍りしなり。其後は太鼓を数々たたき、大ぜひ同音に唱へるには、

竜神竜王末神々へ申す、浪風をしづめて聞めされ、
姫は神代の姫にて祭り、雨をたもれ雨をたもれ、
雨がふらねば木草もかれる、人だねも絶へる、雨をたもれ、
姫をましよ、姫をましよ。

かくのごとく入かはり入かはり雨のふるまでは右の通に唱へて、雨ふる時はかの藁人形を海へ流す事なり。右文句を大ぜひ高声にいふ時に、傍よりひやうしをとりて、いかにも、いかにもと云。土人の物語は、二百年以前には数十ケ村の娘を集てくじ取りをさせ、くじにあたりし娘は右のごとくして海へ入れしと云。辺鄙の地にはいろいろのをかしき例も有る事にて、古しへの事を伝へてうしなはず。右祭文の文章聞なれぬ文おおかりし故に写し取らんと土人に頼みしに、急にして調はず、あまりも古雅なる雨乞ゆへに、聞流し見捨にせんも心残りにて、見る人の笑ひにもならんかと爰に筆を費しぬ。

稲妻が来て、雨が来て、秋の日照雨《そばえ》がくる前に、からいもの掘上げも済む。刈上げも無事に済み、蒔《ま》かれた秋野菜が芽立って来て、田んぼも山の畑の土も、しっとりと底の

方までほぐれてから冬がくる。とんとん村の太鼓造りの名人は、広い庭の前に、使いなれて柔らかくなった莚《むしろ》をくりのべて、あぐらをかいてどっかり坐っている。和んでいる冬の日ざしに背中をあぶりながら、なにかの皮をなめしにかかる。来たるべき年の雨乞いのために。

第八章　雪河原

三月の忘れ雪が来て、栄町は牡丹雪におおわれる。幾日も空は暗くて忘れ雪が降る。どこの家でも早仕舞いをして、おんおんと囲炉裏に火を焚いた。囲炉裏の燠《おき》をかき出して、焼酎沸かしの「ちょか」がすえられて、焼酎の沸き立つ匂いがする。湯ノ児《ゆこ》温泉の拓《ひら》き事業が片づかなくて、祖父も土工たちも、湯ノ児の飯場にいた。「湯ノ児は寒かろうばい」と春乃がいう。おもかさまはどのような寒《かん》の師走にも、囲炉裏のそばには「男のきゃくされの匂いのする」と云って来ないのだ。雪の舞いこむ納戸の押入れの方をむき、この世を払いやるような手つきになって、前の方に垂れ下がる髪の向うを払って咳をする。高浜焼の青絵の火鉢がなぜか気に入っていて、茶色のしみが地図のようになっている例の白無垢を膝の上に乗せ、火鉢のふちのぬくもりが熱すぎると、そえられている灰かきで、燠をかぶせて熱を加減した。そのくせ、黒繻子《くろじゅす》の衿をつけた綿入り半纏《はんてん》などを、いくら重ねてやってもはねのけて、薄着になってしまうのである。

おもかさまは別膳だったから、その膝元まで、ひき出しつきの箱膳を押して行ってやると、「もう飯時分かえ」と居ずまいを正して食事にかかるのだが、粟と麦と米とを合わせた三穀めしの飯つぶや汁の実や、塩焼きの鰯《いわし》の身などが、その箸の先から口へゆかぬうちにこぼれおちるので、わたしは終るまでそれを拾いながら、猫の「ミイ」とふたりでついていてやるのである。猫たちは代々どれもこれも、よほどに口いやしいのでないかぎり、おもかさまの箸の先にかかっている魚には手を伸ばさなかったけれど、なかには盲者とあなどって、家人がわき見をしている隙に爪先にひっかけてみたりして、叱られるのもいた。

そのような猫に云いきかせをするときは、爪にかけてしまった魚をその鼻先にこすりつける。

「いくら畜生ちゅうても、めくらさまのものに手をかけるちゅうがあるか。こういうさもしいことをしたならば、もう家にゃ置かんけん、この魚の頭をばくわえ下げて、たったいま、出てゆけ。ほら、たったいまくわえて、出てゆけ」

亀太郎が膝でにじり寄って叱りつけ、尻を押しやれば、ミイは鼻の先にこすりつけられた焼魚に、おじぎをするような格好で尻退りして来て耳をぴくぴく倒し、人のうしろにちいさくなっている。春乃も尻馬に乗って、

「この猫は、死んだミイより馬鹿猫ばい。死んだミイは、どげん利口者じゃったか。いつも人間よりは先に食わするじゃろうが。げっぷしよったろが、さっきは。ちょうど、餓《ひ》だるか目に合わせておるごたるよ。こんどねずみ取って来て見せても、もう感心して

やらん。ほら、まちっと太か鰯の頭もあるけん、尻尾にども結わえつけて、持って出てゆきなはる。バカ猫が」

曲げこんで、神妙になっている尻尾をぴょんとたたく。

「畜生ば打ったりするなえ」

おもかさまが気の毒げにいうて、家中の気配は察しられるものとみえ、猫だといえどもばつが悪くてたまらぬ目つきになって、しょぼり、しょぼりとしているのだった。そんな云いきかせをくり返すうち、おもかさまの膝の先にこぼれ落ちてくるのだけを、ミイはあくびをしながらわたしといっしょに拾うのである。

そのようなささやかな椿事があれば、雪の夜は人の声音や振舞も優しくなって、やがて戸外は、犬たちだけが四、五匹で走って来てはしゃぎまわるときの、踏み立てられてきしる雪の音がするのだった。連子窓《れんじまど》とは名ばかりの、桟の間からのぞいてみると、見なれている筈の南天の葉や橙の木や電信柱を雪が形どっていて、その上になお舞う雪が黒く見えてくる。頭の上に来て覗いている亀太郎が、三寸は積んだろうぞという。こういう夜は、雪婆女《ゆきばばじょ》が覗《のぞ》きに来らすけん、早う寝るもんぞと春乃が一《はじめ》を寝かしつけていて、雪婆女の覗いていそうな窓が気にかかる。うすす目をつぶったりあけたりしていると、ちんちんと鉄瓶の湯の沸く音がして、父のふところは焼酎のぬくもりと、わたしの体温でぽかぽかしてくるのだった。

「なして鉄瓶のちんちんいうとじゃろう」

「燠の性《しょう》の強かけん」

「燠のしょうち、なん?」

「さればば、石山を拓くときに植わっておった樟《くす》や、どんぐりの木の根をば、雨露に遭わさんよう、茅でおおうて、よか焚きものにして持って来たけん、燠の性の強かわけじゃ」

「どんぐりの木の燠な」

「さよう。石もじゃが、木ちゅうもんの一生も面白か。木になってから何百年も経ってから家になってくれて、舟にさえなってくれて、焚きものになってくれて、燠になって、灰《ひゃあ》になり、それから先も失《う》し足らん。畑のものを育てたり、こんにゃく煮るとき助けてくれたりする。灰汁《あく》だごの元にもなるとじゃけん……」

もう睡《ねむ》くなっている父親が、娘にいう寝物語りであった。

あめ鳥や
あめ鳥や
たちばな舟は　往たかえ
あめ鳥や
たちばな舟は　来たかえ
かぐめ鳥

寒かろえ

湯の沸く音のあいまにおもかさまの声がぶつぶついう。父のふところからそろりと起き出してみると、ふとんの外はもう、畳の上まで降りて来ている雪冷えで、足のうらが急にうすくなったような冷たさに、躰がちぢむのだった。祖母は起きているときとはまるで違う姿になっていて、背中の骨をくたくたと折り曲げ、例の火鉢をぴったり抱き、顔を横むけに乗せている。ふとんをはみ出して、火鉢を抱いているそんなぺっちゃんこの背中がかわいそうで、ゆり起してみると、火鉢にくっつけたふところのあたりはぬくみを持っているのに、背中の方は冷えきっていて、そのふところに這入ってみたら、わなわなとふるえているのだった。

そのようにふるえている躰に抱かれていると、この魂のありかたは尋常のものでなく、やさしげな雪空のはたての雪婆女《ゆきばばじょ》が身じろげば、人は自分のかなしみさえ語ることができないで、雪の夜に火のない火鉢を抱えて、ぺっちゃんこにひしゃげていねばならないのかと、ふるえているおもかさまのふところでわたしは涙をこぼしていた。

陶器の火鉢を抱いて、ひしゃげている祖母の姿から巣ぬけをした川蟹が、雪の下の川底を這ってゆく夢をその夜みた。

大廻《うまわ》りの塘《とも》の石垣の降り口から、真砂《まさご》の上を這って、真砂の上にもやっぱり雪が降って冷たいのに、はだしの足が冷たかろうとおもうのに、そろそろとおもかさまの川蟹は水底にむけて歩いてゆく。そこは、海の潮と水俣川の真水とがせめぎあうところで、そういうところを渡るのは、いくら川蟹だとて、しんどいにちがいないのである。

「ばばしゃま、そげんところに降りてゆけば、あたまに青海苔《あおのり》の生ゆるばい」

わたしは袂を合わせながら河原の真ん中の飛び石の上にかがみこみ、さしのぞいていう。すると川蟹になっているおもかさまは、

「もう生えて、きゃあしもうた」

と呟いて青海苔の白髪になっていて、この川をさかのぼるつもりなのだ。

ここの河原には、寒のうちから春さきにかけて青海苔が生える。潮がひき切って川の筋があらわれはじめると、大廻りの塘にかこまれている八幡舟津の、漁師部落の女房たちが、大きな笊《ざる》をかかえて来て川の浅瀬に這入り、青海苔を採りはじめるのである。

寒がきついときほど、青海苔の緑は濃くやわらかく育ち、味も香りも深いのである。川から掬《すく》い上げたその海苔を干しあげるには、風が冷たいほど色よくあがるので、舟津の女たちは川土手に幾段もの縄を張り、採った青海苔をすぐに絞りあげて、片手いっぱいに抱えられるほどな笊に入れ、土手を登って、長くのびて育っている海苔を縄にひっかけて干す。笊に三かわりくらい採りあげる頃には、最初干しかけておいた青海苔は、川土手の寒風に吹き晒《さら》されて雫《しずく》も切れ、かすかな香りを放ちながら半乾きになっている。帰るときの荷も、そうやって乾かしておけばずいぶんと軽くなり、日和しだいでは、まるで綿を干しあげたような軽さになっているのを持って帰れるのである。

冬の沖は、不知火海《しらぬひ》といえども暗く波立って来て、漁の出来ない日和には、潮のひきはじめる川べりに、舟津の女房たちが五、六人は必ずやって来て、たくしあげた二の腕も、からげている腰巻の下の脛もまっ赤になって青海苔を採っていた。採り方の上手下手と云っても指先の手早さで、川底の石に着いてさらさらと、水に流れている青海苔を指の先にからげとり、片手に抱えている笊に掬い入れるだけのことなので、子どもにでもよく採れた。

この川海苔の味というものは、冬から春さきにかけて昔から、町のひとびとが持っていた味覚のしあわせというべきだった。水俣川の川口に、まず専門家の舟津の女房たちが、ある日四、五人あらわれると、川土手の岸にある小学校の女の子たちが思いついて川に入り、学校帰りの弁当箱などにぎゅうぎゅう押しつめて持ち帰る。帰れば母親が居なくとも、縄を張ってすぐに干すことを誰でも知っていた。霜や雨に合わせぬよう、夜じゅう空っ風に吹かせておけば、もう翌朝は乾きかけている。それを燠火の上でちょっとあぶって皿や丼の中に揉みほぐす。いい匂いがそこらじゅうに漂って、青々としている粉末に生《き》醬油を垂らし、熱いご飯の上に乗せると、ほかのおかずを食べそこなったりするのである。

どこの家でも、干しあげたものを湿気が来ぬよう保存して、よそに出ている親類たちに送ったり弁当のお菜につめあわせたり、餅の中に入れて搗いたりして、青海苔採りの賑わう日などが続くと地方の新聞が、「風物詩」だという写真つきの記事を出す。

猿郷《さるごう》の山の畑の帰りは、やはり潮の加減をみてこの川を渡るので、春乃もはつのも、女籠《めご》を下して採って帰ることがある。女籠に入れられて河原の上におかれている弟に、自分の綿入れを重ねかけてたたいてやって、四つくらいのわたしも、川の浅瀬に這入ってゆくのは好きだった。青海苔は、着きのよい年は河原いっぱいの真砂にもれなく着くものだが、川の本流、つまり潮が押しあげて来るときでもその潮を貫流してやすまない真水の底に洗われているのが、いちばんきれいで色が濃く、のり丈も伸びていた。

町から来る女たちは、ほどほどのところでひと抱えになると、川水の冷たいのがこらえきれずにあがってしまい、まっ赤になった二の腕と脛を拭きあげて、袖と裾をおろしてしまう。そうすると、思いもかけぬ暖かさが裾からほっと上って来て、たちまち帰心がつのるのである。舟津の人たちは「商いの精神の感心な人たち」なので、雪のちらつくような日和になればなおのこと精出して、昏《く》れ方まで河原に残っている。

川の水の道でもあるけれど、ことにゆうぐれには、風の通る道筋にもなって来て、そんな昏れ昏れの、波うちはじめる芒《すすき》の土手を、振り返り振り返り眺めれば、広い河原に四、五人の青海苔採りたちが腰をからげて水に漬かっている姿の、ちらつき出した雪の中に没し去るのは、心に迫る景色だった。舟津の人たちは固有の訛《なまり》を持っていて、氏神の為朝神社を守りながらよく結束し、商いに出るときのほかは、町の人間たちに心をひらかず、婚姻のまじわりもその頃までは自族内にとどめていて、町の人間からは、海を渡って来た部族の集団として扱われていたようだった。

そういうことはまだ知らなかったが、ゆうぐれの、寒くて暗い苔色の河原が夢の中にあらわれて、飛び石がひとつある。その石の上にかがみ込んでのぞけば、水の底に透けて見える蟹のおもかさまは、気のふれはじめた頃のこの川の上流の、あの宝川内《ほうがわち》の谿まで行こうとしているらしかった。

水俣川は、日本窒素肥料会社が水源地にしている、小崎という河原のあたりで二股に分かれ、右の方から来る流れは、山の温泉地を通って来て湯ノ鶴川と言い、左の方から来る流れはことに水量が豊富にあって、上流に上ってゆけば更にまた二股になり、石坂川と宝川内川とに分かれている。いずれの分水嶺も薩摩側に入っていた。

「ばばしゃま、寒うなったばい。もう戻ろ」

「あい」

声だけは素直な返事が、水をくぐってたゆたっている。

前にすぼめた袂の下の身八つ口から、小雪が舞い入って、わたしは寒いのだ。蟹になってもやっぱり婆《ばば》さまの姿で、こんなに青海苔の白髪をおよおよさせて、ぐらしなおかさまじゃと思う。蟹は、水の底でもほほほと破れた笛のような声を出して笑い、水圧の底を見計らっていて、ちいさな爪をそろりと出し、次の小岩の蔭にとりつこうとしているらしいのだ。(ま、鬼《おん》の子の爪のようじゃ)といおうとしたが、おもかさまが羞かしがるので云わなかった。(わたしが、ちゃんと摘んでやらんじゃったもん……)

小石の先にちらりとさし出して来たその爪をみても、いよいよおもかさまが不憫でた

まらない。けれどもめくらだから、

「ここのおもか小母さまは、爪先探りで、そろんそろんと、ようつっこけもせずに、隅から隅まで漂浪《され》きよらすよな」

近所の衆たちがそういうているように、めくらには爪先というものが大切ならば、このような蟹の爪の先になっても仕方がないのかもしれん。それでいつも鋏を持ち出すと、気配を知ってこのおもかさまは、爪切りをいとうていたそのしるしに、自分の方から鋏持ちの川蟹になってしもうたのかもしれぬ。

水の筋のように揺れている青海苔の底で、蟹はちいさな爪先をかすかに動かして、地団駄でも踏むような様子をしていたが、流れの異なる筋にひっかかったと見えて、ゆっくりとひっくり返りながら流されはじめたのである。白いお腹の方が裏返しになったまま流れてゆく。裏返しになるとこの蟹が、爪の先をちぢめちぢめして、自分を隠しながら唄うことには、

あめ鳥や　往たかえ
地蔵さまん　雪かぶりゃ
遠かばえ
山ん上んいっぽん道さね
往ったかえ

草履の緒のひっ切れの
泣きよるばえ
海の上ん　道や
知っとるかえ

くるりくるりと川の底でひっくり返りながらおもかさまの蟹がそう唄う。

苔色の川海苔の、はじめ、ぶよぶよしていた髪が長く繊《ほそ》くなり、波のようになり、そこはもう海の底で、おもかさまは魚のようでもある。そのようにひっくりかえったまま目をつぶって、多々良の夕ぜたちに髪を梳《す》いてもらっているのだ。

宝川内川の石切り場のある上流では、むかしむかしの若いおもかさまが、崖を伝いながら藤かずらを切りとって来て、負籠《おいご》をつくっているのである。まだ目がよく見えていて、負籠の中には筍やしめじ茸や、つやつやとした小豆がいっぱい這入っている。自分の畑でも採れるのだけれども、石山のまわりの村の衆が、毎日なにくれとなく抱えこんで来てくれるので、おもかさまは、山の御馳走だから、浜辺の人びとにも持って行ってやろうと、まず藤かずらを切ることを習い、負籠を編むことを習ったのである。負籠が編めるようになったときには、もう山の芋をつなぎにして作る蕎麦《そば》切りや、こんにゃく玉の作り方もいつのまにやらおぼえてしまっていた。毎日毎日、負籠を背負ってあっちの谿からこっちの山へと、汗水ながして一軒一軒配り歩く。余りものを福分けするのではなく、すっからかんになるまで配りつくす。思えばこの、人に根こそぎものをくれてしまいたがる性からして、もうその頃から気がおかしかったのだと、わが娘たちからさえ、のちのち云われるのであった。

そのようなぐあいで、四里の山奥から暗いうちに起き出して、負籠の中に、茹《ゆ》で干しにした筍やらぜんまいやらをいっぱい入れて、午頃《ひる》までかかって下って来て浜辺の人たちに進上する。浜辺の人たちは、負籠姿のおもかさまを見て、よっぽど深い山の人を見たようにびっくりしたが、お返しに、まだ生きている赤貝やらぶう貝やら、囲炉裏の火であぶった大きな海老などを藁《わら》づとにして持たせて山へ帰すので、若女房のおもかさまはとても忙しかった。

藤かずら採りにいよいよ熱中して、例のように崖の登り降りをやっていたが、あるとき足を踏みはずして崖の途中からすべくり落ちてしまったのだ。そこは、毎年毎年、五月の半ばから六月になると、谿谷の霊気を一ケ所に集めたように藤の花房でおおわれる幽邃《ゆうすい》な淵であったのだが、おもかさまときたら、なんのこだわりもない天草生まれの魚の性だったのだ。けれどもこの淵で魚のはねる音など、山仕事をするひとびとはきいたことはなかった。

「石山の神さま」の女房殿《どん》とはいえ、浜辺の方からやって来た女が、ひとのゆかない崖淵の上に登り降りしているのを山の人びとは懸念してもいたので、深い水のしぶきをきいたようにおもった二、三人が、様子をうかがいに杣道《そまみち》をのぼり、杉山の木立ちからさしのぞいてみて肝を潰したというのだ。

のぞきこんだ淵の中に、髪の中まですっかりほどき放ったおもかさまが、泳ぎまわっていたというのだ。「淵の主《ぬし》」じゃと思って声を呑み、杉の大木の根にかがみこんだ。淵の主など見てしまったら祟《たた》られるのである。金縛りのようになっているうちに、濡れた着物を絞りあげ、それを纏《まと》うておもかさまが、歯朶《しだ》の間をかきわけてあがって来ておじぎしたが、本物のおもかさまとわかるまで、男たちの顔の色は互いに無かった。

めくらの上に気がふれて、町のものはもちろん、近在のものたちさえ、誰ひとり知らぬものはない姿になり果ててからも、宝川内川のほとりの人びとは、折り折りの「見《げん》上《ぞう》」の挨拶《いい》に下って来た。

「このまれさまの」

人びとはあらぬ世界の人となってしまったおもかさまに、深いおじぎをしてからいう。

「このまれさまの若かときの、水浴みさす姿の、あんまりうつくしゅうして、浴みらす間は魂切らすんな、側には行くなちゅうて遠くから、互いに控えておったもんでござんした」

水の流れに、くるりくるりと躰をこごめながら唄うている蟹の姿を、雪のちらつく河原の石の上にかがんで、ただ視ているだけのわたしというものは、この世の相《すがた》を自分の中に写しているだけの魂だった。

けれどもしかし、石の上にかがんでいて、うなじに降って来た雪片のさびしさはなん自分がおもかさまが自分で、だろう。このようなさびしさに罹ってしまったのはひょっとして、おもかさまが自分で、自分がおもかさまかも知れぬのだ。

「千年も、万年も……」

そのとき、千年も万年もという言葉が口をついて出た。大人たちがよく、千年も万年も、という。お坊さまもいう。

――千年も万年もは生きられん……。

――千年も万年もというが、阿弥陀さまのお目から見れば、人間の生涯というものは、埃《ほこり》や塵くずのひとつぶのようなもんじゃ。

――人間てなぜ死ぬの、千年も万年も生きたいわ……。

千年も万年もかかって、このように誰かの命と切れめなく生まれ替って来たのにちがいない。それゆえ、数というものは数えられるもんじゃなか、と父親がいうのにちがいない。なぜしかし終らないのか、とわたしは思う。数えられなくても、知らなくともよいから、終ってくれろ、と石の上でそのときおもっていた。青海苔におおわれた広い河原にも、その真ん中の石の上に、袂を抱いてかがみ込んでいるわたしの肩先にも、川の底を流れてゆくおもかさまの上にも、夢の中の粉雪が、さらさらと渡って行った。

この世の成り立ちを紡いでいるものの気配を、春になるといつもわたしは感じていた。すこし成長してから、それは造物主とか、神とか天帝とか、妖精のようなものとか、いろいろ自分の感じているものに近い言葉のあることを知ったが、そのころ感じていた気配は、非常に年をとってはいるが、生ま生ましい楽天的なおじいさんの妖精のようなもので、自分といのちの切れていないなにものかだった。

おかっぱの首すじのうしろから風が和んできて、ふっと衿足に吹き入れられることがある。するとうしろの方に抜き足さし足近寄っていたものが、振り返ってみた木蓮の大樹のかげにかくれている気配がある。高い梢に眩しく浮上している半咲きの、白い花と花の間の空に、いのちの精のようなものを見たような気がして、わたしはそこらの茱萸《ぐみ》の木、櫨《はぜ》の木、椿の木などのめぐりを歩いてみるのである。それは一種の隠れんぼだった。

この世の種々相はもう子どもなりにいろいろ感得されて、たのしいことばかりではない。頭で整理してみるということをまだ全然知らないこのような童女期に、お日さまお月さまの出はいりなさるかなたが見透せるわけではないけれど、この世とは、まず人の世が成り立つもっと以前から、あったのではないかという感じがあって、山野の霧の中にいるような、晴れやらぬとまどいにおちいっていた。

ものをいいえぬ赤んぼの世界は、自分自身の形成がまだととのわぬゆえ、かえって世界というものの整わぬずうっと前の、ほのぐらい生命界と吸引しあっているのかもしれなかった。ものごころつくということは、そういう五官のはたらきが、外界に向いて開いてゆく過程をもいうのだろうけれども、人間というものになりつつある自分を意識するころになると、きっともうそういう根源の深い世界から、はなれ落ちつつあるのにちがいなかった。

人の言葉を幾重につないだところで、人間同士の言葉でしかないという最初の認識が来た。草木やけものたちにはそれはおそらく通じない。無花果《いちじく》の実が熟れて地に落ちるさえ、熟しかたに微妙なちがいがあるように、あの深い未分化の世界と呼吸しあったまんま、しつらえられた時間の緯度をすこしずつふみはずし、人間はたったひとりでこの世に生まれ落ちて来て、大人になるほどに泣いたり舞うたりする。そのようなものたちをつくり出してくる生命界のみなもとを思っただけでも、言葉でこの世をあらわすことは、千年たっても万年たっても出来そうになかった。

えたいの知れぬ恍惚がしばしば訪れ出していた。季節変りの風が光るとき、山嵐の音がごうと空を渡るとき、秋の山野の花穂の靄につつまれるとき、梅雨どきの大濁流をみつめているときなどに。もう赤んぼではなくなって、わたしは山のそこかしこに自分の世界を持っていた。萩も芒《すすき》もかるかやも、桔梗《ききよう》も、みんなわたしの背より高かった。

そのような時期の山野は、土も草もほどよく乾いて、茸《きのこ》くさい香気が漂いのぼるのである。かたわらで春乃や隣りの小母さんが、藷《いも》の蔓などをひきはがしながら話をかわしている声が、なんだかひどく耳ざわりにきこえるのは、五官のすみずみを照らし出そうとしている、情緒のくるめきのせいかもしれなかった。情緒などというような意味の言葉はまだ知らなかったが、網膜のうちに昼の虹が彩なして浮かびつづけ、自分はどこから来たのか、なぜここにこうしているのか。自分はたれか。父と母がいて弟がいて、祖母がいて、権妻殿《ごんさいどん》がいて、近所の人がいて、町があって野道があって、空があるゆえ、なお自分はだれであるかわからなかった。山の畠につれられて来て、秋の山野の草の中をさまよっていることはわかっていても、不思議な、処理しようのない自他の存在感がなやましかった。自分はどこへゆくのか、五官のすべてを総動員して、わたしは知りたがり、ほとんどやつれてくらしていた。草とか水とか、麦とか雪とかになり替ってみることは、むしろ安息でもあったのだ。ことにあの、「末広」のうしろにひろがる田んぼの畦の上や、野中の道から続く大廻りの塘の芝の根元に見つけ出す碧《あお》い「竜の珠《み》」に、じいっとなり替っているときには、とてもこころが和んでいた。なぜあんな草の実を童女たちが「竜の珠」と称《よ》んでいたのか。いまになって思いついて、保育社の「原色日本植物図鑑」というものを買って探してみたら、草本編、単子葉類とある中に、とおいむかしの「竜の珠」がちゃんと色彩つきで出ていてとてもうれしかった。

山林の中に生える多年草であるが、人家ののき下などに栽培し、また薬用として畑に作る。根は丈夫で、時に一部が紡錘状にふくれる。長い走出枝をだす。茎はそう生し、高さ七~十五cm、少し扁平で狭い翼があり、無毛。葉はいずれも根生し、綿形で長さ十~二十cm、幅二~三mm、鈍端、基部は広がって膜質となり、茎をつつむ。……

花は七～八月に咲き、茎に総状につく。苞は披針形、ふちは膜質。一苞の腋から一～二花がでる。花柄は四㎜、中部に節があり、そこから花が落ちる。花は下向きに咲く。花被片は六、だ円形、鈍頭、長さ四㎜、果時にも残る。雄ずいは六、花糸はきわめて短く、葯は披針形、長さ三㎜。子房は半下位。花柱は円柱状、無毛。種子は子房を破ってでる。球形で碧色、径七㎜、一つの花に一～（三）個つく。

ここに誌されている球形で碧色とある草の実の本名は、「じゃのひげ」というのであった。この碧い水晶の珠《たま》のような実のことを、名前にしないのであったなら、たしかに、その葉は「じゃのひげ」というにふさわしく、地上十センチほどにもなるやならぬ葉っぱたちは、その根元から出るときすでに、蛇《じゃ》のおじいさんのひげのようなぐあいになりながら生えていた。根元にその葉先を反《そ》らしながら、めったにならせぬちいさい青い粒を、自分の葉でふっくりと幾重にもかこいこみ、地を這いながら群生しているのだった。春すぎにこの草の原の上に腹這って、しげった根元を指先でそろそろと丹念にかきほどいてゆくと、はっとちいさく身じろいだような光を見たと思うのだったが、生まれたての青水晶のような、半透明の珠《たま》が二つぶ三つぶ、腺毛のような葉の中に大切に包まれて、おかれてあるのだった。たぶんこのようなものに出逢う瞬間をこそ、浄福というべきだったろう。

その碧いちいさな粒は、この世の成り立ちとしっくり調和しておかれていた。ことばを持っている世界を本能的にわたしは忌避していた。

このようになつかしいものと自分とを、同時に造り給うたものを怨じてみたりするうちに、ふと、切実に望めばそのごほうびに、いまこの可憐な珠に化身できるのではあるまいか、いやもう化身しつつあるのではないかと思われてくる。なにかのおぼしめしによって、つかのま、人間であったのかもしれないのだ。朱色の空がぐるりとまわり出すような時間が過ぎて行って、碧い草の珠《み》と童女の姿でこうして並んでいるのは、かの生命をつくり給うものの、たのしみのためなのだと思われてくる。そのような入れ替わりの刻がくるのを待って、目をつぶるとまなうらに、超時間の波長のようなものがひらひらと輝きながら重って来て、虹がかかる。虹はまた解体しながら幾重にもひろがってゆき、さまざまの幾何学形や、光彩のような雲が流れた。

人間である感じから云えば、竜の珠《み》の心でいた方が、どんなにやすらかなことであったろう。広い土の平のところどころに、隠してあるように結実している野草の実は、造物主のひそかな思惟を、完璧に表現していた。碧くて透きとおっていてちいさくて、なんともかわゆく、きれいな珠だったのだ。身近なまわりに聞いてみると、昭和の二十年代ぐらいの子どもたちまでには、この「竜の珠《み》」を探すあそびは伝わっていたという。童女たちは竜に供える宝珠として、紐のついた巾着の中からとり出しながら、ちいさな石の台の上にこの粒を置いてみたりした。青い皮をむいて、中の半透明の核を、ゴムマリのようについて見せる子がいると、みんなしてとりかこみ、竜の神さまにおこられはしまいかと、はらはらしあった。

　ゆく春のゆうぐれどきの、ものがなしい陽の下に腹這っていて、静かに結実している草の珠《み》の気持になっていると、耳の下に、こちらの方の動きにも耳をつけている、あのものの息づかいをきくことができた。それは、年寄りたちがいう、〃山のあのひとたち〃のひいひいじいさまのようでもある。いったいいくつになったやら、自分にもひとにもわからなくて、それで永遠の年齢というものを与えられているひょうきんもののおじいさんは、いつもは抜き足さし足おどってゆくような気配であるけれども、わたしが耳をつけてきいているときは、むこうもほそぼそとまなこをほそめ、互いに耳をつけあっているように感ぜられるのだった。

　存在というものの意味は、感覚の過剰なだけの童女だからというだけでなく、理屈をもっては解きがたかった。いっそ目の前に来たものたちの内部に這入って、なり替ってみる方がしっくりとした。いのちが通うということは、相手が草木や魚やけものならば、いつでもありうるのだった。とはいえ、ありとあらゆるものに化身できるわけではなく、そこには、おのずからなる好ききらいがうごいていて、魚とか猫とかもぐらとか、おけらや蟻や牛や馬、象ぐらいならばなり替ってみることができるのである。

　そのような無意識の衝動は、もとの生命のありかを探しあるくいとなみでもあったろう。とどきえない生命の、遠い祖《おや》のようなものは、かの観念の中の仏さまとは、かなりちがっていた。

地面と、自分のあしのうらと、はきそめたばかりの下駄との間がしっくりゆかなかったことから、かの〝飴んちょおっ盗《と》り〟の事件は出来あがってしまったのである。そのとき、きいちゃんという男の子といっしょに、一銭握って、髪結い屋さんの隣りの駄菓子屋の前に立っていた。

下駄のはき初めで、ちいさな駒下駄に赤い「あどかけ」用の紐を結わえつけてもらい、上手上手とほめられて、歩いてみたさに飴屋まで行ったのである。いつもいる小母さんがいないので、ほしい色飴をきいちゃんとふたりで、蓋の開けてあるガラスの陳列箱のそばに一銭おいてもらったが、すぐ食べてしまった。それでまた店の前に立ちに行ったのだった。同じ思いらしくて、きいちゃんも来て立っている。やっぱり小母さんはいないので、きいちゃんとふたりでまた飴をもらい、そのときはもう一銭を持たなかったから、なんだか後めたくて、エプロンのポケットに入れたのである。それも食べてしまうと、心に変化が起った。今度行って見てもまた小母さんはいないかも、いてくれない方がよいかも、という気がたしかにした。それでまた行くときいちゃんも来ていて、小母さんはいなかった。こんどはきいちゃんがわたしの心をいうように、

「持ってゆこい」

と云ったのである。

「ん」とうなずいておせんべを、あきらかに「持ってゆく」つもりで二、三枚ぐらいずつ後手に隠して、飴屋のうしろの、きいちゃんの家の小屋に行ったのである。「あどか

け」の紐がゆるみかけていて、駒下駄がぶらんと後足の親指の間にぶら下った。その、足の親指と人指しの力よりも、心の方がもう失調を来たしていて、きいちゃんの家のポンプの洗い場の溝で、ころんでしまったが、泣くどころではない。おせんべも粉々である。

店の向い側の、春乃のいとこに当たる仕立屋が、ミシンを踏みながら、飴屋から後手になにやら隠して二、三べんゆききしているわたしたちの様子を見ていた。

「えらい今日はみっちんが、菓子屋の前を何べんも行ったり来たりするよ、きいちゃんとふたりで」

弟子と見い見いしているうちに、後手に隠してゆくのでさてはと気づき、たちまち春乃に報告されて、お尻をぶったたかれることになったのである。泣くにも泣けずにひっそくしていたので、わたしはそれをよいしおに、ワンワン泣き立てた。前の家の「見はらし屋」の小母さんと隣りの万十屋の小母さんと、こんにゃく屋の小母さんたちが泣き声をきいて覗きに来てくれて、

「おおおお、どこば打たれよるかい、いつもとは違う泣き声ぞ」

という。泣きじゃっくりが、まだ大波のように襲っている声で、

「おしりば」

と訴えた。小母さんたちは、おお、おおといいながらめくってみて、

「まあ！　まだ青あざも取れん小《こ》うまんかお尻ば、このように赤うなるまで、打ったた

いて」

と云った。二度目に飴をもらうとき、すでにもう、悪いことをしよるという意識があったのだ。三度目はあきらかにぐあいが悪くなっていて後手に隠し、きいちゃんの家に隠れていた。折檻されて当然である。けれども母の折檻ぶりには、町内むけのようなものも交っていて、なんだかさらに、わたしをはずかしめていた。

「歩きはじめたと思うたら、もういちばんに、悪かこつばし習うて、打ったたいとかんば！」

　と春乃は息をはずませている。

「もうけして、悪かこつはしませんから、かんにんして下さい」

　何べんも何べんも詫びことばを稽古させられたが、けして、と、悪かこつは、というところが、口がまわらない。いわねば家の中には入れずに、ガゴに嚙まするといわれて、ことばの稽古の方が、尻をぶたれたよりも、うまくできずに悲しかった。きいちゃんと二人並ばせられて飴屋の小母さんにおじぎをした。

　春乃がついていて、

「もうけして、ち云いなはる」

「もう……もう、けして……」

　泣きじゃっくりが出る。

「悪かこつはち、云いなはる」

った。

「アルコトじゃなか！　悪かこつは、ち、いうとじゃろ」

それでまたおんおん泣き出して、飴屋の小母さんは、立ったり坐ったりして気の毒がった。

「アルコトバ」

「こまんか子供のしごとですもね、よかですがもう」

「こまんかうちですけん、どうぞ、いいきかせして下さいまっせ」

二人の母親と小母さんとのおじぎのやりとりが続いた。

地の上を歩き出すということは、このようにして始まったのである。はだしでなくとも、いつも、あしのうらには、尖った小石があたって痛かった。道というものは罪に満ちていた。その頃わたしたちはまだ、パンティなどというのを知らなくて、赤い膝までくらいの、ネルの腰巻きを巻きつけてもらっていた。ある日その、赤いネルの腰巻きと、梅の花の柄をしたモスリンのちゃんちゃんこを風呂敷に包みこみ、

「末広に、いんばいになりにゆく」

と春乃に告げたのである。ちょっと奇妙な顔を彼女がした。春乃にとっては意味不明で、もちろんそれは、年端《としは》もゆかぬ子どもの気晴しのごときものだった。放浪という言葉はまだ知る由もなく、乞食、かんじんというのは知っていたのだけれども、なぜ選択して、「末広にいんばいになりにゆく」と云ったのか。赤い腰巻きまで風呂敷に包みこんで。

おしゃますぎる妙な子の、ままごとのひとつだと、若い母親はおもったにちがいない。赤い腰巻きども風呂敷に包んで、そう云うたことがあったなあ、と老いた母親にたずねてもさっぱり記憶になくて、

「そういえば、あんたが二つ三つの頃は、パンツのなんの、なかったねえ」

という。たぶんわたしは、自分に対する、シニシズムのようなものを、「末広のいんばい」という言葉で表白してみたかったにちがいない。

どのようなひとことであろうとも、云う人間が籠《こ》めて吐く想い入れというものがある。父が「淫売」というとき、母がいうとき、土方の兄《あほ》たちがいうとき、豆腐屋の小母さん、末広の前の家の小母さんがいうとき、こんにゃく屋の小母さんがいうとき、全部、ちがう「淫売」なのだ。けれども微妙なその発語への、ひとりひとりの思いのようなものは、どこかでひとつに結ばれていた。外ならぬ「淫売」というその言葉によって。淫売であるあの、あねさまたち自体の姿によって。

淫売という言葉を吐くときの想い入れによって、自分を表白してしまう大人たちへの好ききらいを、わたしは心にきめだしていた。末広の妓《おなご》たちを慕わしくおもっているわたし自身が、大人たちへのひそかなリトマス試験紙そのものでもあった。大人たちは常にどこででも反応を示していたのである。そのわたしはといえば、飴事件のようなことをやらかしていたにしても。

この世の裂けめの縁をうつろいつつ、空のはたてにむけて、とつぜん靉靆《あいたい》としてたなびき出すような、靄の精にでもなったような時季が訪れた。なんとわたしは、栄町の通りを練り歩いて「おいらん道中」をやり出したのだった。それが、四つになったわたしの、すべての「表現」だった。

髪の結い方については、沢元さんのところでの見よう見真似があって、着付けも飽きずに眺め暮らし、あねさま人形の髪も結えば帯も結べていた。おもかさまの白髪で稽古もしていたから、「おたばこ盆」もどきならいつでも結えたのである。女郎衆たちからもらい集めてある髪の具もある。帯は、「紐解《ひもと》き」のときが結び初めだったけれども、造りつけではない本結びの金襴で、おたいこでも矢の字でも、御守殿風でも、赤い鹿《か》子《こ》の帯上げと帯〆を使ってやってみると、格好は一応ついている。叔母のはつの朱珍の、萌黄《もえぎ》と朱色の縞模様の帯がきれいだったから、それも愛用した。着物は紐解きのときの四つ身の伊勢崎銘仙で、いまおもえばずいぶん地味だが、練白粉《ねりおしろい》も、蛤《はまぐり》の中に塗りこめられている玉虫色の口紅もあったのである。春乃とはつのが山の畑に行った留守に、わたしはかならずそのような正装をした。抜き衣紋《えもん》にして帯は下げ目に結び、木履《ぼっくり》も絵日傘もある。どうやら自分をまとめあげて、合わせ鏡をしてみると、靄の漂うような気分の中に、玉虫色のおちょぼ口が光っていて、さてそれからは道行きである。

髪の具のビラビラをつけると、白粉刷毛で塗った首筋が、おのずからなよなよと天の彼方にゆらめいて、衣紋のそこから春風が忍びこみ、衿足と肩のあたりが自分でなやましい。こっぽり、こっぽりと木履をつっかけて、内股の素足で歩ければ仕上げのようなもので、ことのついでに絵日傘もさす。

まず末広のあねさまたちが嬌声をあげた。

「まあ、みじょかおいらんじゃ！　誰が仕立ててくれた？　かかさん？　あねしゃま？」

「うんね」

とわたしは云った。

「じぶんでした」

「ほんと？　ウソじゃろ」

「じぶんでしたもん、ふたりとも畑にゆかしたもん」

なにはともあれ、わたしはおいらんだったから、こっぽり、こっぽり、と絵日傘をかざして栄町の往還すじを、五、六ぺん往き来するのである。

春乃たちが畑から帰ると、この出来ごとは町内中から報告された。そうでなくとも首白粉は落とせないで残っているし、帯と着物のたたみ方は、人形のをやるようにはゆかなくて、歴然と痕跡を残しているのだが、わたしの晴れ姿ぶりは想像がつきかねた。飽きることなく留守を狙って四月の八幡さまの祭がくるまで実行して、噂の的になったので、母と叔母は出かけるふりをよそおって、ついにこの子の姿を見たのだが、

「どうやって小《こ》うまんが躰に、大人の帯を結ぶのじゃろ。ちゃんとまあ、〝おたいこの手〟どもまわして結びよるが、どういう子じゃろうか」

異様な娘の、着付けぶりを点検しても腑におちぬらしい。

あとにも先にも、このようにおしゃれ狂女的自己開示をした時季はない。たぶんそれは、異常に早く来て去ったわたしの女盛り、とでもいうべきだったろう。

意識のろくろ首のようになって、わたしはこの世を眺めていた。そのような意識を、もとのように折りたたんでしまうすべが、わたしにはわからない。

彼方の山々は靄をかつぎながら、曇天の奥に定かならぬ鬱金《うこん》色の陽がかかる。そのような陽の下の春の海は、天のかげりを宿して沈んでいた。

第九章　出水

五月の暗鬱は麦の熟れ色に宿ってやって来る。

海辺から薩摩境の紫尾《しび》山や亀齢《きれい》峠の奥へむけて、青い襞をつくりながら重なり合う丘陵の、そのひとつひとつが、陽の中に浮きあがる段々畠。

麦が根元からいっせいに色づきはじめると、その段々畠を形どるように群生している青い枇杷《びわ》の実も、花の落ちたあとの黒い芯を天にむけてびっしり揃えながら、やはり果実のつけ根の方から熟れはじめるのだった。本梅雨がやって来る前に、木の芽ながしや菜種梅雨が、突風や雷鳴を伴って降り続く。いつもは水気の足りぬ狭い段々畠だが、この雨に逢うと、てっぺんまでほとびたようになって、麦の中に生えたがる稲科の細い雑草が密生してくる。雨が五日、陽が一日、というように続けば、やわすぎる畠の中にはもう這入れなくなって、麦の中の手入れは手おくれになり、あとはよい陽が来て、本熟れに熟れてしまうのを、女たちは待っているのだった。

木の芽ながしの雨があがって、麦の根元にも枇杷の実にも、初夏の陽の色が透り、風が渡る。五月の風は風足もさわやかに海の方からやって来て、丘のくびれの浅い谷底を掬《すく》いあげるようにして広がりながら、揃いはじめた青い穂の先が、いっせいに天を刺している麦畠を撫でてゆく。根元はもう黄色くて、だんだらぼかしの横縞の、そのような麦の段丘が、風の足につれて尾根の奥へ尾根の奥へとそよいでゆく。するとその下からもう初蟬が鳴く。

雨つづきのあがりの陽に急に逢えば、まだ華奢で、色も厚みもうすい柿の稚葉などは、精を持ちきれずに、午前《ひるまえ》まで萎《な》えたように垂れていて、風がくるとなんだかやつれた風情でひるがえっている。丘という丘には、見渡すかぎりそのような初夏の息づかいがこもり、大地の滋味を吸いながら、麦は日一日と熟れ色になってゆく。菜種はもうすっかり花を落として、麦畠の間に白銀色の靄のようにくぐもってみえるのは、莢《さや》を持ちはじめた菜種の群落なのだった。枇杷の木々の根元に横たわる巨きな岩の下かげには、白いどくだみの花がまっ盛りの香りを放ち、その間には、人の食べるいちごも、蛇の食べるいちごも、きれいな紅色の粒を並べて光っていた。

十粒も、十五、六粒も寄って一房になる果実が、たわわに重く熟れてくるにつれて、枇杷の木の、どのような細い枝の間にもかすかな亀裂が生じはじめ、その亀裂からにじみ出る樹液のかたわらを、蟻たちが蝶の羽根などを運びながら、静かな列をつくって登り降りしていた。

年とったいっぽんの木の内部でも、そのまわりでも、いくとおりもの生と懐胎と死が、音もなくいとなまれていた。青い縞をもった蜥蜴《とかげ》の子が、蟻たちの道へ頭を出したかと思うと、厚い枇杷の葉を揺すってからからとゆく風の先に乗って、ほろりと岩の上に飛び降りて来たりする。

「とかげの尻っ尾ばかりは踏むなえ。とかげは、精の強うして、死に強わかけん。踏まれても踏まれても、あとからあとから尻っ尾ば生やして、生まれ替って来るばえ。踏むなえ、尻っ尾ば」

えへんえへん、と、のどをいたわっているようなしわぶきが風に乗って来るのを、わたしはきいていた。岩の上はもうお尻に暖かい。

「ついこないだの昔、ここの岩の上には、猿が子を連れて、枇杷どきになれば、やって来おったぞ」

先隣りの柿山の畠の婆《ばば》さまが手籠を下げ、そういいながら草道をかきわけて登って来る。

「枇杷どきには枇杷、柿どきには柿、うべどきにはうべを、あの猿どもが食べに来よったぞ、この岩の上に。ここの岩山は、だいたいは猿の遊び場所じゃった」

――この子の尻はなして冷たかじゃろうかい。このつぎ猿郷《さるごう》山に行たならば、猿の岩にぬくめてもらえ――と、弟の出来たあと父のふところに抱かれて寝ると、お尻を撫でながら父がいう。平地よりちょっと高い所があってこんもりしていれば、そこはもう山といい、岩があれば岩山という。ここの山は猿郷の山。その上に岩があれば、猿郷の岩山という。隣りのちょっと高い山は、柿の木がたくさんあって柿山という。その先のもちょっと上は、桜の木がたくさんあるので、桜山。

「——桜山はよか墓場所じゃ。われもわれもと、死んだらそこに葬ってもらいたさにして、墓山になった。桜の咲くよか墓じゃ——」

柿山の婆《ばば》さまのひとりごとも、段々畠だもので、あっちゆきこっちゆきしながら登って来る。

「猿はなして、山で遊ぶとじゃろうか」

わたしはぴょんと岩の上から飛んで出る。

「おう！　たまがった！」

ちっとも魂切らないくせ、婆さまは魂切ったふりをしてみせる。

「猿はなして山におっと」

わたしはもう婆さまの抱えている手籠の中を期待していうのである。婆さまはわたしの目の色をとうから読んでいて、小脇に抱えている籠の蓋に手をかける。使いなれて渋色になった竹の籠の中には、高菜漬の大きな葉にくるみこんだおにぎりが、ごろんとひとつころがっている。

「ほら、みっちんが頭よりふとかぞ、食うかい」

といいながら、おもりをつけるような手つきをして、こちらの手に乗せてくれるのだ。

「猿はなして山に来るかちや。そりゃ、みっちんとおんなじたい。山の上ちゅうもんは、眺めがよかろうが。山の上でも、こういう岩の上ちゅうもんはことによかろうが。お尻のほかほかぬくもって。

海の眺めのよかろうが。凪はよかあんばいに吹く。舟はよかあんばいに白浪たててゆく。枇杷は熟れとる、いちごは熟れとる。柿でもうべでも、山ん神さんの葡萄でも、枇杷でも、猿たちが来て食い散らかして、種出して、芽の出て、雨の降って、太うか木になって、柿山になったち思うがねえ、ばばさんは」

「ふーん、枇杷の木は」

「枇杷もやっぱり猿たちが来て食うて、ここの岩から、ぺっぺっと種蒔いて、枇杷山になしたったい」

隣りの丘には、畠の持主の作小屋の、三倍はあろうかとおもわれる大岩が、不思議な、きのこのような形をして苔《こけ》むしながら坐っていた。苔のくぼみのところどころに、ぐるりと歯朶《しだ》を生やして垂らしているので、まるでこの大岩が、褌《ふんどし》をしめているようにみえる。

「いかなる大人でもあの岩ばっかりにゃ、はしごをかけるか、枇杷の木を伝うてじゃなければ、のぼれんが、猿たちならば何の苦もなくのぼるばい。よか遊び場じゃったがなあ、あんひとたちの」

婆さまは、開いている方の目で笑いもせずに云い、片目が潰れているのでそちらは柔和にみえる。

「食うことも遊ぶことも、人間よりは畜生の方が一心にする。怨事《あたこつ》も、十人前ばかりしなはるばってんな、あんひとたちゃ」

柿山の婆《ばば》さまの一家は働き神さんの統《とう》だと、ここらの畠のひとたちはいうのである。

「岩というもんな、永生きぞねえ」

婆さまはそう云って溜息をつく。

「ここの岩もたいがいにはもう年寄りぞ。何千年ども経った歳かねえ。ほら、撫でて見なはり。ちりめん皺《じわ》じゃ。白苔の生えとるぞ。この婆さんより、うんとうんと年寄りぞ」

白い斑紋のような苔の模様が、わたしたちの坐っている岩にも這っていた。岩肌はちりめん皺で、またたびの木に似た蔦かずらが、これも年寄りの蔦かずららしくて、岩に飾りをつけるように幾重にも巻きついていた。

「かずらやかずらや、お前もこの岩といっしょに歳とったかい。もういくらいくらの歳になったかい」

婆さまは、岩の下からのぞいてひねれ出ている、年取ったかずらの、太い根元に云いかける。この婆さまが、女籠《めご》をぎしぎししなわせて段々畠の坂を登るときは、必ず嫁女《よめじょ》を前にして登らせるといわれていた。来る嫁来る嫁、最初は、婆さまに「ちんちろ舞い」をさせられるのだが、あとではやっぱり嫁女たちも働き神さんの統になるというのだった。そんな働き神さんでも、働くばかりが能ではなくて、昼の休み、昼前と、昼下りの煙草休みは大好きで、枇杷の蔭や柿の木の蔭でお昼をひろげていると、そこらじゅうの畠に遊びに来て、漬物やからいもや、お茶の残りを配ってまわり、自分の山は柿山なので、こっちの山へ来ては枇杷をもらい、秋になるとお返しに、柿のじゅくしを女籠に荷って持って来てくれる。ついでにわたしには「特別に、山ん神さんからもろうて来た葡萄ぞ」と、細工物のようにぎっしり実を組んだ野生の房を、前かけの中からとり出《いだ》し、泥垢のなじんだ手甲脚絆《てっこうきゃはん》の大きな掌で吊してみせて、猿や狐や狸の話をしてくれた。この柿山の婆さまが、なぜか突然、自分の畠の一番大きな柿の木に縄をひっかけて、月夜の晩にくびれ死んだというのだった。夜が明けたら、柿山のカラスが近所の人たちに教えに行ったのだと。

麦が熟れる頃になると、なにか濃密な、バランスをたもちきれぬ生命界の変相が、見えて来ようとしていた。

枇杷の枝の亀裂のかたわらを通る蟻の道を、じいっと覗いていれば、生まれぬ前のいのちのおのおのきのようなものが、そのような木の肌の裂け目の奥から伝わってくるようで、わたしは息をのんでいた。揺れる果実の香りを慕って、蜂たちが光の中を飛んでくる。その枝の間から海がみえる。島がみえる。町がみえる。水俣川がみえる。大廻《うまわ》りの塘《とも》がみえる。五月の陽光は眩しすぎ、みえすぎる。

頭の中でするすると白熱してひろがって、枇杷の枝の広い空間に、死んだぽんたのびらびら簪《かんざし》と白い歯が光って笑った。栄町通りの人生模様が、貼り絵のように、花札のように、亀裂のある枇杷の枝の空間にはめこまれる。わたしにはなにかが納得され出していた。それは確実な不幸感と云ってもよかった。この世の正相と変相が、同時にみえはじめたといってよかった。

湯《ゆ》ノ児《こ》開きの基礎工事は進んでいたが、請元の島崎楼が、約束の資金を出さないことがわかって、行きづまりが来た。これまで、事業の大穴はなんの苦もなく財産を売り払って埋めるものと思って来た祖父も、宝川内《ほうがわち》の石山開き、栄町の道路、梅戸港の開港と切通しの貫通、山の湯の鶴温泉や頭石《かぐめいし》への道路開きと、次々に山を売って事業道楽のつもりでもなかったろうが、湯ノ児温泉の基礎工事にかかるときは、「替えの手」をなにひとつ持たずにやりかかったというのだった。そのような大尽ぶりのやりくりは、娘婿の亀太郎がひきうける形になり、事業の算段も帳付もやらされて、替えの手のない事業の前途を危惧して予告し続けたが、松太郎は、人間は信用ぞ、という口ぐせをまた出して、

「これまでの事業の信用のあればこそ、人さまが名を重うしてくるる。我がふところは損をしても、事業の恥はぜったいに残しとらん。人は一代名は末代、信用仕事じゃこれは」

という。

「信用の空虚仮《からごけ》で、家内《やうち》の口をば養いなはるつもりじゃったかな、白足袋はいて餓死《ひじに》し

なはるか」

と、晩年には松太郎流の「やりくち」に対して父は悪態をついた。くり石の数、砂利の量、トロッコやレールや、杭木の調達。それらが雨の事故などでどっと欠算したとき、それっという間にととのえる算段は、かねてそのような原材を扱う業者とのよしみが、よほどにゆきとどいていなくてはならず、ことに材質のよしあしについては心配りが要るので、そういうことでは、ふだんなにかと反りの合わぬ舅と娘婿も目利きを競っていた。

「吉田の親父さまと白石どんには、極上品を持っていかんことには、ひと目ではねられて、後の信用を失うぞ。――はね品を使うて、手抜きせねばならんような仕事は、うちでは請負うとらん。仕事にきずのつくけん、お宅からはもうもらわん――こういわれては商売人の恥ですけん」

鉄材の業者たちはそのように祖父の口真似をして、品物を自慢して納めて行く。

けれども資金をどこで締めてどこで出すかのやりくりを、亀太郎が手堅くしようとしていても、祖父は湯水のごとく上乗せをして出すばかりで、要するに「尻拭いばっかり」やらされるはめになる。人夫たちにはもちろん、八隻もまわしている石積み舟の弁差し衆や、金物屋、酒屋、米屋、肉屋、女籠《めご》担いの女房たちへの払いの、諸式一切をまかないながら、この娘婿は締め木にかけられたようになっていたにちがいない。

松太郎はあいもかわらぬ白足袋で「人さまに迷惑かくるな」と、見かけも心のうちも馬鹿おうように、「細かいことは、お主《んし》がよかあんばいにしてくれい」式だったから、そういわれてしまうと、亀太郎もくどくどとは云わぬ気質で、その鬱屈が焼酎にだけこもるようになる。祖父は胸算用もじっさいの算段も、金銭のやりくりの方は、自分ではひょっとして、それ流に大きなつじつまは合っている気で、計算の合わぬのが請負いじゃろうと、つかみどころのない創造欲のごときに一生とりつかれていたが、さすがにこの頃は内心困っていたとみえ、一向に埒《らち》の明かぬ島崎楼とのいきさつを、熊本市の能勢弁護士に打ちあけて、相談している。

事業そのものは予定どおり進行しつつあったのだが、「加勢してくれる金物屋」から納めてくれるチェーンや、鑿《のみ》や鉄敷《かなしき》や石槌やスコップなどは、石を相手の品物だからはげしい消耗品で、そうそう年に何期払いにもひきのばしては、後の補給が頼みづらいのである。

「おうちに納める分で、商売させてもろうとりますけん」

と、腰を低くして出られればなおさらのこと、これまで信用信用と同業者の誰よりもメリハリはつけ、人さまにも自分にも云って来た建前を、みずからなし崩しにする羽目がいよいよ近づいて、かねて人気《ひとけ》の多い家の中が梅雨に入り出すと、濡れた履き物の出入りがことに繁くなり、その履物を拭いて揃えた雑巾で、土間の湿りをも女たちが拭いてとったりした。

いつもは、大人客たちに何くれとかまってもらえるのに、この頃の客たちは洋服を着ていて、いんぎんな紳士風の、心にかかることがあるような顔をして、座敷にすたすたとあがっては話しあい、そそくさと帰ってゆく。「担保」とか「資金ぐり」とか、「能勢弁護士さん」という言葉がひんぱんに出て、何のことやら「のせべんごしさん」とは大切らしい人の名前のようである。かねて春乃たちが、活動写真の弁士の人気《にんき》のことを噂していたから、そっちの人かとおもいかけたけれど、話のおもむきが子どもも心にもどうやらちがう。ベンゴシという言葉が生きてわが家にはいって来たのははじめてで、奇異でたまらない。

町内のはずれに「紅《べん》さしさん」という婆《ばば》さまがいて、箸《はし》のような棒の先に紅をさし、お灸のつぼをとってゆくように、咽喉やら胸やらに、赤いちょんちょんを打ってくれていた。医者が見放したジフテリヤの「咽喉しめ」も肺炎も、芥子湿布などをしてなおしてくれて繁昌し、その紅さしの婆さまにはわたしも弟もかかりつけになっていた。それで「のせ」という名前の「べんさしさん」かと考えて、おのせさんというお婆さんが、事業をなおしてくれるのかとおもってもみたのである。

「のせ紅さしさんの、事業の病気ばなおしに来てくれらすと?」

と、奇問を発したら、春乃がうらめしそうな顔をして、

「ああ、紅さしさんで効けばよかばってん」

という。梅雨のあいだは、湿気取りにもまだ使われている火鉢や、囲炉裏のそばで、わたしは姉さま人形の着せかえに倦んでいた。

女たちは、「雨のおかげで、麦の手入れもできん」と挨拶にいいながら、畠仕事からひと息解放されて、木っ葉からいもを甕《かめ》からとり出して来る。飴色にすきとおって、白《しろ》黴《かび》の吹いているいちまいいちまいの木っ葉からいもが、日向《ひなた》くさい甘い匂いを放つ。とろ火にかけて茹《ゆ》で返し、女房子どもたちを招びあつめて茶受けにして、味噌搗《づ》きの算段や蒲団返しの算段などがそういうあい間にできあがる。夏の野菜の端境期《はざかいき》にそなえて、来春までの保存食の点検などもそういうときにやる。本格的な梅雨に入れば、保存が悪いと、せっかく茹で干しにして仕上げたからいもに、青黴や黒黴や虫がついて、ぼろぼろになるのである。

ならべて置いた甕のひとつひとつには、寒風にさらして吊り下げて、かこっておいた塩漬の寒漬大根や、茹で干しの大根やつわ蕗《ぶき》や蕨《わらび》に、小豆、盆ささげ、大豆、夏豆、えんどう豆、それから、ひじきや天草《てんぐさ》や、磯ごんにゃくをつくるいぎりすなどの海の草も入っていて、三斗や四斗は入る醬油甕や味噌甕が、ひときわ巨《おお》きな八斗入りの大甕を中心に土間の一角を陣取って、ラッキョウ壺や梅干しの壺をとりあわせて置かれている。梅雨にはいれば甕たちはその裾に黴を吹き、乾いた布でそれを拭きとるのも、女房たちの梅雨の仕事のひとつになる。黴の具合をみれば、中の品物にもそれが来ているかどうかだいたい見わけがつく。甕の外側に黴が来ていても、中のものは、ほどよい乾きをうしなわずに保存されているのだが、黴の様子がおかしければ、ものによっては中を開けてみねばならなかった。

このような時期に甕の中の乾物を開けるなどとは、わざわざ湿気を誘い入れるのもおんなじで、つつしまなければならないのだが、春乃は甕についている黴を指でなぞってみて、おもかさまの鼻先にさしつける。

「ほら、こういう黴じゃが、大丈夫じゃろか」

めくらのおもかさまが、形のよい鼻孔をちょっと仰向けて、

「どがん色をしとるかえ」

とやさしい声を出す。

「赤黴の来とる。青黴も黒黴も」

そんなら早うとり出して、始末せろうな、と云われて、引きのつよい和紙と油紙を厚く重ねた蓋を開けてみると、茹で干しの大根には、あんのじょう虫が来ていて青黴がふき、虫の卵を包んだ薄い繭《まゆ》様の粒々と、繊維だけになってしまった大根が、つづれながらより合わさって出てくるのだった。なんという名の虫か、茹で干し大根を好む虫、茹でたからいもを好む虫、塩気のある寒漬大根を好む虫がそれぞれにいて、甕の中に住み込んでいるのである。

運のよい天気が来て陽に干すと、白い小さな虫たちがコロコロと出て来て死んでいた。茶色をした小麦の粒につく虫は、象の頭のような黒い虫で、一粒一粒の小麦の中を我が家にして棲んでいる。梅雨の前から、畠の青物にももう蝶が来て卵をつける上に、ふだいいん草にも人参にも時無大根にも、青物はどんどん薹《とう》が立って端境期が来る。そういうと

きのためにそなえておかねばならぬので、こういう甕の保存には、どこの家でも婆《ばば》さまたちの口伝を大切に守り、水気のある漬物類は下段に、乾燥度を高くせねばならぬ穀物《みもの》や干し野菜の甕類は上段に、厚い一寸板を棚にしかけて置いてある。

　からいもは、苗とりのために床伏せをして芽立ちしたばかり、梅雨あけを待って、伸びた苗を切り取って植え付けても、旧の盆をすぎ十五夜をすぎぬと、新藷は出来ないのであった。梅雨の頃から生のからいもも端境期に当り、麦畠の休みの頃の小昼には、どこの家でも、冬の間に保存しておいて、甘味の倍増した木っ葉いもを、茹で返して食べるのだった。

「あらまあここらあたりの、よか匂いのするよ。飴よりも甘か匂いのする」

　石塔磨きの小母さんたちが遠慮なく這入って来て、練りあげた藷餡を、柿の葉を千切って受けたり、掌に受けたりして、「どら、味見しゅう」と目を細める。味見ついでに漬物もほめあげる。つわ蕗の塩漬の、赤紫に色の出ているのを長いまんま、皮をむきながらかりりと嚙んで、

「そしてまた、ここの家の木っ葉藷には、このつわんこの漬物がなんともいえん」

　おもかさまがきいていて、おほほと笑う。

「あら、おもかおばさまの、めずらしゅうきげんのよさ。今日は正気であんなはるばいなあ」

　彼女らはなんの屈託もなくて、

「ときに、このごろは、松太郎さまのしげしげ戻って来らすようじゃが、湯ノ児の方もいろいろ心配なことじゃなあ」

他家の内輪のこんぐらがった事情にも這入りこんで来て、そういう風に云ってのけるのは、口見舞のつもりなのである。松太郎さまと湯ノ児という言葉が、ふと心のどこかにとどいてしまうと、おもかさまの魂は、霧雨の散るように乱調になりはじめる。梅雨の気分を含んだ半熟《なまう》れの、麦の段々の色が、一本道のちいさな町筋をぐるりと照らし出し、おもかさまの、ひとにはとらえられぬ魂が、その往還道を彷徨しはじめるのだった。小母さんたちは、きれいに舐《な》めとった柿の葉で口元を拭きとったついでにいう。

「ふーん、きげんのよかと思うても、ほんのいっときの間ばいなあ」

梅雨に入れば強すぎる木っ葉藷の蜜の匂いが、小母さんたちの分厚い体臭とまざりあい、家の中いっぱいどんどんあふれ出す。

姉さま人形の片袖をつけかけたままひらひらさせて、祖母の魂を後追いして外に出れば、湿気のひろがってゆく昏《く》れ方の、段々畠の黄色い夕あかりが地熱をもってきて、いつまでも一本筋の町並を照らし出しているが、たたきつけるように来た雨に燻りながら、ようやっと夜になってゆくのだった。

来客たちが絶えてしまってから、亀太郎の酔いはとめどなく深くなる。ごぼごぼと、沼の中からあがりきれぬあぶくのような酒乱におちる亭主を、避けているように、台所の土間で、水甕から柄杓で水を掬《すく》い出す音や、碗類を片づける音がする。夜更けになればひときわ頬をげっそりさせて、目元も定まらぬように囲炉裏の端に来て坐るのだが「おおい」と呼ぶたびに、土間の方ではポンプをつく音がして、はたはたと雨着物をはたきつけているのは、この酔っぱらいの相手がしんどいからだけでなく、いつあがる雨だかわからぬので、夜中すぎでも人夫たちの洗濯物を、あっちやりこっちやり、すこしでも乾かしてやりたいのだった。一旦は寝かしつけられていた弟が、酔客たちの出這入りする喧噪に目がさめて母恋しくなり、囲炉裏の端で足をはたげて坐ったまんま、地団駄踏んで泣いていた。亀太郎は、そのような夜更けのたたずまいを、首を低くさしまわしながら眺めていた。咽喉を反らすようにして頭をあっちむけ、こっちむけしている。

木の股に棲んでいるあの、蚕に似た、手の無いくさぎな虫が、そこから這い出して頭を出し、首と上半身を木肌から放して反らしながら、無限空間をさがしているいとなみに、それは似ていた。その姿は、うごめいているなにかの髄のようでもある。そのような人間の、業な時間を視ていると、子どもというものは親を視ているだけの、目というものになってしまわざるをえないのである。残虐なひろい空間から、意志のない風がさらさらと吹いて来て、尻尾の方だけでつかまっていた木に這う虫が、ぽろりとこぼれ落ちることがある。

なにか変異の起きる気配を感じて、泣いていた弟が、声をなくした生きもののように、そのときふっと泣き声をひそめた。落ちた虫のようだった男が、手のない躰の口で取るように、囲炉裏に刺されていた火箸をするりと取った。それから二人の子どもをみくらべ、自分の躰を揺らしながらいざって来て、ちいさな弟の胸ぐらをつかむようにしてひきよせた。泣き声がとまった。

「弥陀の利剣ぞ、ええか、弥陀の利剣」

もともと、血のうすい顔色の子なのに、眸の中まであわれに白くなる。鉄製の太い火箸の尖《さき》が絣《かすり》銘仙の一つ身の細い衿元に向けられてゆらゆらしていたが、やがてその胸から手が放れ、とぼけたような顔つきになり、今度はわたしの方を向いて、同じしぐさがくり返される。わたしは、この世でもっとも遠いものをみるように自分の父親をみた。むこうの方に、あわれな生きものの目が散大している。

「いいか、覚えておけ、弥陀の利剣ぞ」

茫っと見返していると、野火が消えるようにむこうの目の中の炎も消える。やがて衿元から手が放れ、鉄の火箸が、ぽとりと囲炉裏の灰の中に落ちた。それから彼は困惑したように口をあけていたが、頭をおおってへらへらと嗚咽しだし、やがて、転がっていた湯のみ茶碗をとりあげて、一升瓶でとくとくとつぎこぼしながらがぶりと一口飲んでいう。

「受くるか、盃ば」

——いらっしゃいいらっしゃい。

ええ、ここから先はあの世の地獄だよ、皆の衆。血の池地獄に針の山。お寺のお坊さんからも聞いたろう。ほら嬢ちゃんや、親に嘘ついたら閻魔さまが、ほれこのとおり、子どもというても容赦はしないよ。赤鬼青鬼どもが、手をとり足をとりしてとり押さえ、嘘をついた舌をひき出して、情容赦もあらばこそ、舌の根っこから引き抜きなさる。舌を抜かれたらどうなるか。オシだよオシ。オマンマも食えぬ、飴もしゃぶられぬ。飴買うから一銭おくれといえないよ。

どうだ、お客さん、善男善女というけれど、善根積んだか悪業積んだか知らないが、あの世にゆけば、地獄極楽は右左。極楽に行きたやと願うても、閻魔さまの鏡にうつる前世の悪業。ひとたび地獄におちいれば無限の地獄。わけても気の毒なはおなごの衆で、ただささえ、血の道の汚れを持っていらっしゃる。血の池地獄におちたなら、二度とは這いあがれないよ、おかみさん。間男したら、ほら、ここ、ここの地獄。

ここがその血の池地獄。ムコさん大切にしなさいよ。生きとる間にも、見えない赤鬼青鬼が、ほれ、善男善女のつもりでも、あんたのうしろで地獄ゆきの道案内、いつでもつとめているんだよ。ご当地はじめての、地獄案内、極楽案内。これは誰あろう、ほかならぬお客さん、あなた方のあの世での姿だよ。

さあさあ、西方浄土は、仏さまの蓮のうてなの中に成仏なさりたいか。ここをみたらば、今夜から心を入れ替えて、善根積んで、閻魔さまの量りにかけてもらいなはれ。大人は十銭、子どもは五銭。これで極楽往生できるなら、安いもんだよ。お代はみてのお帰りだよ。お代はみてのお帰り。帰ったら近所の衆を必ず誘うて、また来てくださいよ。ひと晩見たくらいじゃ、御利益すくないよ。ひとり誘うてくだされればあんたの信心は二人分、三人誘うてくだされば四人分の善根だよ。ええ、なむあみだぶつ、なむあみだぶつ、さあさあいらっしゃい。――

　地獄極楽の見世物小屋の人形の、ちいさな青鬼たちは、死人たちをとって押さえて、舌をひっこ抜いたり、臼に入れて搗《つ》いたり、針の山に追い立てて、その上を歩かせたりしていた。鬼たちも地獄の住人ならば、死んだらやっぱり、地獄へゆくのだろうか。鬼の前世はなんの生きものだったろう。父は死んだらひょっとして、青い鬼にされて、いやいや死人をつかまえにゆかされるのではあるまいか。閻魔さまが病気になって死んだら、こんどはどういう生きものが閻魔さまに生まれかわるのか。そんなことをわたしは考えて、さし出された湯のみの焼酎を、こくんと呑んでしまったが、胸のうちにも目のうちにも炎の出ない火が宿り、父の目にあわせて魂が明滅した。一升瓶をひょろひょろかかえて、つぎこぼしつぎこぼしして返盃をする。

「おう、呑んだか、呑んだか。今度はついでくるるか、春乃さんより気の利いとるのう」

　いつも歌ってもらう子守唄を、わたしが歌う番だった。

　　ほらねろ　ほらねろ

ねんねしな
いうこときかんば
鱶んえどわい
唐さね　ゆかんうち
鱶んえどわい
ほらねろ　ほらねろ
ねた先は
乙姫さまに
きいてみろ

ひっくり返った父親を枕にしてたたいていたおぼえはあるが、あとは、悲鳴をあげる間もなく天地がさかさまにひっくり返り、頭の先からまっさかさまに、奈落の底へくらくらと落ちてゆく。

わたしは一週間ばかりひきつけを起していた。

「白石さんも、酒呑まれぬときは器量人なるばってん、酒に呑まれてしまわれば、闇の夜の鉄砲撃ちとおんなじじゃ。こうげなこまんか子に、焼酎のなんの呑ますけん。おうおう可哀そうに、筋の吊ったかな」

小母さんたちがやってきて、大声で口見舞いをいう。ひしゃげた雨蛙のようになっていて、納戸の桟の隙間から雨雲を見ていると、けだるい嘔吐がまたやってくる。たぶん、この世が吐く反吐《へど》のようなものを、わたしも吐いているのにちがいなかった。

だまって存在しあっていることにくらべれば、言葉というものは、なんと不完全で、不自由な約束ごとだったろう。それは、心の中にむらがりおこって流れ去る想念にくらべれば、符牒にすらならなかった。地の中をもぐってどこかに棲み場所を持っているおけらとか、空にむかって漂いのぼる樹木の花粉とかになって、木の中石の中からゆく道をゆけば、どこに出るのだろう。けれども青鬼というものには逢いたくない、と突然おもう。鬼というもののみじめさはかなわない。人間はなぜ、自分のゆきたくない世界を考え出すのだろう。それからわたしは、あっと思いあたる。鬼たちよりも、それを考え出す人間の方がむざんなのだと。

見えている世界より、見えない世界の方がよりこわい。目をつぶって、掌でそろりと撫でればモノというものがわかり、猫の鼻の不思議のような嗅覚をわたしは持っていた。その掌をかざせば指の間から天井が見える。天井の模様が見える。天井の模様はまだ見ぬ他界への入口だった。幻怪な形の鬼たちの太ももや、片耳や、穴の深い壺が、のびちぢみしている。仏さま仏さま、指の間からお仏壇を見る。

夢のような蓮の花が灯っている。洗濯川のほとりの蓮田んぼから、蓮根掘りの小父さんが、沼田の上に小舟を浮かべて膝でいざって行って、今朝方早く切り取って来てくれた、ほんとうの蓮の花だ。仏さま、いまわたしが、鬼の子どもになってしまっているのだったら、どうしよう。わたしは指の爪を見た。よくよく見たが、こないだ、とびしゃごの花と葉を摘んで、石の上でたたいて、明礬《みょうばん》の粉をふりかけて、ひと晩ひとつひとつの爪の上に乗っけて、紅絹《もみ》の布でくくりつけてもらって染めた爪が、きれいな朱色になって、先の方にのびているけれど、まだ曲がってはいなかった。

けれども阿弥陀さまのお目からみれば、もう鬼の子の爪をしているのではあるまいか。とびしゃごの花をたたき潰して、爪なんか染めてもらってしまったし。花も痛かったろうに。鬼の大人にならぬうち、こんどは蓮の花に生まれ替らせてもらいたいのだ。そしたら飴どろぼうもしないだろう。

鬼の子からなかなか転生できなくて、やせてまた小さくなり、三千世界の桎梏《しっこく》の底から、わたしは瑠璃いろの朝を待っていた。

この世は生命あるものたちで成り立っている。この生命たちは有形にも無形にも、すべてつながりあって存在していた。赤んぼうというものはまず、言葉を知る前に、視覚と聴覚と、それから、見えない触覚のように満を持しているおどろくべき全感覚で、他の存在について知覚しながら育つのである。ものごとを在るがままに理解し、肯定するということならば、この世と幼児とは、出遭いの最初からその縁を完了させてもいたのである。陽の色がうつろい、風がそよぎ渡り、銀杏などが実を結ぶあいだに、そのような出遭いは幾度終ることであったろう。

──ぎんなんの木というものには、男の木と女の木があってな、はなれておっても呼びおうてな、実を成らする。命のつよか木なれば、あんまり山奥の、女のぎんなんの木のそばには長うはおるまいぞ、精《しょう》ばとらるるけん。ぎんなんの実に気いとられて、いつまでも拾いよれば、木の精に命とらるるばえ。山に出たまま帰って来んもんもおるけん──。

木とか岩とかというものは、どのような木といえども、石といえども、人間よりは、そのいとなみが完成へ完成へととととのってゆくように見える。人間は他のいのちとゆかりは持つが、ととのわない。この世が吐く毒炎のようなものとも、いやおうなく呼吸を合わせて生きねばならないなら、時々このようになってもどすのだろう、とわたしはおもっていた。そして「毒消丸」というのを呑まされて寝ているのである。

「みだのりけん」

寝床の上でそう呟く。弥陀の利剣と、納戸の外の、雨にゆれる山吹の花にむかって呟いている。

みだという言葉は、彼岸会《ひがんえ》のお説教におんぶされ、連れてゆかれて知っている。兵隊さんの剣付き鉄砲、巡査さんの腰のサーベル剣というからには、阿弥陀さまの持っていらっしゃる剣だと判断される。あの夜の出来ごとは、たぶん酔っぱらいの恥にぞくすることで、しらふになった亀太郎には聴き直せたものではなかった。けれども、無学ものの父親が、酒乱の極に演じて吐いた言葉は、そのまま長く胸に刺さっていた。

遠いところで半鐘が鳴っていた。

「こりゃきっと水の出たばい」

近所の人たちの声がして立ってゆくと、小止みになった雨の通りを消防団のひとたちが走ってゆく。走りながら帽子をかぶり、ハッピの袖に腕を通そうとするのだが、うまく着れないままで踊るような格好で走ってゆく。

「裏の麦畑が海になっとるばい、まだ床の下に来る様子はなかばってん」

と春乃がいう。

ここらの田んぼの水は、日本窒素の排水溝に合流して、大廻りの塘の方の亀ノ首に通じて海にゆく。雨の日は遠くにみえる猿郷の段々畠が、粒のふくらんだような霧に包まれている。水は、すっかり出揃って黄色くなりはじめている穂麦の丈の、半ばほどまで来ていて、窪地であるここいら一帯にひとたびは溜り、上げ潮を調節する排水溝の水門のあたりを境に、静かに大きく動きながら、赤濁りしていたのが澄みはじめていた。雨水に酔った鮒《ふな》たちが、水に漬っている麦の茎のあいだに泳ぎ寄って来て、じっと呼吸している。まだしんから熟れきらぬ穂頂が、いっぽんずつ、かすかにかすかに身じろぎしているのを見れば、水は、海の方角にむかって動いているにちがいない。畦道も農道もぜんぶ水の下にかくれ、はるかむこうの、窒素の旧工場の向うの、観音堂までが海になっている。麦の穂並がところどころ水の上に出ているので、葦の原に潮が来たようにも見える。濁りの澄みかけた雨水はたっぷりとゆたかで、それは新しい水だった。これだけの水を、夏まで山の頂きの村々にとっておくことができるなら、雨乞いの衆たちが助かろうに。

田植どきの水とはちがう新しい水に誘われて下駄を脱ぎ、足を入れてみると、畦の芹が、ふくらみのある白い水の下にみえている。人肌よりほんの少し冷たくて、はだしでさぐってゆくうちに、四つ身の単衣《ひとえ》の裾が下りてしまい、水にほぐれてやわらかな畦が、あしのうらに、いつもとは違う親しさでふれてくる。ぽってりと重みのある水が素足を絡めとり、そろそろとゆくうちに、ぬるりと畝間の窪みに落ちこんで、いっぺんに乳の下まで漬ってしまった。モスの単衣のたもとが、ふわりと背中に浮き上る。

そのとき、天のかなたが疼《うず》き出すような悲哀が、突然胸にやってきた。

「みちこお」

水の面のむこうから母の呼ぶ声がした。わたしは反射的に声のする方とは反対の方角へ、海の方角にむかって水の中を歩き出した。

「みちこお！」

とまた呼ぶ声がする。麦の穂並よりも頭をずっと低くして腰をかがめた。水の中はうまく歩けない。走り出したかったが走れない。あひるの泳ぐように水をかきわける。やわらかく重たい水が、まんまんと自分の躰からひろがってゆく。母の声よりも、低く呼ぶ声が、かなたの天と自分の中にある。沛然《はいぜん》たる雨がそのときやって来た。水は自分の道をみつけて激しく流れ出し、わたしの躰も傾いて、そちらの方へ連れられてゆくらしい。現世へはもう帰りたくなかった。わたしは泣きじゃくりながら、ひとりぼっちだった。音を立てて移動し出した渦の中に、ふいっと躰を投げいれて流れに乗った。広大な、曇った天のかなたをそのときに見た。顔を打つ雨がやすらかだった。そして沈みこんだ。

草の葉先からしたたる水の玉が、夕光の中にかがやきながら連なってまぶたの上にあった。わたしは観音堂の手前の溝の土手に引っかかっていた。水遊びをしすぎた子どものように、バツの悪い顔をつくって、田んぼを見廻りに来た小父さんに横抱きにされ、騒ぎ出している家の中にはいった。

「こぎゃん、こうまんか子ばひとり遊びさせて。観音さまんにきで、おんぶくれとらしたばい。明日は葬式になるところじゃったばい」

小父さんの高々とからげあげた太ももと脛に、菖蒲《しょうぶ》の葉がひき裂けて、細く絡みついていた。

第十章　椿

夏の山の畠の一日は、子どもにはことに永すぎる。繁みの濃い椿や枇杷《びわ》の下蔭も、陽のまわりにつれてすぐに移動してしまうので、それを見はからっていて、春乃は里芋畠の手入れから立ちあがり、揺籠がわりに、椿の枝に吊るした女籠《めご》の中の弟を、吊し直しにやってくる。籠の下に茣蓙《ござ》を敷いてもらって、わたしは弟にたかる蠅や虻《あぶ》の番をしていた。泣き止んでねむりかけたまぶたの上の、乾きかけている涙に、蠅が来るのである。椿の繁みには、花が落ちてしまったあとに、なぜか虻が、ひときわ高い羽音を立てて飛びまわる。

「なして、椿の木の下には虻の飛ぶじゃろ」

「椿の下は涼しかけん、馬も牛も狐女《きつねじょ》も来て憩《よこ》うじゃろう。虻も先に来て待っとるとじゃろう」

春乃は当り前という顔でいう。そういえば、丘のかしこの椿の大木の下に、出し五郎の牛がよくつながれていて、長いしっぽで虻を追っている。虻は人間よりは、牛や馬の血を好むらしくて、しっぽのとどかない耳のうしろなどに、うなりをあげて来てよくとまる。そのたびに大きなこって牛が、ちいさな耳をぴくぴくさせ、四股《しこ》を踏むようにゆっくりと後脚を踏み、睫毛《まつげ》をふるわせながら瞬いて、しきりにしっぽを振りまわす。

出し五郎の小父さんは、かたわらの岩に腰かけて煙草やすみをとっている。そばの畠の爺さまと、大声の世間話をしているので、牛に虻が来ていてもかまわない。虻が来ることなんかにはもう慣れているのかもしれなかった。牛の、毛のうすいやわらかな目尻だとか、耳のうしろの根元だとかに来てとまる虻と、長い煙管《きせる》でぷかぷかやりながらときどき、ぽん、とその煙管を岩ではじいている小父さんとを見くらべながら、わたしははらはらしているのだった。油断をしていると人間にも来てとまるので、弟が椿の下に吊られているときは気が許せないのである。弟の一《はじめ》は、数えの四つの紐解《ひもと》きも来て、もう揺籠に入れられてねむるような赤んぼではないのだが、このところひときわ弱り切っていた。

梅雨あけの柿山の方の畠に連れられて行ったとき、幾本もある椿のうちの、根元から三尺ばかりのところから、二股に分かれている大木の間に登ろうとして、這い登ったはよかったが、その股の間にすとんとはまり込んで、動けなくなる大騒動を起したのだった。大人ならば、このような木の股にはまり込んでしまうなど思いもよらぬことなので、春乃の悲鳴をきいてまわりの畠から走り寄って来た大人たちも仰天した。

「こりゃ、思いもよらん怪我じゃ」

とは云っても、気息奄々《きそくえんえん》となって泣き声も出ず、片っ方の幹に頬をもたせたまんまになっている幼児を、どうしたら引き出せるのか、とっさには誰も思いつかなかった。

この弟がまた、そのような災厄におちたのに、はじめから大声で母を呼ぶこともせず、ええん、ええんと、聞えるか、聞えないかの泣き声を立てているのである。

「もちっと早う呼んでくれれば、こんなに、引きも出しもならぬまで、はまり込んでしまわんじゃったものを！　早う、ひき出して加勢して下はりまっせ」

うつろな目をして片っぽの幹に縋《すが》り、また片っぽの幹に縋りして、春乃は椿の木のまわりをおろおろとまわっている。するうちやっと思いついて、

「ああ、そこの下の段の、猿郷《さるごう》の石山にうちの人が石切りしおりますで、どなたか早う、呼んで来ては下はりまっせんか」

「そうじゃ、早う、白石さんを呼びにゆけ」

下の段の猿郷の石山まで、この柿山の畠からは、幾曲がりもある細い段々畠の間の坂を走り下っても、上りはひと息でくるわけにはゆかず、上り下りあわせて、二十分はかかる。

使いをうけた亀太郎は、さらに下の猿郷部落に走ってもらって、大鋸《おおのこ》と、棕櫚《しゅろ》の綱と菜種油を探して来てもらうよう頼んでおいて、かけあがって来た。その頃、栄町には電燈が来ていたが、とんとん村からもはなれて、まだ五軒しかなかった猿郷の部落は、石油ランプか、菜種油の燈芯のあかりだった。どこの家でもまだ菜種を作っていて、その

実を収穫すると、水俣川の川上の「水車の油絞《し》め所」に持ってゆき、絞めてもらって、一年中に使う油は食べる分も含めて、ランプの石油が切れた時のために自家製をたくわえていた。

大鋸は、見つからぬと見えてなかなか上って来なかったが、菜種油はすぐとどいた。亀太郎はそのようなわが子を目に入れると、まず、声をのんでおろおろしている人たちに礼を云った。

「えらい御心配かけて、仕事邪魔になり申すが、今日のところはお世話になります」

それから振り絞るような声で、

「こら、一《はじめ》！　しっかりしとれ。もうじき、助けてくるっぞ、聞ゆるか！」

弟はうすいまぶたをあけようとするが、たちまちまた蒼白になって、樹の幹にぐったりと頬をもたせかけてしまう。頭だけは動かせる空間があった。

「あばら骨ば、挟みこんでおんなさる。うっかり引っぱれば、あばらの折るるばい」

「消防団に来てもらいまっしゅか、白石さん」

「はい、有難うございます。しかし親がやってみて、だめなそのときにゃ、しようもございまっせんが、親がおって、親の力でまずやってみませんことには。村中に迷惑になります、ほんに」

石山の人夫衆たちが棕櫚の綱をかついで来た。亀太郎は、下げ緒のついた一升瓶を逆さにして、黄金色の油をまず、静かに弟の胸のあたりの幹に注ぎかけた。油は、ふくふくとあえいでいる、うすい金時胸かけのところでしばらくとどまって、それから幹の両側へふくらみながら流れ出す。幹を這っていた大きな蟻が、油に溺れながらいっしょに流れ落ちる。それから今度は、背中側の幹に油をそそぎかける。油は、幹からはみ出してまたがっている腿から、はだしのちいさな足の爪先を濡らしてゆく。

油といえば、唐がらしの実を千切って食べては、口腔の中がいっきょに燃えあがり、そのたんびに、痛み止めの種油を、口の中いっぱいに塗られて、ずいぶん油のお世話になっているわたしは、そのような弟の、挟まれている腹や胸や、股のあたりの縁どりのようになってゆく油を見ていて、痛みが、いまひょっとしてうすれつつあるのではなかろうかと、思ってやりたかった。

「もう胸かけの中まで滲んだろうか」

「さあ」

人びとは息をひそめて、丹念なしぐさをくり返す亀太郎の手元を見守っている。しばらくして彼は、注意深いまなざしで弟の表情を見守りながら、じつに静かに、油の滲んでいる胸かけの上の端を引っぱってみた。案外するりとそれが抜けて来た。死んだようになっている弟がぴくりと動く。人びとは、あっ、というような嘆息をあげた。今度は腹部にあたる金時胸かけの、つまりいちばん幅の広いところを、やっぱりそろりと引いてみる。それも、ずる、ずる、と抜けて来る様子である。しかし抜いてしまわずに、反対側にまわって、それを静かに引きもどす。腹部を保護するためだということが誰の目にもわかった。表が別珍の布地で、裏がさらし木綿の、二重になっている金時胸かけで、叔母のはつのが縫ったものである。亀太郎は手早く子どもの頭のすぐ上の幹に、つまり油のついてないところに石鑿《いしのみ》で、ぐるりと皮をはいで掘り傷をつけた。それで一同には、そこに棕櫚縄をかけるのだということがわかった。猿郷部落の人たちが走り上ってかけつけて来た。

掘り傷の窪みに、太い綱が三重に巻きつけられ、引き綱は二本にした。

「それじゃあ、いっちょ、お頼み申します」

十人ばかりの大人たちが引き綱をとった。

「ひと息にやらんば……引いた力が押し返して、こん子が、潰れますけん……。よろしゅう頼みます」

一番手前で綱を握っている石山の男衆の辰男さんの、黒い顔の両あごの下が、みるみるふくらんで、

「ええかな、みんな。いち、にいのっ！　それえっ！」

うおおーん、というような谺《こだま》が、四囲の山々の間をゆき交った。綱は、中かがみになってつながっている大人たちによって、一直線にぴいんと張り、重い椿の梢が上方でさやいだ。

亀太郎と春乃が、樹の股の双方から、弟の脇をかかえこみ、ひきあげる構えになった。こうなると彼女は、夫よりは体格がよく見えるのである。

「ゆるむなっ！　ゆるめずに、あといっちょう！　引けえっ！」

うーんと唸り声を発して、石山衆たちのはだかの腕と胸が、仁王様のようにむくれあがる。みりみりと、ふたつに分れた大木の根元で音がする。

「今ぞ！」

亀太郎とその女房は、唇を引きむすび息をとめて、静かに静かに、わが子をゆすりあげるようにした。りんりんと張っている二本の綱が、燃えあがるような夏の陽の中に、ぴったりと一本になった。鳴き立てていた蟬たちの声がぱったりやんだ。時ならぬそよ風を呼んで、椿の梢がさやさやと鳴る。

そのときぎゃっと悲鳴があがって、弟の躰が上にあがった。亀太郎の腕に抱きとられて、それから、椿のまわりを後からまわろうか、前からまわろうかと、まわりそこねている春乃の腕に、渡された。母親の肌を感じて、弟が弱々しく泣き出すのといっしょに、綱を握っていた人びとは、椿の下蔭にいっせいに尻もちをついてしまった。天蓋の重たい大きな樹が、しばらく身ぶるいをするように揺れている。

挟まれていた木の股の位置が低すぎたために、上方に綱をかければ挟まれたものがなお締めつけられる恐れがあった。低い位置から木に綱をかけて引くのは、上方を引っぱるよりは、二重の力が要るのである。人びとは、しばらく尻もちをついたまま口をあき、突ったっている夫婦と抱きとられた幼な子をみあげている。瀬戸びきの青い薬罐を下げたたまま五歳のわたしも椿の下蔭のはしにいた。

油蟬がまた、あたりの山々からわんわんと鳴きだして、使わずに済んだ大鋸が、日盛りになってゆく空の下に光っていた。

その夏弟は、畠にゆくと、女籠《めご》の揺籠の中に入れられて遊ばされるようになった。いちだんとまた虚弱になった感じで、生気がなかった。肋骨は折れてはいなかったが、紅《べん》さしの小母さんは、

「おお、おお、可哀いそうに、おとろしかったろうなあ、ぼんさん。内臓があっぱくされて傷を受けとるかもしれん。芥子湿布はきつすぎるじゃろう」

そう云って、白い布の湿布を厚く貼ってくれた。古賀の徳永病院でも、やっぱりそのような診立てで、しばらく動かすなといわれた。

夏の畠は収量が乏しいわりには、やたらと躰の力を取られてしまう。里芋や唐藷《からいも》や、唐黍《とうきび》、南瓜《かぼちゃ》、胡瓜《きゅうり》、なすびの中の草とりなどが主な仕事である。梅雨で固まりかけた草地も、赤土の酸性土壌がこちこちにならぬうちに打ちほごし、堆肥や焼灰を入れておかねば、盆前の大根や人参など、秋野菜の種蒔きに間に合わぬ。ほとくり草と呼んで、たぶん学名は「地しばり」だと思われる草が、見かけは繊々《ほそぼそ》とした蔓性なのに、梅雨のあがりにはいっせいに畝の間に生えてきて、四、五日もそのまんま畠に行かぬと、もう畝の頂きにまで這いのぼり、畠全体が暗緑色の黴《かび》の葉にでもおおわれたようにそよいでいる。これにおおわれると、里芋の根も唐藷の根も養分を吸いとられて、ろくな実が入ら

ん、畠の仇ぞ、とここらではいう。

田植えのときに下ろした春乃のバッチョ笠が、梅雨の雨にあわせたり、あがりの陽に干しすぎたり、もう上皮の色が乾反《ひぞ》って来て、頰にかかっているひもの緒もすっかり色が変っている。はじめ真っ白のキャラコ地に綿を含ませてあった緒が、唐藷畠の草とりの頃には、茶色だかねずみ色だかに変色して、こめかみからも髪の中からも、筋をなして流れる汗をもう吸いきれず、吸いきれぬ分は、あごの結び目を伝ってぽとぽとと、土まみれの手甲脚絆《てっこうきゃはん》の上に流れ落ちる。

畠に害をするほとくり草のたぐいばかりではなくて、食べられる草もあり、青物の切れてしまう夏には、野草の好きな亀太郎が選り分けて、いちいち食べ方を講釈しては食べさせていた。いちど風味をおぼえてしまえば大人たちと並んで、結構子どもでもすねびる草などを摘む。すねびるとは、たぶんすべりひゆの訛った云い方で、よその家でも、いつもは食べなくとも、お盆の十三日に帰っていらっしゃる、仏さまの好きなよごし（和《あ》え物）として、つくって供えていた。これがなければ、帰って来た御先祖さま方の中には、

「せっかく、年にいちどの盆に帰ったばってん、おるげの嫁御は、すねびるのよごしも、つくっておかれんじゃったで、孫は、囲炉裏の中に蹴りこんで来た」

とおっしゃる方もあるというから、ずいぶん、気の荒い御先祖さまだけれど、なぜかこの草の和え物は、そんな次第で、御先祖さまに供えているのである。生命力の強い草

で、茹《ゆ》でて味噌和えにしたり、おひたしにしたりすると、ぷちぷちとした歯ざわりが、ほのかな酸味を含んでいて、いちど味わえばなつかしい野草だった。松葉ぼたんの茎とそっくりの、淡いくれない色の茎と、葉質の厚い楕円形の、いかにもやわらかそうな草を抜きとると、根はあんまり張っていないのに、そのような葉を酷暑の中に繁らせているのが、こごめ入れた掌の中にちらちらと触れてきて愛らしかった。

旧の十五夜がくるまでは、まだ唐藷の根茎も筋ばかり、里芋の子も、子というよりは芽がついたばかり、除草をしたあとは、梅雨の雨でやせてしまった畝の間の土を、打ちほぐし打ちほぐし、そのような根ものの子たちがのびのび育つように、ひときわ大きく畝立てをやり直してやらねばならぬのである。蔓返しをしてやって、それから受け肥（人糞肥）や堆肥をくれて、日除けの茅《かや》草や藁《わら》を敷いてやって、あとは秋のみのりを待つ。これが植えつけてから三度目くらいの手入れで、他の野菜や米麦類よりは、唐藷と里芋は手入れが簡単な方だった。

最後の畝立てをする頃には里芋の白い根の間に、ついたばかりの丸い可愛らしい芋の子が見える。

「あら、里芋の子の覗《のぞ》いとる。ほら、畝の泥の奥から覗いとる。小《こ》おまんか、みじょか子の覗いとるぞ」

まだ豊かな頬が、笠の内から目で教えようとして、瞬いた拍子に、たちまち眉の上からしたたり落ちて来る汗が、睫毛の中にはいりこむ。慌てて舟底袖の袖口で拭うのだが、その袖口も汗と泥に濡れていて、目のまわりに、わざわざ泥をこすりつけたようになるのだった。畝の間にかがみこんで頭をひっつけて、ななめ逆さになって里芋の子を覗いていると、

「十五夜さんの来らすとば待っとっとばい。小おまんか、みじょか子じゃねえ。そら、早う太うなれ、そら、早う太うなれ」

春乃はそう云って鍬の先で、ざっくざっくとけずりほぐした泥を、その里芋の株の畝にかぶせてゆく。

午前《ひるまえ》は、土の匂いも畝の間で完熟した堆肥の匂いも、いっしょくたになって立ちこめているが、あれほど鳴き立てていた蟬さえ「日中除け《にっちゅうよ》」に入って鳴き止む日盛りになると、匂いそのものにも水気が切れてきて、あちらの畠でもこちらの畠でも、日中除けにはいる。

見渡すかぎりの段々畠には、人も牛も犬もいなくて、丘のいただきの高い棕櫚の樹が、傘状に傾いてひろがる鋭いその葉先から、みえない陽の箭《や》をしんしんと送りつづけていた。

「ああ、もう保《も》てん。もう今日は、これだけしたけんよかろうぞ」

腰をたたいて立ちあがり、見渡して春乃がいえば、

「われわれも、日中除けせんば、病み倒すよ。病み倒せば、働き神さんに申し訳なか」

はつのは、実科女学校を志願するだけあって、われわれは、などと、ここらの人たち

の使わないしちむずかしい言葉をときどき使った。それは若い彼女の哲学的な言葉で、ユーモアでもあった。じっさい、夏の盛りに病み倒す女たちにたいしては、

「ああ、やっぱり病み倒しなはったなあ。このあいだから、日中除けもせずに、働きづめじゃったもん。誰の目ぇにもめかかっとった。働き神さんも、これにゃあ、弱らしたろう、我が身があって、働かんば」

そのひとについている働き神さえ弱ったろうというのだった。「働き神さんさえ、日中除けだけは、しなはる」というので、夏の午睡は屋外でも屋内でも、女たちにも許されていたのだが、それを押して働く女房がいると、

「いやあ、いまにあの働き神も、病み倒さすよ」

と人びとは云うのである。

「ほう、今日はこれだけの草畠ば片づけた。うつくしか畠になったぞねえ」

うつくしか畠になった、とか、草山のちらちらするとか、磯の浜の巻貝《びな》どもが目にちらちらするなどというくらいがこの姉妹の関心になった。おもかさまが発狂する前後のことはもう、忘れたねえといい、孫のわたしにくらべれば、いっきょに生身で、奈落の境涯におちたのだから、世間の目は、幾度もその生身をなぶりつづけたにちがいなかった。この姉妹は、自分から進んで人にまじわるところがなくて、ことに妹の方には離人的傾向がある。まぶたにちらちらするのは、草山になった畠やうつくしか畠ばかりではあるまいに、花鳥風月や里芋のみじょか子などの世界にさえいれば、いちばん気にも合

い、心やすらぐようになってしまったにちがいない。「躰も心もよろうなってしもうた」人事のことなどは、お陽さまが人払いしてしまう日中除けのときの、目には見えぬ酷烈の光の中で灼け焦げてしまうのがむしろのぞましく、弱いものたち向きに捨象された世の中というものも、木の蔭などにあって、草や土と等しいものになって生きられれば、それがいちばんやすらかにちがいなかった。

わたしは椿の木蔭を追って、青い薬罐の底に手を当ててみては、土の冷たいところ、冷たいところへと、その薬罐と莫蓙とを引っぱってゆく。

「やあ、みちこが、冷たか水にしといてくれたねえ、ありがと」

揺籠の中で、お茶の木の実とか、蟬の抜け殻とかを当てがわれて、退屈している弟が抱きとられ、ちいさな白い花をつける茶の木の根を枕に、ねむ気のさしている春乃のふところを探ろうとしては叱られている。わたしも、目の中が青い空だけになってゆくような睡《ねむ》りに落ちてゆく。そんな真昼の睡りに這入ってゆく耳に、草のあいだを移る羽虫のうごきや、この時刻には萎《な》えてくるからいもの葉裏から、はらりと丸くなって落ちる、夜盗虫の気配などがきこえるのだった。

三時も過ぎれば、日盛りの太陽に乗り移られていた棕櫚の樹が、長い入神の刻からさめたように、畠のぐるりの唐黍やあたりの樹々の姿にうちまじる。そして、来る秋の先ぶれのように、からから、からからと、無心な葉鳴りを伝えてくる。ああやっと日盛りもすぎて、どこからか風が来だしているのだなとわかる。からから、からからと、空の彼方でさや鳴る涼しい時間の中に放たれてゆくように、うたた寝から目がさめる。

「さあもう、後が見えて来たよ」

「やっと汗もひっ込んだ、後が見えてきた」

午後の後半の仕事のかかりのときに、彼女らは必ずそのようにいう。自分にもまわりにも、後が見えたと云いきかせる。

「それ、みちこの仕事が来た」

仕事のかかりのときと、あがりのときの水はわたしが汲みにゆく役目である。空っぽになった青い薬罐を下げて、茶の木の間をくぐり抜けるとき、うしろで声がする。

「ほほほ、大人じゃあ通りきれんばってん、躰の小《こ》おまかけん、兎の仔の通る径《みち》ば通りよる」

その径は、狐の仔や猿の仔の径だった。兎の径でもあるらしく、どんぐり山でもあった。どんぐりの実が山じゅうに落ち敷く頃には、実を入れていたあの、いったい誰が細工をしたかと思われるような、しゃれたちっちゃな帽子型の空舟の中に、これはまた、大豆粒のような椎《しい》の実が落ちて来て、ちんまりとおさまっていることもある。エプロンのポケットに、そのどんぐり舟も、椎の実も拾って入れる。椎の実かと思って、うずたかいほど去年から積っているどんぐり舟のあいだに指をのばすと、それは兎の糞だったりするのだった。

かっちん、かっちんと耳近く、父たちの石を切っている音がする。ここは「猿郷の石山」ともいうのであった。秋になって石山の休みの日に、石の取りかけの平らな面に坐って、かさ、こそとどんぐりの落ちる音を聞いていると、それはどんぐりの音ではなく、思いもかけぬ目の先の、萩の花穂のしだれる下から、栗毛色の兎の仔が出て来て、思わず双方の目が合ったりする。大人ではくぐり入れないくゎくゎらの茨や、山いちごの大きな蔓のあいだを這いくぐったり、思い出してそのくゎくゎらの葉を摘んで入れて、もうポケットがふくらむほどふくらんでしまうと、エプロン全体を容れ物にしてからげて、片手には青い瀬戸引きの薬罐を下げているのだから、大仕事なのだ。くゎくゎらの葉というのはさるとりいばらの葉で、盆や節句や十五夜のときおだんごの下敷になる葉っぱなのだから、これを摘んでゆくと、

「みっちんに催促されて、またたんご作らされた」

とみんなが雨の日に、御馳走になれるという寸法なのだった。

そのような大荷物を抱えて、頭のてっぺんから蜘蛛の巣だの落葉だの、女郎花《おみなえし》の黄金色の花粉だの、萩の花房だのをおっかぶり、仔兎の眸とぱったり出逢ったりするのだったから、兎の径を通るあいだじゅう、胸はときめきつづけていた。そんなぐあいに遊び行っても、猿郷のふもとの井川へは、まるまるこの石山を迂回して通る大人たちの道よりは、三倍も四倍も近道だったのである。猿郷の井川の水はこの界隈で、「死人に飲ませる水」といわれるほどのおいしい水である。向う岸の舟津部落や洗切《あらいきり》部落の井戸は、いささか潮気を含むときもあり、そこらの村の住人で、こちらの段々畠や墓地に通

って来ながら、猿郷の井川の味を知っている人は、死ぬ前に必ず「猿郷の井川の水ば」と云って死ぬといわれていた。

疫病の年になると、猿郷部落は避病院を抱えてもいるので、そこで死ぬ病人たちのためにも、避病院の番人さんは、ここの井戸から、一日に二十荷も、三十荷も水を荷うのが仕事のひとつでもあった。

第二次大戦に、ここらの村から出征して死んだものの老母たちが、今でも嘆き続けていうには、

「いったいどういうところで死んだろうか……。猿郷の井川の水も、飲ませならずに、うっ死《ち》んでしもうて」

水俣界隈では、ところの名をつけて、「うでらの井川」とか、「ほきなじろの井川」とか称《よ》んでいた。井川の神さまにも位があって、名のある井川を持った部落では、自分の村の井川の神さまが、いちばん位が上だと思っている。じっさい猿郷の井川は、石山のふもとの井川だけあって、そこへ降りてゆく石の段も、一間四方はある井川を縁どっている囲みのつくりも、どっしりと厚い一枚岩を持って来て、洗い場も上下二段にしつらえてあった。広々とした上の段の洗い場も、その下の段にあふれ出して、村中の女たちが並んで洗い物をするところも、清々しい石組みの上を淀みない水が洗っていた。

大人の三抱えはありそうな杉の木立ちの根元にできた瘤の中に、年数を経た歯朶《しだ》の類や厚い苔の類が生えていて、発光しているような苔の色が、石段の両脇の漆喰をさらに

縁どっている。中ほどまで下るともう足元から湧いてくる涼気に包まれて、どのような酷暑の日盛りでも、そこは別世界の、川の神さまの領域にちがいなかった。ここの井川の上の家は、「猿郷の井川の端《はた》の婆さんの家」と称ばれていて、婆《ばば》さまは、部落中の若嫁たちばかりか、墓所を井川の上流の丘に持っている舟津周辺の人びとにも畏れられていた。ここらの人びとは、末期のときも、初七日の墓ごしらえにもお盆にも、この井川のお世話になっていたのである。

猿郷の井川を管理してきた家として、たぶんこの婆さまは、村の冠婚葬祭のしきたりはもちろんのこと、ことに井川の神の祭、女房たちの祭である二十三夜などには、昔のしきたりをいろいろ訓辞して、そのようなことにはうとくなってゆくばかりの若嫁たちや他部落の者たちを、躾《しつ》けなおす魂胆であったのである。この婆さまが白髪をきっちりと切り結びに結い、小腰をこごめて井川用の竹箒を持ち、石段を登り降りしているときには、村の女房たちも舟津の人びとも緊張した。土足のあとを流してゆかぬ者や、米粒や漬物の端切れを残してゆく者を見れば、待ち構えていたように遠慮会釈なく罵倒する。米粒なかんずく米粒などをこぼして立とうものなら、即座に大声で云った。

「しっくゎらけ（自堕落）が、どういう躾ばして貰うて来たや。かかさんな誰《だる》かい」

「母《かか》さんの悪口まで云われた」

と女たちはこぼした。

「あの婆さまの達者でおってくれらすけんこそ、井川もよその村々にまでほめられるほどうつくしゅうして来たよ。井川の端の婆《ばば》さまに死なれてみろ。死人のときでも祝儀のときでも、ここの部落は、ぱったりもゆかんよ」

後にこの猿郷部落に移り住むことになってから、春乃は、女房たちの悪口には一向加わらずにそう云うのだった。栄町の紅《べん》さし小母さんに死なれたあと、猿郷部落で生まれた弟妹たちの病気は、この「井川の端の婆さん」の民間療法のお世話になることが多かった。

夏の盛りには道草のよろこびも少ないから、片手に汲んだ水を、持ち替え持ち替え登ってゆく頃には、石を三つ並べた竈《くど》に、もう火を焚く用意が出来ている。最後の仕事のかかりのときだから、お茶を沸かすのである。おいしい水だからと云って、炎天下に山の畠の上で生水ばかり一日中飲んでいれば、吹き出る汗に躰の芯熱まで取られ、夜中になって腹が冷えて、下し腹になるというのだった。お茶ならば気根がつくのだと。

そのような日中を畠の上で過した日には、帰り道というものが、子どもの足には一日の終りの先にある、もうひとつの道のように、ほとほと遠い。

海の方へ陽が落ちはじめると、丘のてっぺんの樹々は、根元の方から逆光を受け、自分の影を納めてゆくように、いっぽんいっぽんきわ立ちながら立っていた。樹々の姿はそうやって、高い夕空を形どっている。椿も棕櫚も、枇杷の樹々もそのように重なる丘の上に立ち、夏の茜《あかね》空はくっきりと、大きな影絵のように昏《く》れてゆくのだった。

潮のひいた河原に出て、舟津へゆく飛び石の上を渡って、洗切を通り浜町に入って、源光寺の門前に来る。

「ほらもう、永代橋まで来たぞ、もう、ほら、大園《うぞん》の塘《とも》の灯りのともっとる。うつくしかよう」

半分ねむりながら歩いている耳に、川風がとおってゆくようにそういわれると、目がさめる。源光寺の向う岸の、永代橋を渡った岸の上手に、大園の塘のほの暗い川波が、もうゆらゆらと灯をともしている。大園の塘の灯りと云えば、この塘に並ぶ女郎屋をさしていて、橋の上には、舟から揚がったような若い衆たちが、短くからげた浴衣の裾をひらひらさせて、川波に流れる灯りを眺めながら、欄干にもたれているのだった。

ついこのあいだまで永代橋の上を、わたしが揺られて行った女籠《めご》の片荷の中に、弟が入れられている。片っぽの荷の中にはすねびる草や、これも野草のにがな（ひょうな）や青い唐がらし、なすび、にがごりなどが入っている。まだ唐黍の実も入らず、青野菜類の薹《とう》が立ってしまった後なので、夏の畠の帰りの女籠の中はやっぱりさびしくて、ほんとうの端境期《はざかいき》がくると、唐藷蔓を摘んで女籠の荷にして帰るのだった。荷の軽い女籠とはいっても、永代橋の上まで来ると、川風の涼しさに思わず立ちどまり、ひと息ふうと息をして、彼女らはここで必ず、天秤棒《てんびん》の肩替りをするのだった。弟は、女籠の前方の荷になっていて、いろいろ母親から話しかけられて揺られてゆくのだが、ここまでくると、ぐるりと、右の肩から左の肩へ天秤棒が肩替りをされるので、前の荷が後の方にまわされる。それまでわたしは後の女籠《めご》にとっつかまったりして、おくれおくれに歩いているのだが、ここの橋までくると、母の顔が見られなくなった弟のお相手をつとめるわけである。川風に当てられて醒めた五官に、永代橋界隈の川筋は、畠とも町とも違い、人も川も舟も何事かが変貌をとげつつあるようで、なにかしら新鮮で珍しかった。橋の上を通るあいだは、なににつけかににつけ泣きべそをかき勝ちの弟も、女籠の綱につかまりなおしてあちこちへ首をさしのべて眺め入っていた。生まれる前には、この永代橋の川べりの、浜町のならびの一角に、天草から来たてのわたしの家も住んでいたのだという。

水俣川は川口に来て中洲を抱き、ふた筋に分れていた。中洲をはさんで左手へ迂回する川筋に、浜という町が古くからひらけていた。

川のみなもとは、北薩摩との堺の大関山に発している。ここらの山々や谷あいは、西南の役の道すじになったことで幾分か世に知られたのだが、官軍、薩軍ともにその険阻さがこたえたらしくて、「戦袍日記」や「西南記伝」その他に繰り返し、谷に落ちて死んだものたちのことを記録している。いくさの通り道にされた村々でも、弾に当って死んだり、斬られて死んだものたちのことをまだ記憶していて、生傷のまんま崖にひっかかり、幾日も経ってから死んだものたちは、それがいくさというものの死に方のひとつとしても浮かばれまいと、今まで語り伝えている。薩摩藩が、幕藩体制の中で一種の独立国を維持していて、幕府の隠密たちを寄せつけなかったことのひとつには、そのような肥薩国境の山谿の険阻さがいわれていた。

かねては人を近づけぬ、そのような険阻な山谿でも、この地には豊富な水脈をもたらしていて、山間から来るそのような水脈と、海の潮のまじわりによってひらけたようなたたずまいをこの界隈は持っていた。水俣川の中洲の浜町とて、舟からあがった人びとが加わって出来た集落であったろう。下《しも》の方に、河原《こうら》とか、洲崎とか、舟津とか、背中の方に瀬川、洗切、という名の部落をつないでいて、小さな舟ならどこからでも揚れる舟着場を持っていた。

町のいわば文化階層である医師たちや、舟人相手の旅館や、百姓分限者や薬屋などが浜の川筋に集まっており、白壁土蔵造りの家並みが続いているので、在の者たちは、浜は旦那方のおらすところと呼んでいて、徳富蘇峰、蘆花兄弟の生家は、この浜町のうしろの、洗切と洲崎を結んだような一角にあった。兄弟の父徳富一敬（淇水）は、地元の庶民にとっては「浜の旦那方の中でも上じゃったげな」と称せられる存在で、近代史流の称び方で地方郷士などという云い方をしても、ふに落ちない顔をする。明治の末年に大日本窒素肥料株式会社が来るようになって、水俣村から水俣町に移ってゆく頃の、旧来の意識も新興の意識も、この浜町を中心として変動をはじめたと云ってよかった。上流ぞいの陣ノ町の、「会所の殿さんの家来の流れの衆」と称ばれる山手旧家の分限者たちと肌合いがちがうのは、このあたりが陣ノ町よりは新開地めいて、どこやら開放的な土地柄のせいでもあった。永代橋の川下に出入りする船は、天草、薩摩、長崎、五島、佐賀、三池、三角《みすみ》などへ往き来していて、舟津からは堺や大阪にゆく船さえあった。ととのって来た梅戸港へは外車《そとぐるま》の汽船などが出はいりし、野口遵のカーバイド会社から発展してゆく大日本窒素が、広大な敷地を必要としたときには、浜界隈の有志たちが中心になって会社の誘致にもつとめ、地主たちでもあったから地所を提供したりもした。大廻《うまわ》りの塘《とも》の先をもうひと岬めぐった梅戸港がととのってくると、日本窒素の硫安などがこの港から積出されるようになった。さらにまたその先の明神岬を越えて、百間《ひやつけん》港が形を成してくる気配になると、潮のゆききする大廻りの塘のこちらの、水俣川口の賑わいが永代橋にも集中する。大方は帆前船だったが、そのうち外車の汽船まで、この橋の下にくるようになった。北薩摩の大口と水俣をつないで古くから街道が通じていたが、その途中の布計《ふけ》金山と〝水俣の会社〟が実質をそなえてくると、需要の増えた石炭と石灰とを積み下しする馬車も急増して、大正中期のある時期には、この街道筋は馬車の音が絶えることがなく、その台数を数えてみたら日に三百台は下らなかったと古老たちが云っていたが、いまの車のラッシュとはまたおもむきがちがい、物音ひとつしなかった当時の山間の街道筋では、よほどに瞠目すべき出来ごとだったのだろう。いきおい、当時のここら一帯の「銭取り高」は、馬車ひきがいちばん上になったりした。大口からはまた、伊佐米が送り出されていて、そのような馬車の荷の集散も、永代橋に集る船がひきうけていたのである。永代橋にくる舟人《ふなと》たちの大半が、軒下の川波つづきにでも揚れる「大園の塘」の女郎屋をめざしていたという。

雨もやいの日などに、橋のたもとの石垣を渡り歩いていると、小指の爪ほどの小さなカニたちが、ここらの石垣のすき間を棲家にして、無数に出たり這入ったりしているのだった。天気のよい日よりも、なぜか雨もやいの日に出ていて、かがみこんでよくよく見ていると、石垣の表にうっすらと茶色っぽい苔《こけ》の花が、湿りのある川風の中にひらいているのだった。そのような苔を小さなカニたちが、砂つぶくらいの鋏を振りあげ、丹念にむしっては、口らしきところに運んでいるのである。ゆるい傾斜のついた石垣は、海の方にのびて大廻りの塘まで続いており、上流の方へもさかのぼっていた。そのような小さなカニたちの、えんえんと埃《ほこり》のような苔をむしっている姿を見ていると、ひどく胸をつかれるのだが、そのうちやすらかな気持ちになって来て、霧雨の中にかがみこんでいて飽きなかった。

石垣のあいだには、舟をつなぐ杭がずらっと打ちこんであったから、それに腰をかけ、足をぶらぶらさせて遊ぶ日もあった。見よう見真似で、黒糸などを持ち出して竹ぎれの先に結びつけ、ぼろ新聞紙を丸めて結んで餌にしてやると、海と川の境に棲んでいる、げぐら、というハゼ科の小魚がよく釣れる。釣針も使わずにぼろ紙だけ投げ入れるのだが、一度くわえたら離さないので、四つ五つの女童にも難なく釣れた。げぐらは魚の数に入れられぬ雑魚だったが、このうえんな魚はわたしの遊び相手によかったのである。

かかって来たげぐらをまた川の中に離してやると、泳いでいるのが見えるから、その鼻先に、さっきの紙切れをなにげなく垂らすと、ほかの仲間よりは先にきて、同じ魚がまたパクリと紙餌に食いついてしまう。なんとなくあわれさが湧いて来て、食いつかれぬよう白い紙餌をついついと振りまわして、また水面に入れると、ほかのげぐらが来て必ず食いついてしまう。釣るまいと思っても、押しあいへしあいしてかたっぱしからかかってくるのである。

石垣のあいだに打ち込まれた杭にそうやって腰かけていると、躰がどこも地面に接続していないので、身ひとつで水の上の空間に浮いているような、儚《はか》なく不安な気持に襲われて、ふと気がつけば、餌から外すときに、どうやら死んでしまった小指ほどのげぐらたちが、ちょっぽりとした黒い眸を天にむけたまま、口をあけ、石垣にはりつく形で生乾きになっている。

足の下は満ち潮どきにさしかかっていて、海にむかって流れ入る川と、川にむかって上る潮とが、ダイナミックな厚みを持って溶けあうさまがよく見える。そのような潮に乗って、何艘も何艘も舟が漕ぎ入ってくる。せり上ってくるような水面が波を伴いながら、ざんぶざんぶと石垣に打ち寄せて、垂らしている跣《はだし》のあしのうらに飛沫がかかる。わたしは、てのひらにくっついた砂の皮のような魚たちの鱗を眺め、その生臭い匂いを嗅ぎながら、水面の上の宙に浮いている自分の姿を思っていた。

永代橋の上を「女籠《めご》荷い」の小母さんたちが調子をつけて、天秤棒をしなわせ、音のない踊りのようにとおってゆく。朝でもないそのような時刻に通るのは、きっとあの、流れ網にかかった赤い魚たちが、女籠の中にはいっているのにちがいなかった。数のとのわぬ大小さまざまの雑魚たちは、市場の競りに出してもまとまった金にならぬので、長いのも丸いのもいっしょくたにして、「流れ魚」という。

「きょうは、流れ魚じゃがなあ」

流れ魚を持って来るときの小母さんたちは、躰をちょっと斜めにして、戸口から半分くらいしか這入って来ないのである。なぜか赤い色の魚だけになってしまう流れ魚は雑魚の集りで、売るのに気がひける、というわけだったのだろう。けれどもこの頃わが家は、安い流れ魚を持って来てもらった方が有難かった。あらかぶや、べらや、あなごの形をした紅色の魚だったが、それはそれで、ひとりひとりの箱膳の上に、違う魚が乗っているのを眺めまわしてみることは、楽しくもあったのである。あのようにうつくしい色の流れ魚たちにくらべても、わたしが遊ばせてもらうげぐらたちは、魚の中に入れてもらえぬものたちで、満ち潮どきになると川口に入ってくる、ぼらの子やちぬの子や、すずきなどに、遊び食いのようにぱくぱく食べられていた。

はいって来た舟は、もやい場所を見つけると、岸の方に艫綱《ともづな》を投げかけ、上手にその輪を立ち杭にひっかけて、舟を岸辺へむけて引き寄せる。それから碇を下し、分厚い一枚板を石垣の方へ渡すと、隣り近所の舟たちと挨拶を交わしあう。

「このまわりにゃ、どこさね、行たとらしたかな」

「はあい、鍋島のにきまで」

「なんば積んでなあ」

「塩ですたい、塩」

「やっぱりなあ、木炭《すみ》は、どうじゃったろうか」

「夏場はやっぱりようなかばい木炭は」

「じゃろうなあ、薪《たきもん》の方がよかち、舟津の衆も云いおった」

「薪もよかばってん、積みにくうしてなあ。大風《うかぜ》に逢いどもすれば、どもこもならん」

「じゃあなあ。そして今度はなんの荷な」

「またソーメンやら、盆提燈《ぢょうちん》やら、変ったことはなか」

「まあぼちぼち、やんなっせ」

「うどんども食いに、揚らんかな」

「うんにゃあ、もう今日はだれこくった。よんべ、よかまんじゅうば食いすぎた」

あたりの舟の中でひっくり返っている小父さんたちが起きあがって、わははは、わははは、とにぎやかに哄笑する。

「荷揚げより先に腹ごしらえじゃ」

手拭いを首にひっかけて、びゅんびゅんと、三人ほどが一枚板を渡りがけに、

「こら、そこの、おなごの子。ちゃあゆるぞ、そげんところにまたがって。早う我が家に戻れぞう。何しよるか、ビキの子のごたるハゼども釣って何にするか?」

そして後は振返らずに、縞《しま》の袵《おくみ》の裾をはねあげる毛脛がすたすたと、永代橋の方へ歩いてゆく。

舟たちの帆柱の並ぶ向う岸は、砂糖屋旅館だった。長崎あたりからくる外車の汽船のつけ場所はそのあたりで、薩摩の大口街道からくる荷馬車たちが、石こくだの、木こくだの、伊佐米だのをここらあたりに下していた。日清日露の戦争のときは、荷馬車は大口街道の筋々から出て来る兵隊たちを乗せて来て、艀《はしけ》で、大廻りの塘から送り出して沖の帆前船に乗せ、三角の方へ送っていたという。少し下手の佐敷屋も、そのような船の乗り下りの客たちで繁昌していた。

いよいよ湯ノ児《ゆこ》の事業が行き詰まって来て、あすはその砂糖屋旅館に、能勢弁護士さんに来てもらい、みんなにも寄ってもらって、なんとか人さまの躰を銭で削るようなことはせんで済むようにしたい、されば今夜の使い人は、訳のわかったものたちに立ってもらおう、と祖父と亀太郎が、使いにゆく人夫衆や親類の者たちと話しあっていた。

その砂糖屋が、舟のぎっしりと並ぶ向う岸に見えている。

「大廻りの塘の沖になあ、あめ鳥の舞うもん……。死んだもんばぜんぶ寄せてなあ、小積んじゃ焼き、小積んじゃ焼きして」

おもかさまが、そのようなせっぱつまった相談ごとのあいだにもつぶやいている。

「薪《たきもん》ば、人間の上に小積んでなあ、火いかけて、焼きこくりおる……。煙のなあ、沖の方さね流れてくる。煙のくる……。あめ鳥どんも、とびの鳥どんも、葬式立ちして、沖の暗さよ。おお、おお、どげんしゅうかい。みぞなげなあ、みぞなげ。へいたいさんな、ばんざい、ばんざいちゅうて……。春乃が葬式や、まだ、し出しまっせんと」

それはどうやら、浜町にいたとき、コレラの流行《はや》ったときの光景らしかった。春乃も罹患して、松太郎が尾上病院の先生と相談しあい、隠しとおして避病院送りをまぬがれ、なんとか命拾いはしたが、髪がごっそり抜けてしまって半年あまり手拭いをかぶってやりすごしたという。このときのコレラで死んだものたちはおびただしく、死人たちを、浜の真砂《まさご》の上にじかに並べて焼き続ける大廻りの塘の煙の中から、兵隊たちが小さな舟で、いくさに出て行ったのだった。そのような煙の流れる故郷を後に眺めながら。

第十一章　外ノ崎浦

おもかさまの魂がもどらんのは、ひとつには、荒神さまのひっついておらい申すからじゃろう、といい出すのは、お澄さまだった。

「お澄女《じょ》は、姿形はやさしゅうしとって、とつけもなか破風手口《はぶて》をたたくことのひょいひょいある。このまれは、あんまり親さまが大切に育て申さいたけん、世間のわからん」

お高さまは妹の破風手口をききつけると、親の躾《しつけ》の残りを、もう銀色の髪になった末っ子の妹にやりなおす気でいる。

「わたしが破風手口なら、あねさまは鬼《おん》の口」

婆《ばば》さまになってもうっすらと紅のさしている瞼をいよいよほそめながら、お澄さまは、唄のひと節でも唄うように云って、とぼけている。

　荒神さまとは竈《くど》の神さまで、火の性《しょう》を持った神だという。たいそう気位が高くて、お気にさわることをうっかりすると、必ず祟《たた》られる。竈のまわりに、煮汁の吹きこぼしをためていたり、鼠の糞のあるのに気がつかずにいたり、焚き口を乱しているとそれを嫌い、子どもに熱を出させたり、乳腫れにかからせたりなさるので、煮炊きがおしまいになって火が消えて、すっかり灰になったら、焚き口を奥の方に掃きおさめ、残りの薪もきれいに揃えて直しておかねばならぬ。竈は、別屋《べつおく》の釜屋《かまや》をしつらえてその中にすえてあるが、たいていの百姓家では、土間の片壁やつきあたりの壁を釜屋になし、そこを荒神さまのいられるところに見立て、盆正月には、どこの家でも竈と壁の間にしつらえた床の上に、特別のお神酒《みき》を供えている。正月の餅がつきあがると、まっさきに竈の神さま用のお鏡をとって、注連《しめ》かざりもまずこの神さまに供えるのが順序というものであった。祟られると云っても、神さまの虫気が出るようなぐあいで、思い当ってお詫びをして、お神酒を供え直せばご機嫌が直って、乳腫れが引き、熱も引く。

　けれども荒神さまは火の性だから、ときどきあられもない方角の人間にひっついてしまい、その性をあらわされるときがあるというのだった。ひっつこうと思うても、自分と似たような性の人間ではおもしろくない。神人ともにこれはとびっくりするような、自分を無しにしてしまうようなやわらかい性の人間に行ってとりつかれる、ということであった。お澄さまがいうように、

「神さまも犬猫も区別なし、誰彼なし、あとさきなしに、尽すばかりの、おもかさまのようなお人に、かえって気の荒か荒神さまのひっつかすちゅうわな。あのようにやわらしかったお人が、あの狂いようはただの神経さまじゃなかわな。荒神さまは火の性の神

さまじゃらすげなで」

「あのような荷を打ち背負《かろ》うておられば、もう火の神さまでも、石の神さまでもよけてゆかるるわな」

「よけてゆかるるか、寄って来らい申すか、おもかさまの髪毛《かんげ》をみとれば、まるで逆さ髪毛の泳いでゆかるるわえ」

お高さまはにこりともせずに、お被布《ひふ》姿の妹をからかって、

「おまいさまも、そのように火鉢の番ばかりしとれば、荒神さまのひっつかそう」

「わたしのごつ夢助にゃ、荒神さまのなんの来申されん」

「さよう、おまいさまも、おもかさまの半分なりと、まめまめしゅうあったなれば、そのようにしょっちゅう、風の神さまにばかりとかまえられんでもよかろうて」

この姉さまのまあ、とお澄女は、柔和なまなざしをしばたたき、胸のうちで口返報を試みるのである。

——かねては天草におって、本家《もとえ》の神経さまと離れておらるるゆえ、姉さまは、おもかさま、おもかさまと、なんにつけかんにつけ、本家の神経さまを立て通して、煩悩のかかるようなれども、わたしは同じ栄町に住もうておって、昼の区別も夜中の区別もわきまえぬあのめくらさまが、隣り近辺の門口に立たれては、もう、のさんわな。髪振りみだしておめき出されたり、きのうもここの、隠居家の背戸を伝いあてて這入って来て、ポンプ井戸のそばにひと晩じゅうしゃがまれて、おほんおほんと空咳しておらいたわな。

いくら気の狂うた人とわかっておっても、近所の衆に気の毒で気の毒で、胸も潰るる思いしよるわな。いかにもわたしが見捨てておるようで。ぶつぶつぶつぶつひと晩じゅう、咳のあいだにいわるけん、近所近辺中、寝もならん。それを姉さまは、お澄はまめさが足りんけん、風の神さまだけと近しゅうしとるのなんのと、口から出放題にいわるとじゃもん。ほんに、姉さまこそ鬼《おん》の口じゃ——

「しようがなかわな、わが家の業《ごう》をば、あのまれだけが打ち背負うてしまわいたで。せめて雨露なりと、かからんようにしてあげんば、ならんとぞ」

「その雨露がさな、よんべもな、ここの井戸の先に足さずりして這入って来らいて、しゃがんでしまわいて、幾度《いくたび》ここはお澄が家じゃけん、這入ってくださり申《も》せと頼うでも、あらぬことばかりいうて、這入ってはくださり申せず、よっぽどわたしが、情なしのようにみゆるわえ」

「しようもなか。三千世界の外のひとじゃけん。狂わいてからは、いっさい、他人の家にも身内の家にも、這入られぬおひとじゃけん。松太郎が悪かこつしとるけん、しようもなか。狂わる前まで、誰彼なしに尽しに尽さいたおひとじゃもん」

「それでも、ちっとぐらいは正気のあるようにも見ゆるわな。おもかさま、おもかさまちゅうて肩先をゆさぶれば、きこえてな。あい、お澄さまなあ、とひときわしおらしか返事をばし申さるるばえ。返事さるるだけで、手え引いて、さあ、お澄が家にいのうわなちゅうと、もうだめじゃ。魂はどこさね行かいたやら、あとさきはもう、なんのほうもなか」

「返事だけはほんに、昔のまんまにしおらしかなあ」

「本家《もとえ》のあねさまがこうなってしまわいては、もうわが家《え》もおしまいじゃ。かかさまも早う死ないてよかったわな。こういう始末をよう見ずに」

「孫どもの代になったなれば、栄えんともかぎらんわえ」

「うんにゃ、このようにまで落ちぶれては起ちあがりもきくみゃ」

お澄さまの隠居所は、こぢんまりと整って、人の出入りの多い本家のわたしの家とはちがう、綺麗な、婆《ばば》さま所帯の色や香りがたゆたっていた。それは水仙の匂いだったり、ほのぐらい仏壇の前の、経机の上に浮き出ている首の繊《ほそ》い、赤い罌粟《けし》の花の色だったりする。使いこまれた諸道具の、木目の奥にもそのような香りは蔵されていて、桐の簞笥の見開きをお澄さまがあけると、あの、村や親類の無常のときにとり出す袱紗《ふくさ》のたぐいや、錆色の金襴の裂地《きれじ》にくるまった唐金《からかね》の柄鏡などがはいっていた。袱紗は鉄色と白の縮緬《ちりめん》で、袷《あわせ》にとじてある。その袱紗をくるくるとひもとけば、菱形におかれた白い裏地の中から、はらりと、朱色の珊瑚の打ち抜き簪《かんざし》がこぼれ出る。

「若かときは髪の多《う》うして、始末に困りよったばってん」

お澄さまは、もう髷《まげ》を結わなくなった銀髪の、それでも鬢《びん》のあたりを、鬢あげ用の長いつの櫛を使って丁寧にふくらませ、後にちょんとまとめあげて切り下げ髪に結っていたが、洗髪の前後にその髪を、肩までおろしているときは、なんだか異様でおそろしかった。

祖母の白髪が、いつもぼうぼうと燃えあがるように逆立っているのを見なれているのに、よそのばばさまというものは、髷をくっつけているか、切り下げかときまっているので、そのように定まった髪の形がわっとくずれて、肩をおおっているのをみると、息をのんでしまうのである。お澄さまはもう鉄漿《おはぐろ》を染めなくなって、前歯がすこし足りないけれども、微笑《ほほえ》めばちいさな白い歯こぼれがして可愛いらしかった。髪が肩まで垂れているときは、フケやら濡れた雫《しずく》をいとうて、必ず黒いラシャの肩かけをつけていたが、それが顔の表情とちぐはぐな感じをあたえているのである。

まだ濡れている銀色の総髪を、そのように垂らしたまんま、椿の絞り粕の香りが立っている脚の高い洗い桶の前から、長い黒っぽい前掛け姿のまんま腰を曲げ、髪もそのつながりのように前に下げて、雫をふりきるように、頭を振り振り和手拭いを当てて上ってきて、鏡台の前に坐りこむ。

おもかさまの洗髪といえば、娘の春乃とはつのが大の難行で、たばごとを口走って心はどこにあるやらわからぬおもかさまを、押したり引いたりして、洗い桶のところへ連れてくるまでが半日仕事である。お湯の温度も充分手加減して、二人がかり、いや孫のわたしと三人がかりで、腰をさすりもろ肌を脱がせ、のちにははつのが、癇癪を起してむりやり頭をうつむかせ、椿の実の煮汁の中に、もう始末のしようもないほどたくれている例の蓬髪《ほうはつ》の先をつけこんでしまう。

白い煮汁の匂いの中に、髪の匂いの人間くささが溶けこんで、おもかさまは、自分の匂いにむせたようにこんこんと咳こみながら、前につんのめり、さしだす両手がしばらく泳いで、洗い桶の縁にゆく。ふたつに折れた躰の奥から、声にならない「はーあっ、はーあっ」というような嗚咽のごときが、湯煙とともにしばらく土間を這う。そのようにしておもかさまが躰をよじるたびに、みるみる垢《あか》の濃い色になってゆく湯の雫が、ぽとぽとっ、ぽとぽとっ、とふりこぼれて来て、わたしの草履《ぞうり》の紅緒が泣き色になってくるのだった。

母なる狂女の肩を抱え、春乃と、はつのの姉妹はかわりばんこに、桶に漬けた髪の、先の方にまわって、額の向きを替えてやりながら洗ってやるのだが、熱さ加減にしたてた椿の実の煎じ汁の中で、うなじの奥から耳朶のうしろから、ぽうっと薔薇色に血がさす地肌があらわれて、

「おもかさま、気分はどげんでござりまっしゅ」

春乃がそういえば、いつのまにかあの、突っ張っていたような撫で肩がほっそりと、われから首をさしいだす形になっている。聞くも胸抉《えぐ》らるる嗚咽の気配がおさまっていて、この姉妹は、おっかさま、という筈の場合にも、おもかさま、とよくいうならいだった。

「おもかさま、気分どげんでござりまっしゅ」

お湯の足《た》し係で、柄杓《ひしゃく》を持って立っているこちらもほっとして、春乃の口まねをして

そのようにいう。

「あい、あい」

おもかさまが二度返事をするときは、孫への専用の返事なのである。拭きあげてやって、ようやく柔らかになった首すじを傾けて、おもかさまが幽《かす》かな含み笑いをしたりすれば、わたしはいそいそ櫛箱をかかえ出し、例の宝ものの、「末広」のあねさまたちからもらい集めた、水色の手絡《てがら》などとりひろげ、まだ乾ききらぬおもかさまの洗い髪によりそって背中にまわる。おもかさまは、うしろ探りに手をまわしてきて、孫の全身を撫でてたしかめ、きげんがよい。

「ほほほ、また、嫁御さんつくりかえ」

「あい、よか嫁御さんの出来なはります」

わたしはぺんぺん草を口にひきくわえ、髪結いの沢元さんきどりで忙しい。沢元さんならまっ白い元結の、ぴんとすじの張ったのを口にくわえて、末広の女郎衆の髪をあげてゆくのだが、わが家用の元結ごよりなど、いつ使ったのやら、かんじんのこのばばさまの気がふれて久しいのだから、わかりようもない。

ばばさまの洗い髪といえば、こうして乾いてゆくあいだの、掌の中のふわふわとした白髪がなつかしい手ざわりなのに、どうしてお澄さまの切り下げの総髪がおそろしいのかわからない。お澄さまの肩に垂らした髪形には、びんつけ油が張ってある。ごわごわとしたその張りぼてのような髪の奥には、わが家《え》に伝わる夢魔が隠れているようで、それは、おもかさまにひっついているという火の性の、荒神さまより正体がわからないのである。

「鶴の飛んどるばえ、みっちん、ほら」

ちいさな綺麗な声で、鏡の前に坐ったお澄さまが、朱い珊瑚の珠のついた打ち抜き簪をかざしてみせる。

「この頃は髪毛《かんげ》の少のうなって早う乾く。丸髷結いよった頃は始末に困りよったばって」

髪が乾いてゆく間にこの老女は、もう丸髷用には使わぬそれを、陽の当る縁側にかざしてみては、柄のところで、まだ濡れている髪をかきあげている。珊瑚の珠の中に、鶴の模様が彫ってあるのが、このひとのかかさまの、わたしにはひいばばさまに当るひとの形見だという。銀主組とか様組の家の本家の孫ぞと云うてきかせられても、わたしには何のことかはわからずに、なんとはなし近所の人たちとはちがう、綺麗なことばを使うばばさまたちが来ると思うくらいであった。三人姉妹のばばさまたちは、それぞれ村の人たちからさまをつけて称《よ》ばれ、松太郎はひとつぶ種の男の子で跡とりだけれども、男親が平民の種だから、男でもさまとは称ばれずに、松太郎どん、と格を下げたように称ぶのに、あそこの家ではおなじはらから生まれらいたきょうだいでも、おなごの位が、総領さまよりゃ格が上じゃげな、われわれとはちがうむずかしか家ばえと、もう孫子の世代になりかけた村のひとびとがいうのも不思議なことにきいていた。

その三人姉妹と松太郎のおっとりしたかかさまなるひとは、鼠が粗相した毒にあたったのが災いして命をおとしたという。ひとつぶ種の松太郎の嫁御にきたおもかさまをとても可愛がっていたが、死にぎわにみんなをよびあつめて、云いおきをした。

「おもかさまにゃ、ややさまの出来申さいたごたるが、みんなして、大切にしてあげ申せな」

この一族のそれが語りぐさで、そのややというのが春乃の兄者で国人という人であった。

「ややさんをば、鼠にども、嚙ますんなえ」

ともいったという。

お澄さまは、リリアンの組み紐を、両の胸あきに飾ったお被布を着るのが好きだった。家の中でもよく着ていたが、ことにねずみ色の地色に、梅と松葉のくずしをこまかく散らした、小紋のお被布がよく似合っていた。人の家を訪うときも、わが家にいるときも、切り下げ髪の首を傾けて、自分の躰の内側からさしのぞくような容子をする。笑う目もとも口もとも柔和そのもので、声もほそぼそと姿に合っている。婆《ばば》さまになっても姉女《あねじょ》は姉らしく、妹はおとなし型のやんちゃで、婆さまのくせにお高さまに甘えているようなのがおかしかった。姉というものを持たないわたしは、

「こっちが、姉しゃま」

などと弟とならべていわれると、たしかに姉という自覚はあるのだが、肩の片っぽが

急にさびしくて、わたしも姉というものがほしかった。

「あねさまが、松太郎どんと成り替っておらいたなれば、一家内《いっけうち》ぜんぶ、このようにまで、落ちぶれ果てはせんじゃったろうて。このよな、庭先もなか、こまんか小屋に住まう身になっては、諸道具の置先もなか」

　庭先がないわけではないのだが、お澄さまは、山水風の古い梅林やら竹藪を持つ庭が、そのままわが家の山に続いているようなそれを云っているらしい。それほどまではなくとも裏にまわればこぢんまりと一反ばかりに、春菊やそら豆や、しゃくし菜やえんどう豆、葱を植えこむ菜園と、仏さまに供えるくらいの四季の花々が、きれめなく植えこまれていた。

　松太郎の一人息子で、夭折してしまった国人が、人いちばいのハイカラで、天草でも昭和三十年代に入って一般家庭の食卓にのぼるようになったセロリやパセリ、チシャ、アスパラガス、サフランなどを、大正の中頃にはもうとり寄せて、西洋種の花々とともに一族につくらせ、肉料理のとりあわせにしていたが、姉妹たちの系は、なんとも知れん薬臭か野菜ぞ、と西洋野菜を嫌がり、罌粟《けし》だの矢車草だの、アネモネなどを上手につくっていた。

　二十九歳になったばかりで死んでしまったこの若者には、松太郎の放蕩ぶりを見るにつけても、一族ぜんぶがのぞみをかけていたから、みんなの落胆ぶりは、思い出しひきだしとめどもない。国人殿《どん》が生きていれば、という繰り言は、お高さまが松太郎殿《どん》と成り替っておらいたなれば、ということとかわりばんこに、この一族の胸にある思いだった。その国人の形見のような西洋野菜や花の種が、すっかり雑草にまぎれながら野草化しているのをひき抜くと、セロリなどは、かえって青々と丈夫に野生化して、あの高い香りをそこら一面に放っていた。花の時季といっても、目立たない、人参の花によく似た花だけれども、その時季になると、畠のそばを通るひとびとを立ちどまらせてしまうのである。

「ここの畠のにきを通れば、何か、漢方薬のような、香りの高いものが植えてある」

首をめぐらせてそう問いかけられると、春乃たちは、かねては、忘れ勝ちの国人の形見が、そのような草の種になって、花になって、生き続けておったかとおもい当るのである。

「ほんなこて、国人兄しゃまが生きておらいたなればよかったて」

おもかさまにとって、国人の死は、うしなわれた彼女の生の大部分だったにちがいない。この狂女は、生き仏さまだったとみながいう息子を持っていたことを、まるまる忘れはててしまったのか、死ぬまで続いた永い彷徨の間にも、ひとこととて口ばしらなかった。

お澄さまは、兄の松太郎の水俣ずまいにうながされる形で、家産のなくなった天草を出て来た。まだ注文洋服など、町長さんや議員さん、官員さんや旦那衆や校長先生方しか作らなかったこの町で、息子のひとりがはしりのような仕立屋をいとなんだり、梅戸港から天草に通いはじめた船の船長をしていたから、栄町の筋の、末広の四軒ばかり先にかまえた仕立屋のその裏に隠居所を持っていた。

このばばさまが「わが一家《いっけ》内《うち》」というときには、本家に当たる松太郎直系のわたしの家というより、当然のことながら、もっと切実に前世代の自分たち親きょうだいという意味になっていた。松太郎のじきの妹なので、親からもらう筈の財産のわけまえもあったろうに、実害をもろに受けて、一代限りでのすさまじいその落魄《らくはく》が、いくらおっとりしていても恨めしかったのであろう。

いかにもこのばばさまらしいちんまりとした桐の箪笥や、箱火鉢や、象嵌のはめこみがほの青く浮き出た茶箪笥を持っていた。その小ひき出しの中に、小倉や若松あたりに出ている子どもたちから、しょっちゅうとどけられる乾菓子や饅頭類をしまっていて、うれしそうにとり出しては、仏さまに供えるときの懐紙にのせてくるんでくれる。幼い者にはこぼしやすいとみえて、饅頭とひき替えに、みっちんが家《え》の松太郎さまにも、おもかさまにも、因果がつきんわえ、という風に、こぼしはじめるのであった。

――みっちんにゃ魂の入っとるようなれば、語っておいても語り損にはならぬじゃろう。本家《もとえ》というのに、おまい方の男種は、育ちの悪かばえ。松太郎さまは、多肝《うぎも》の底の知れんというばっかり。御先祖さまの財産の底も見えんにゃ夢仕事ばっかりしかけて歩いて、とうとう一家内ぜんぶ、とめくりのとれんごつなしてしまわいたにゃあ。

能勢弁護士さんの熊本から来て下さいて、下請けの衆たちや仕入れ先の店々には、砂糖屋旅館に一統づれ集まってもろて、島崎楼から取り立ててもろて、こんたびの湯《ゆ》ノ児《こ》温泉の拓《ひら》き事業は、えらい残念なことになり申したちゅうて、松太郎さまに替っていうて下さいたげな。せっかく皆さん方が、吉田さんに加勢してくれて誠意をつくして、仕事して下さいたけれども、事業先を間違われたようじゃった。この仕事で吉田さんは一厘のもうけもわがふところには入れてはおんなはらん。家産の全部を投げ出して、皆さま方には斯《か》く斯くの払い分を、見通しのできるように、わけへだてなく、払うてしまわれます。こういう処理のほどこしようは、弁護士をしとってもはじめてで、お気の毒でなりまっせん。これが吉田さんの最後のお仕事になられまっしょ。皆さまの取り分が、約束の分より少のうなりましたが、そのうちわけは、斯く斯くのとおり、吉田さんの出し前はあっても、取り分は一厘もなかことで、理解してもらいますよう、かようの次第でありますから、なにぶんともよろしく、と、松太郎さまに替ってことをわけ、財産の処分のいちいちを値段までいうて下さいて、その衆たちに謝って下さいたげな。

なあに、あの松太郎というひとは、山のひとつがいくらの値打ちじゃいよ、米がいくらか、魚がいくらか、酒の樽がいくらか、妹のわたしも夢女《ゆめじょ》ばってん、あのわれは、まあだ上の夢助ばえ。

　そしたらその衆たちが、いやいや吉田さんが仕事を再開されれば、いつでもまた使うて下さいといわいたげな。気の毒でならんわいな。仕事をしたい人たちに夢助仕事を当てごうて。ひと粒種で親さまが、ただただ大事にされて、金銭のことを男はいうなちゅうて育てられて。世間のことはなんにも知らんにゃ、すごさいた。世間の大波は、おもかさまと、みっちん家の父《とと》さまにぜんぶ打ちかぶせて。大矢野石がどうの、宝川内《ほうがわち》石がどうの、筑前石や肥前の石がどうの、仏さまの彫刻がどうのというたところで、もう夢もさめたろかにゃ。ただの小原庄助さんじゃったわな。

おもかさまもあのようになってしまわいて、小《こ》うまかおまい方が、可哀そうでならんばえ。本家の孫嬢さまでおってよかったて。

小うまか手で神経殿《どん》のお守りして、後追うて漂浪《され》いて。夜の夜中も雪降りも、雨の降りもなあ。わたしゃ蔭ながら泣きよるばえ。兄者《あんじゃ》の本柱《ほんばしら》が、うどの大木なばっかりに。その大木に虫までひっついてしもうて。あの権妻どんにゃ、いんま罰の当るけん見ておりませな。

このよなときにあの、国人殿《どん》さえ生きておらい申せばよかったなるばって。あのまれさえ生きておらいたなら、おもかさまも、あのようにまで、ならずにすまいたろうに。

みっちんな、国人殿のことは覚えとるかえ？　覚えちゃおらん？　名前は知っとるわな。そうそう、春乃の兄者、おまいさまには伯父御に当るお人ばえ。

ちょうどおまいがつかまり立ちして歩きはじめたころ、死ないたわえ。どうしておまい方の家じゃ、男種は、育たんとじゃろうか。

国人殿の人間の上等さちゅうものは、松太郎さまがなんでも上等好きで、諸国から、酒に肉にお茶に衣類から、事業の材料から、石から舟から、絵筆からとり寄せて、集め申さいたが、ひと粒種の国人殿《どん》に勝るものは無かった筈ばえ。あれは、仏心ばかりの人間で、精神が飛びきり良かった。並の頭じゃなかった。そういう人間なれば、並の躰にゃ宿らぬ魂じゃったろう。躰が弱すぎて、二十九で、嫁御ももらわんうち、はっててしまわいた。心臓病で。おもかさまのことを心配しいしい。

おまいが、障子につかまり立ちして歩く頃、国人殿は躰の弱かったけん、いつでも家の中におって、本読みが仕事で、それで、おなごの仕事をひきうけて、わしにも、たまには仕事させて下はるちゅうて、障子張りをひきうけてな、おまいさまを、それは可愛いがっておらい申したけん、その国人殿が男の手で障子を張ってゆかるのに、つかまり立ちして、片っぱしから穴あけてゆく。

国人殿は目を細うして、刷毛を片手に、糊鍋をあっちゃりこっちゃり、そういうおまいさまを眺めておってな、みっちんや、みっちんや、わしがせっかく思い立って、めったにせんことをやりよるけん、今日一日だけでよかけん、破ってはくれまいぞちゅうて、破らせて喜んでおらいたが、死なる前のことで、目にすがっとる。よか男種は、どうしたものか、おまいがたには育たんわえ。あのまれさえ生きておられれば、おまいがたはおろか、親類縁家中、どれほど力強かったか。

考ゆれば考ゆるほどに、惜しいことをした。これほどの人うしないはなかったばえ。人ひとり死なんばならんなら、松太郎さまが、替って死ない申せばよかったなるばって――

このようにくり返される話の相手は、まだ四つ五つのわたしひとりであるときもあり、天草から高女《たかじょ》が来て、この姉妹の一族が寄り集るときの話でもあった。

母に発狂され、兄には死なれ、父は権妻さまと別暮らし、事業の失敗のしわよせは、ことごとく所帯なれせぬ春乃の家に押し寄せてくる。肉親の相談相手が、春乃、はつの姉妹には切実にほしかったろう。若死したという「国人兄しゃま」のことは、朝に晩に、家の中でも外でも兄恋しさで話された。あんまりしかし、「並はずれて人間が上等だった」とくり返されると、亀太郎は、くらべられているようで、こんぐらがっているこの家系の始末を、実質そのやせ肩の一身にひきうけているのだけれど、そこは意地者だから口には出さず、女たちのぐち話が出はじめると、黙って囲炉裏の熾《おき》の上に、ちょかの燗瓶をひきすえて、飲みはじめるのである。

お澄さまは、わたしが産まれたとき姉の高女と替って介抱に来たが、妹の方も、肉食を忌み嫌って新時代のものたちを手こずらせた。

わたしはこの近所に住まっている大叔母さまの、茶簞笥のひき出しにしまってある、みやこからの到来物に嗅覚をうごかしていて、春乃がつくって持たせる白和《しらあ》えなどを喜んで持って行ったりして、このばばさまの世界にずいぶんはいりこみ、人間模様の奥深さに思いをいたしていたことになる。けれどもただひとつ、お澄さまのもとで話される共通の話題のうちに、自分の心がなじまぬことがあり、かつて味わったことのないとまどいをおぼえはじめていた。それは、一度も逢ったことのない、澄子、という名の、どうやらわたしとおないどしくらいの、お澄さまの孫についての話題であった。

その子は、祖母の名前をもらっただけあって、お澄さまにとてもよく似ていて、たいそう美しい子だということであった。よほどに美しいらしく、小倉にいるというその子の家には、天草の親類たちもよく行くらしいのだが、まるで、小倉からの唯一のみやげ話のように、必ずこの子の話が「花んごつ美しか」という形容で出るのであった。思えばこのときはじめて、人間には顔の美醜というものがあって、衆目のみとめる基準というものがあるらしい、ということをわたしは知った。

花というものはなるほど美しいが、末広の妓たちが女郎ぶりの晴れ姿などは、「花」というようなわけにはゆくまいと思われる。おいらんになって道中してみた気持には、紅白粉《べにおしろい》を塗りつけてみたい不思議もあったけれど、夜あけごろになると、どろりと茶褐色の息を吐いて、

「よか夢ども見ゆう！」

といってねむる淫売たちの、そのよか夢に、わたしの吐く息もうちまじってゆく気配がしていたからである。

澄子という子を見たものたちは一様に目をほそめ、自分らの憧憬に出遭ったような、甘美な顔つきになってそのことを話す。「花んごつ美しか」と、共通の形容で話す。同じ話題の中にはいりたかったが、その子を見たことがない。なぜか澄子という名が出るとさびしいのである。わたしは自分が一度も、「花んごつ美しか子」といわれたことが

ないのに気がついた。

（……茅でひっかいたような目えして、笑えば、みぞか子――みちこが目えは、吊ーり目、くるくるまわせば、猫《ねーこ》ん目……）

わたしは、客観と主観とを持って、自己認識をしはじめているようであった。それは悲哀のふかい認識だった。

その子の話が出るとお澄さまの例の目元に、つねよりはいっそうまぶしげな紅がさしてくる。そのような顔をふり仰いでいると、自分の居場所というものが急に暗転して、みんなのいる場所と切断され、みるみる遠い彼方に、お澄さまとその孫たちの、わたしの知らない世界が浮上して見える。

人と人との間には、運命とか、宿命の裂け目のようなものがおのずからあり、あるときには互いに絡まったりより添ったりするけれども、いまみえはじめている裂け目の、一方の端に、自分はひとり腰かけていて、彼方の方へわかれて消える他の運命を、闇をへだてて見つめている。

「花のように美しか子」と、みんながほそぼそとしたまなこになっていう、その子のいる方角は、たぶん、みやことという方角のように思われる。いつもなら、どのような大人たちの会話にも、ひとことふたこと這入りこんでつとめるのだが、えしれぬおそれのごときを、わたしはそのとき味わっていた。おもかさまから、終生離れぬという荒神さまのごときものが、それはわたしの知りえぬ異界の神だけれど、そんな未見の神が、美しいというその子に、ひっつきはしまいか、とわたしはおもっていた。それとともに、荒神さまの同族がこのわたしにもきて、いやもうすでに、そんな魔神の子どもがとりつきに来て、自分の中で育っているのではあるまいか。

わが魂の内側をじっとさしのぞいていればおそろしい。自分というものは、なんという苦しみのかたまりで、不安な存在であることか。自分の魂が、並にはずれて心もとなく、ゆく先がないということに思い当る。なにかと辛い大人たちに、つとめと心得えて、子どものふりをすればするほど、胸の中の悲哀は深くわだかまる。

「おなごというものは、生まれながらにして三界に家なし」と亀太郎もいい、お坊さまもいう。このさびしさは、なるほど三界に家なき謂われであろうと納得しても、なおかつ途方にくれるのである。

「みっちんや、小母さんな、今日は悲しか。悲しかけん、焼酎呑んだ。小母さんに笑うてみせろ、よか顔ばしてみせろ」

末広の弟の後藤さんの女房の、飲食店をやっている安乃小母さんが、塩せんべいをひらひら振ってみせ、はつのの背にいる赤子のわたしを、焼酎くさい息を吹きかけてさしのぞく。

「ほら、笑え。ほら、笑うてみせろ、みっちん。こん子はもう、もののわかっとるばえ。笑えといえば、笑うてみするがにゃ。笑え、ほら。笑わせて見するぞ、小母さんが。ほら、ヒョットコして見するけん」

赤子にむかってけんめいに、ヒョットコ顔をして見せる小母さんの、「今日は悲しか」という心が、すうっと赤子に伝わって、わたしは赤子相応の努力をして、笑いたくなくとも笑ってみせる。赤子にも、すでにこの世のつとめというものがあり、それは、はるかな大人になってゆく劫の、第一歩であったろう。

今でも、赤子にむかってものいおうとすれば、その眸の奥から逆にさしのぞかれてうろたえて、笑えなどとはよういえぬ。ふいの出遭いは、それが赤子であればなおさらにまぶしすぎる。わたしは自分の感覚が過剰であることに当惑していた。好きな神さまを、自分から選んで来てもらうわけにはゆかなかった。

栄町の通りの裏側の田んぼにも、猿郷の丘の段々畠にも、お澄さまの裏の畠にも、まだ穂の出ない麦のあいだに、蚕豆《そらまめ》の花がいっせいに咲き出していた。桜のまわりより、菜の花畠や蚕豆畠の花の上で、紋白蝶の乱舞がはげしくなる。花の下にもぐりこんでゆくと、いかにも、葉緑素を分厚くたくわえていそうな、菜種や蚕豆の葉の裏にびっしりと、孵《かえ》ったばかりの青虫の子が重なりあっていて、組んずほぐれつ、うごめいているのだった。そのような花畠の上に、柔らかい風に乗ったサーカスのジンタがとどいてくる。

空にさえずる鳥の声
峰より落つる滝の音

大波小波とうとうと
ひびき絶えせぬ……

去年の出水どきには海になっていた畦の上にかがみこんで、こういうときには、年相応にうら若いはつのが、柄つきの大きな竹の笊《ざる》の中に、ひらり、ひらりと蓬《よもぎ》の若芽を摘んでは入れ、摘んでは入れして口ずさむ。わたしも摘んで入れて、つけてうたう。

「あのサーカスの音楽は、天然の美、ちゅう音楽ぞ」

永代橋の方角からもの憂く流れてくる「美しき天然」は、先隣りの末広でかき鳴らす三味線とも、栄町の通りを、幟《のぼ》り旗を先頭に振り立ててゆく活動大写真の楽隊の太鼓とも、ことなるものだった。この町では、見たことも聴いたこともなかったトランペット風の大きな管楽器と、シンバルの交じりあった音色のせいでもあったろうが、それだけではもちろんなかった。

あの楽隊を鳴らす人たちはどこから来た人たちなのか、皆目わからない。さらわれて来ているのだと、サーカス小屋の前に集って来るひとびとは云っていた。女の子たちも一寸法師も、売られて来ているというのだ。

溶け出してしまいそうな柔らかい空の下を、哀泣するかのようなその音色が、晩春の光に絡《から》もうとしてはすべり落ち、すべり落ちして家並のあいだを抜け、青麦のあいだを越え、菜の花畠の上を越えて、「美しき天然」のふしで、ぷうわ、ぷうわ、ぷうわっわ、

ぷうわっわ、と波のようにゆっくりやってくる。芹《せり》の光る畦の上にやってくる。心の琴線に降りて来て、その音色がふいに絡みつく。

末広の前の通りを花魁《おいらん》道中するときに、うなじの奥にさし入ってきて、われにもあらず背中がなよなよした微風の化身が「美しき天然」になって、心のいちばんさびしいところに絡まってくる。もひとりのわたしが、ふっと旅立ってゆくような音色である。そのような、いま往ってしまうわたしの気配が、背中でした。

経めぐってゆく歳月のようなものをやりすごそうとして、わたしは蓬の芽を摘んで笊に入れながら、小声で、叔母の声につけてうたう。……空にさえずる鳥の声……。サーカスの音楽がときどきふっと途絶えると、蓬の若い芳香が、ぽっちりと緑色の汁を浮かせる摘み目と爪の先から匂い立つ。桃の節句は過ぎているけれど、蓬は弟のための、五月の節句のお団子にも使うのである。

「ほう、摘んだ摘んだ。みちこが加勢してくれたけん、うんと摘んだ。色のよか蓬団子の出来るばい。一《はじめ》の節句に。

嚙み絞るごつ蓬入れて、蓬団子つくろ。国人兄者が、好きじゃったがねえ。蓬団子の好きじゃったが。

まちっと水のぬるうなってから菖蒲《しょうぶ》の葉取りにゆこ。そこの先の流れ川に。一が節句の来るけんねえ。一は弱かけん、菖蒲の鉢巻しめてやって、菖蒲湯立てて入れてやろうぞねえ」

はつのは、帰ろか、というように笊を小脇にとりあげて立ちあがり、きげんのよい鼻声で、峰より落つる滝の音と、あとは口のうちにくぐもらせながら細い畦を伝って溝にくると、よいっしょっとかけ声をかけて飛んで、わたしのことを思い出し、笊を下ろして両手をのばしてくる。

「ほら、つっこくるなえ」

その春の終りから夏にかけて、わたしは花魁道中をやめたかわりに、サーカスの実演に熱中した。母と叔母が猿郷《さるごう》の畠にゆく留守を狙って、傘まわしと、綱渡りと、ブランコ乗りの稽古をはじめたのである。もっとも上達したのは、叔母や父の兵児帯《へこおび》をつなぎ合わせて梁にひっかけてつくるブランコに、膝だけで逆さにぶら下がることであった。サーカスの実演の練習は、家の中で出来たので人目につかず、かなりの間、家の者にも知れずに済んだ。ひとつひとつの「出し物」もさることながら、なによりやって見たかったのは、サーカスの女の子たちのまがまがしい異装である。

心もち上向きの鼻に、筋を立ててひいた白粉。ちょんと塗った唇と目尻の臙脂《えんじ》。短いおかっぱの先に鏝《こて》をかけて巻き毛にして、ピンク色のリボンが横っちょに結んであった。そういう異装をやってみたかった。

化粧は、末広のあねさまたち直伝で、叔母の鏡台をひき出せばなんでも揃う。髪の具ならば、やはり末広流れの宝物があって、サーカスの子のリボンよりも色どりあでやかな、水色や赤い鹿の子《かこ》絞りの手絡がある。刺繡入りの半衿もヘアバンドに早替りした。

いちばん憧れて再現したかったのは、腰の上に、サーカスの女の子たちが巻いていた、ひれともいうべきしろものであったが、これとて、はつのの帯上げや、紐解《ひもと》きのときの緋色の金紗の垂れ帯を使用すれば、立派なものになったのである。かのサーカス娘の肉《にく》襦袢《じゅばん》には及ぶべくもないが、松太郎とおきやさまの娘、すなわち異母叔母の光子が、大阪から買い求めてきてくれた、萌黄《もえぎ》色の富士絹やら、モスリンの花模様アッパッパと対の、フリルつき下ばきとがあって、装束はすべてととのい、われながらエキゾチックに変身して、さすらいのサーカス娘が出来上る。

　まず最初に、すぐにも出来るだろうとたかをくくって稽古しだしたのが、仰向けに寝て両足をさしあげ、足の先にてまわす花車すなわち、傘の芸で、これが思わぬ至難のわざであった。家の戸という戸は全部しめきって、突っ張り棒をかっておいてはじめるので、むし暑いのだが、足の先にのっけてくるくるまわす筈の日傘や雨傘を、お仏壇の前や囲炉裏の方角にけとばしてしまい、仏さまや囲炉裏の神さまに謝りを申しあげてやり直す。

　どういうものかこの技だけは一向に上達せず、あきらめてとうとう両手をもち出して、くるくると右や左にまわしてみると、面白いようによく廻って、花車が出来た。

　手というものの働きについて、あらためて感じ入り、熱中しすぎて、はつのの大切のよそゆき日傘を、二本も、髪で云えば元結に当るところから外してしまい、〝ちんぐゎらり〟にしてしまった。夏の盛りの日傘の時期がきて、この一件は、露見することになる。

綱渡りの方は、柱から柱に兵児帯をかけ渡し、こちらの方はやや上達して、四、五歩ぐらいはゆらゆらと渡ることが出来た。片足をさしのばし、片膝で坐るところまでゆこうとしたのだが、鼻の先から畳の上にひっくり返り、見物していた小猫のミイを、ぎゃあ、といわせてしまったが、近所の悪童連中をお客に呼んで見てもらったら、「上手じゃあ！」と感心してくれる。なかでも、どうしてそれが稽古もせずに最初から出来たのか、いぶかしいのだが、ブランコ乗りだったのである。

これの仕かけはおおごとで、ひとりでつくるのはむずかしく、どうしても助手がいる。ブランコには逆さにぶらさがるのだから、綱渡りより高い梁にかける作業がいり、いよいよそれに乗ったら、足つぎの台をのけてくれる者がいなければ出来ないのである。

はーいっ
高い山から谷底みれば
瓜や　なすびの
花ざかり
はーいっ

などと、サーカスの親方の口まねをして、逆さになって手を放したら、両の膝の関節は、おのずからブランコの兵児帯につかまっていて、見物衆の顔が、頭の下を行ったり来たりする。腰に結んだ緋色の金紗も、髪といっしょに逆さに揺れて、三べんばかり、目ばかりになっているみんなの顔の上を、すれすれに行き来したら、息を呑んであいていたみんなの口から、どっと嘆声があがる。

「はーいっ、瓜やなすびの花盛り、はーいっ」

そのまま、ぐっと躰を反《そ》らして両手をのばし、ひと気合入れると、難なく膝の裏側にはさんだ兵児帯に手もとどき、くるりっと起きあがることが出来たのである。それからというものは、ブランコ乗りの志願者があらわれて、扮装道具はおおいに活用されたのだが、実技の方はいろいろ試みてみたけれど、どういうものか、わたしにだけ出来た。

ちいさな同志のお客たちがしばらく増え続けたが、わたしはもう倦《あ》いていた。またみちこが、なんかやりだしおるばい。小《こ》うまんかお客さんたちの、いっぱい出たり這入ったりしおらすげな、と母がはつのにいうのを聞いた。もう、サーカスはおしまい、今日でおしまい、とわたしはお客さんたちに云った。揺れ方だけはずいぶん上手になって、髪の下の逆さの谷底が大きく揺れながら、耳鳴りのような、とんとんからり、とんとんからりという音が聞えてくる。それはおもかさまの機織《はたお》りの音だった。

まだねむっている栄町の往還道を、わたしが先になり、おもかさまの杖をそろそろと曳いてゆく。女籠荷《めご》いの小母さんたちも通った気配なく、川の流れるようなあかつきの空気が、流れてくる。

「稲の花のむんむんするなあ、おもかさま」

そこからもう、洗濯川の蓮田んぼへ折れる道である。わたしは振りかえろうとして、

「あいたた!」と、一本立ちしてよろめいた。

「どがんしたかえ」

芯の熱い掌が肩を撫でて来て、わたしはおもかさまの腰につかまった。ずっきんと、脳天にひびくほど、あしのうらの真ん中に、尖った石を踏み立てて声も出ぬ。足元はまだ暗くてよく見えない。

「どがんしたかえ」

「痛かぁ、足の。石のあったもん」

「なして草履ば、履いて来ん」

「おもかさまの、はだしじゃもん」

「履きにもどろ」

「いや」

「いうことききかんば、かなしかばえ」

えへん、えへん、とおもかさまはしわぶいた。柳の風のようなものが、おもかさまの胸にさあっと吹きおろすのがわかった。

「おもかさまは、なして、いつもはだし?」

狂女は沈んだような空咳きをして、ひとりごとをいう。

「……広崎浦から、逃げてゆかんばならん……」

「ひろさき浦はどこ?」

「てらてら照りの、外《と》ノ崎《さき》ばえ」

「?」

そしてまた、川のようなあかつきの風が、わたしたちの躰をつつんで流れてゆく。

おもかさまは、杖の先をまたわたしにあずけ、片手を浮かすようにしながら、道のわきの稲穂に、ときどきその手をそえるような、愛撫するようなしぐさをするのだった。

「よろう、そろう、畦に乗んなはりえ」

「あい」

「畦ば踏み壊やすなや、百姓ん衆《し》の難儀じゃけん」

「あい」

「よか稲なあ……香りのよか」

おもかさまの返事の真似をして、わたしはあい、あい、と答える。

花穂どきの畦はまだ水を落さず、草も土もなめらかにぽってりと、足のうらでわたしは立っていた。水の面にむけても爪立つように、ひとあしひとあし、わたしたちはつながって畦の上をゆく。

「くちなわ殿《どん》のおらい申《も》すかもしれんけん、杖の先で、ことわけいいて行かんば」

「あい……。いまから蓮の花ば拝みにゆき申すけん、ここば、通らせてくださりまっせ」

なんだかたのしそうに、おもかさまが微笑《わら》った。そのばばさまの蓬髪が、影絵のように浮き出して見えはじめ、かなたに、あけの明星がきらきらする。

「もう来た。蓮田んぼぞ」

風の気配が変化して、重たい霧のたゆたっているような、青い匂いにつつまれる。昼間は見なれている広い丸い蓬の葉の、重なりあってゆれている香りが、稲の香りと、そこらでうちまざっている。

杖をかかえてかがみこみ、夜明けの空を嗅ぐように、おもかさまが頬を傾けると、目鼻が幽《かす》かに浮き出して、常暗《とこやみ》の菩薩のような顔がそこにあった。

芳香のある風が山脈《やまなみ》の彼方から、陽《ひい》さまのまだ出ぬ彼方から渡って来る。霧の漂うような花穂を浮かせている稲田の上を渡りながら、目の前の蓮田の中に吹き入ってくるのだった。なよなよと揺れ立って並んでいる蓮の茎の、まだほの暗い根元の水面が、瑠璃色の茜空《あかね》を沈めていて、その水面に、ちりちりとふるえるような風の足が散る。そのような風足のつづきのように、おもかさまがささやいた。

「蓮の蕾のひらくばえ」

風がやんだ。

名残りの風にゆらめいている茎のかげに、なかばは隠れて合掌したような花弁のさきの、あるかなきかの紅《くれない》が、みじろぐようにはらりとひらきかけた。

まだ暁闇の中である。わたしはおもかさまに寄りそっていた。

「もうじき、七夕さまじゃあ」

稲の花穂の香りのうずきのようなものが、わたしの胸にもひろがってゆく。それはたぶん、最初の詩想のようなものかもしれなかった。

外《と》ん崎《さき》の　浦ゆきゃ
昼と晩とを　さかさまに
おもかさま女《じょ》が機織りなさる
とんとんからり　とんとんからり
夢魔も瑠璃色　菜の花ざかり
桃の節句の酔い盛り
きつね飛び　飛び
巻貝《びな》は木に登る
蟹《がね》は　家《え》なおり
あめ鳥ゃ　お葬式
イルカ魚ども　陽いさまとあそぶ
節句やすみにはたらく　ふゆじ

ふゆじならねど　地獄の鬼さえ
釜焚きやすむそのときも
外ん崎もか女《じょ》は　機織りなさる
三千世界のそのまた外の
昼とも夜ともわからぬ　劫の
闇の底なる雪ふりに　糸くり出して
とんとんからり　とんとんからり
してそのくり出す糸とかや
前世の黒髪　とりつむぎ
なんの錦か織りあがる
錦か　つづれか　知らねども
この世の無常ぞ　織りあがる

おもか機織りゃ　赤子は餓死《ひじ》に
赤子御正忌に　ご仏飯炊けど
生年没年　見さかいなくば
なんの供養ぞ　身の供養

おもかめくらの気ちがい姿《ぶり》よ
ひとにうとまれ　石くわせられ
この世の果てをゆきなずみ
道の石さえ、いわれを持つに
なんのいわれか　ひがん花
とんとんからから　からから　から

おもか　くり出す前世の糸も
むかし絶えはて　めくらの手つき
おさんぎつねがするばかり
外ん崎まわれば　この世になくて
あの世の間《あい》の　つるべ井戸
春風吹けば　とんとん　からから
機織る真似の音のする
から　から　からから　からからから
ここの河原も　春とかや
椿　落ちよるときの夢
きつね　生きよるときのまね

あとがき

筑摩書房の「文芸展望」に、創刊号より連載させていただきましたものを、このような形で上梓の運びとなりました。

一九七三年春の号からまる三ケ年間、季刊のこの雑誌に連載の間じゅう、担当して下さった柏原成光氏の、大人の風にゆるされて、遅筆のくせして幾たびも締切日をうち忘れ、氏をはじめ原田奈翁雄氏や筑摩の方々を、驚きあきれさせたことであろうと、かの長距離電話の数々を今さらに恐縮し、懐しくありがたく思い出すことです。

その後えんえんと書き直して、このようなものにしかなりませんでしたが、辛抱づよくお待ち下さり、ご助言をいただきました朝日新聞社出版局図書編集室の宇佐美承、赤藤了勇、熊本の「暗河」の渡辺京二のみなさまに、心からお礼を申しあげたいと思います。

連載中、瀬戸内晴美氏の出家のことがあり、私の生涯にとって、意味の深い出来事になりました。

さらに脱稿間近には、高群逸枝さんの夫君橋本憲三先生のご死去をお見送りせねばなりませんでした。出発作の「苦海浄土」のある部分は、この御夫妻の「森の家」で書かせていただいたものでした。御臨終前の幾週間、毎日、「椿の海は、どのくらい進みましたか、見せて下さい」と朱書だらけのものを仰臥されたままご覧になり、微笑されていました。いま少し、生きていて下さったらよかったのにと思います。いろいろな方々に助けられて生きている不思議を思います。

ことばにうつし替えられないものは心にたまるばかり、わが胸に湧いて動かぬ黒い湖の底から、この一冊を送り出してしまうことになりました。

一九七六年十月十七日　東京の友人宅にて

石牟礼道子

河出文庫版あとがき

小学校に入ったら綴り方という時間があった。今で言えば作文のことである。見たり聞いたりしたことを文章に綴っていくと、もう一人の私が鮮やかにそこに立ち上がる。それがおもしろくて授業の終りの鐘が鳴っても書き続けていた。

「もう終ったよ」

そう先生から言われたことが何度もあった。

いちばん書きたかったことは大人たちの会話だった。私のものごころつき始めは何歳だったろうか。近所のおばさんが私の家に集まって、先隣りの女郎屋「末広」に、天草から売られてきた娘たち、すなわち「淫売」たちや、その場にいない人たちの悪口だった。おばさんたちはそこに子どもがいることを意に介さない。心の中で、何とひどいことを言う人たちだろうと私は思っている。思っているけれども努めて子どものふりをして、お煎餅などを貰いながら克明におばさんたちの悪口を聞きとっているのだが、その悪口の意味をわかっているということを見破られまいという意識が伴っていた。そのような体験の集大成が『椿の海の記』である。大人の話をそのように聞いて育って、世の中というものを知ってゆくのだが、大人になってからの人間関係は、全部幼児体験に裏打ちされていた。そばに子どもがいたら、話題には注意しなければならないと思う。

一寸の虫にも五分の魂があるというけれど、五分どころか八分ぐらいは持っている虫もいるのではなかろうか。いま久しぶりに再読してみて、われながらよく聴いていたものだ。あのおばさんはなつかしい、あのおばさんはいまでも嫌いと、亡き人びとのことを思い出す。

おばさんたちが帰られると、母が眉をひそめ、小さな声で溜め息を洩らした。「あの人の話はいつもどけだっかねえ。あのようにいうてはならん」。どけだっかというのは、毒猛々《たけだけ》しいという意味である。

さて、この度の文庫は筑摩書房刊『文芸展望』に、柏原成光氏と原田奈翁雄氏のご好意で連載されたものであった。連載中は締め切りのことで散々ご迷惑をかけた。その後、延々と書き直したものを、朝日新聞社の今は亡き角田秀雄氏をはじめ、赤藤了勇氏、宇佐美承氏らが並々ならぬご好意をもって水俣までおいでになり、単行本にして下さった。その後も同社から文庫にしていただき、光栄にも大岡信氏が解説を受けもたれ、実質以上にお心深い文章を賜った。

この度また縁あって、河出書房新社から文庫にしていただく。思わずも長生きしたが、有難い極みである。

二〇一三年二月八日

石牟礼道子

解説——四歳の幼女の世界解釈

池澤夏樹

この本を前にした時に一つ大事なことがある。

ゆっくり読むこと。

今の世の中に流布している本の大半は速く読むことを前提に書かれている。ストーリーを追って、あるいは話題を追ってどんどん読み進めて、なるべく早く最後のページに至る。内容はすぐに忘れて次の本に手を伸ばす。

しかし、これはそういう本ではないのだ。

一行ずつを賞味するように丁寧に読まなければたくさんのものを取りこぼしてしまう。


これは一人の幼女が世界とどう出会い、その世界をどう理解してどう受け入れたか、それを語る本である（と仮定してみよう）。

こんな風に総括してしまうと固い内容のように思われるかもしれないが、話は一つ一つ具体的で、生き生きと眩しく輝いている。網の中で鱗を光らせるたくさんの、いろいろな種類の魚のようだ。

だから数ページでも読んだ者はこの文章とエピソードの魅力に取り憑かれ、先を追って読もうと勇み立つ。そこで自制して、自分に向かって「ゆっくりゆっくり」と声を掛けなければならない。

そうやって読むうちにふと疑問が湧く、これはどういう種類の本なのだろう？　随筆とかエッセーと呼ぶにはあまりに濃密、自伝といったって四歳までの自伝なんてあるだろうか？　だいいちこれは自分の誕生以来の時間を追っての記述ではない。小説かもしれないと考えてみても、登場する人々も土地も実在するらしい。この口調からすればぽんた殺害事件も一《はじめ》くん木に挟まれ事件も実際に起こったことのようだ。フィクションにしては一つずつの素材が充実しすぎている。

時代は昭和の初期、場所は熊本県の水俣。

（いや、あの病気のことは忘れておいた方がいい。これはあれが始まる前のまだ幸福だった水俣の話であり、いわばあの悲劇の前史だ。この幸福感の記憶があったからこそ石牟礼道子は『苦海浄土』を書くことができたのだし、その意味ではこの『椿の海の記』が『苦海浄土』を下支えしているのだ。）

最初の一行は「春の花々があらかた散り敷いてしまうと、大地の深い匂いがむせてくる」。テーマは自然であり、その変化を感受することである。

この時期、この場所に生まれた子供にとって、世界とはまず自然だった。それを受け付ける自分の感官だった。

次に父の声が入ってくる——「やまももの木に登るときゃ、山の神さんに、いただき申しやすちゅうて、ことわって登ろうぞ」という忠告。

これでまたいくつかのことが明らかになる。自然と子供は向き合っているわけではなく、「山の神さん」を介している。子供にはそれを教える父がいる。

このような経路を辿って子供は自分が今まさに育っているこの世界という場を認識し、解釈し、理解する。もちろん幸福な温かい光に照らされながらであって、生まれること、育つこと、日々を生きることはそのまま世界による祝福である。人も虫や獣や草や木も生まれたことが幸福だった。まず最初にこの充足感があって、そこから何かが奪われることによって不幸というものが発生した。しかし、幸いなことにこの子供はまだそれを知らない。

四歳の子供にとっていちばん身近な世界要素は家族だろう。「山の神さん」のことを教えてくれた父は亀太郎、母は春乃、その父である祖父松太郎、その正妻の「神経殿」ことおもかさま、権妻殿のおきやさま、「きりょうよし」の叔母のはつの、祖父の「一番あねさま」のお高さま、大叔母お澄さま……

彼ら相互の関係が子供の目からの記述で次第に明らかになる。一人一人の性格が見えてくる。一言でいえば没落しつつある名家だろうか。松太郎は石を扱うのに巧みな「石方の神様」で、企業家として道普請を請け負う。そこで赤字になったら身銭を切ってでもきちんと仕上げるという、ある意味では非現実的な風に筋を通す人物だったから、山を一つ売り二つ売りして最後は税務署の差し押さえに遭い、一家は「とんとん村」の小さな惨めな家に引っ越すことになる。

みっちんこと道子は大家族の充分すぎる愛を受けて育つけれども、これがなかなか、家の中にじっとしている子ではない。自然の方へ、世間の方へ、どんどん歩いてゆく。この潑剌とした幼い闊歩がすばらしい。はじけるような好奇心と自ら世界に参加しようという意欲。それが四歳という時期なのだろう。いや、この子は少し早すぎるかもしれない。なにしろ幼い身で「赤いネルの腰巻きと、梅の花の柄をしたモスリンのちゃんちゃんこを風呂敷に包みこ」んで、「末広に、いんばいになりにゆく」と母親に向かって宣言するのだから。

このエピソードに納得するにはこの時代のこの規模の町における娼家の位置を知っておかなければならない。「末広」は公認され、一つの生業として町並みの中で一定の地位を得ていた。

しかし現実にはその受け止めかたには人によって微妙な色合いの差がある——

どのようなひとことであろうとも、云う人間が籠めて吐く想い入れというものがある。父が「淫売」というとき、母がいうとき、土方の兄《あほ》たちがいうとき、豆腐屋の小母さん、末広の前の家の小母さんがいうとき、こんにゃく屋の小母さんがいうとき、全部、ちがう「淫売」なのだ。

子供はこの違いをきちんと聞き分けている。つまり子供なりに世間が一様でないことに気づいている。彼女自身が末広の綺麗なあねさまたちを慕って憧れているから、それを判断の基準点として偏見の深さを計測する——

　淫売という言葉を吐くときの想い入れによって、自分を表白してしまう大人たちへの好ききらいを、わたしは心にきめだしていた。

淫売だけでなく、地位に上下の差のある共同体のいくつもの尺度を子供は読んでいて、例えば狂ったおもかさまに向けて飛んでくる石の痛みの意味をこの孫は理解している。癩病やみの徳松殿への官憲の非情なふるまいと町の人たちの同情を正確に感得している。更に自分たちが不運な没落を遂げたことでこの地位の差を身をもって体験している。それが後に水俣病の患者たちへの無限の共感の土台になったのだろうか。

　このあたりがみっちんと人間界の最も濃厚な交渉の領域だが、しかし世界は人間たちの交わる場だけから成っているわけではない。

　むしろその外への方が彼女の感覚は鋭敏なのだ。なにしろ秋の磯茱萸の林で「こん」と啼いて仔狐になったつもりになれる子である。野菊を千切って頭にふりかけ、「自分がちゃんと白狐の仔になっているかどうか。それから更に人間の子に化身しているかどうか」を確かめるのだ。

やまももをきっかけに父から山の神さんのことを教えられる以前から、この子は山にも里にも海にもなにかが在《い》ますことを知っていた。大廻《うまわ》りの塘《とも》には「いろいろおらすとばい」という年寄りたちの言葉を疑わずに受け入れることができた。

だから「この世の成り立ちを紡いでいるものの気配を、春になるといつもわたしは感じていた」と言う。それは一般に「造物主とか、神とか天帝とか、妖精のようなもの」とか呼ばれると後に知ったが、その頃は「非常に年をとってはいるが、生ま生ましい楽天的なおじいさんの妖精のようなもの」として受け取っていた。春の日射しの中で子供と「いのちの精」は隠れんぼをする。

そこのところをもっと原理的に説明すればこういうことになる――

ものをいいえぬ赤んぼの世界は、自分自身の形成がまだととのわぬゆえ、かえって世界というものの整わぬずうっと前の、ほのぐらい生命界と吸引しあっているのかもしれなかった。ものごころつくということは、そういう五官のはたらきが、外界に向いて開いてゆく過程をもいうのだろうけれども、人間というものになりつつある自分を意識するころになると、きっともうそういう根源の深い世界から、はなれ落ちつつあるのにちがいなかった。

自我が作られて世界との間に境界ができて、楽園から追放された。だとしたらなぜ石牟礼道子はみっちんであった時のことをこれほど詳しく覚えているのか。言葉で再現できるのか。昔々の自分について「えたいの知れぬ恍惚がしばしば訪れ出していた」と言えるのか。

ここのところに『椿の海の記』の秘密があるような気がする。ただ子供の頃を思い出しての随筆ないしエッセーではない。迂闊に読む者がそう捕らえて疑わない裏に手の込んだ仕掛けがある。おぼろな記憶を具体的な記述に換える伎倆があり、文芸のたくらみがある。四歳の自分に見えていた世界という仮構によって今の我々（大人である著者と読者）にとっての世界を解釈しようという意図がある。それを実現するだけの文章の力がある。つまりこれは四歳の時の自分というスクリーンに投影された石牟礼道子の全人生なのだ。

例えば（と挙例や引用を始めればきりがないことにぼくは当惑しているのだが）、父の亀太郎とみっちんがガス灯を持って夜の海に行く場面。かつてこの一家のものだった船が朽ちた姿を波打ち際にさらしている。「この、ここにこうして坐っとるみっちん家《げ》の船ちゅうものは、こりゃあ、えらい働いてくれた船ぞ……」と父は言う。その先で父は今見る船の姿を言葉にする――

ほら、みてみろ……。船板どもは波に呉れてやってしもうて、いまはこのとおり、あばら骨だけじゃが、舳先だけになってしもうてもこの舳先の向きの、天さね向いとる具合の、雄々しかろうが。

はっきりと読者の目に見える描写だ。

あばら骨という言葉を出したすぐ後で、亀太郎は子供に自分のあばら骨を触らせる。兵隊検査で丙種になった理由がこの体格、このあばら骨だった。「白石亀太郎、一代の恥辱」である。

船と父の身体が重ねられ、廃船になった無念が丙種の口惜しさを強調する。どちらも本来は力を持ちながらそれを発揮できない。船はかつては「えらい働い」たのに壊れたし、亀太郎は「頭は抜群でも、これじゃ兵隊の役にゃ立たん」と言われた。

文章の技法としてこれはもう随筆やエッセーではなく小説のものである。異質のもののぶつけ合いから効果を引き出すのはむしろ詩や和歌・俳句の技と言ってもいい。この作品は始めから終わりまでこういう技巧を凝らして作られている。

後の話だが、『苦海浄土』が大宅壮一ノンフィクション賞に選ばれた時、著者はこれを辞退した。本当のところ、これは辞退ではなく謝絶だった。あれをただのノンフィクションとしては読んでほしくない。あの患者たちの言葉を安直にテープレコーダーなどで再録したと思ってほしくない。長いつきあいを経て知った彼らの本音を一度は自分のものとしてすっかり血肉化し、いわば患者に成り代わって語っている。本人は「産み直す」とまで言っている。胎を経由しているのだ。

『椿の海の記』の始まりの地点にはたしかに幼時体験があった。石牟礼道子はそれを力尽くでこの文学作品に育て上げた。だからこの建物は正面から見た時よりもずっとずっと奥行きがある。軽い気持ちで入った読者は捕まってしまってなかなか出て来られない。

ここでひどく場違いな言葉を使うと承知で言えば、この本の世界にはヴァーチュアルなものが何一つない。近代の技術が得意とする詐術、つまり、紛い物、置き換え、すり替え、ないものをあるものとして扱うこと。コンピューターのディスプレイをデスクトップ（机の上）と呼ぶようないんちき、がない。虫も貝もお女郎もとんとん村も、すべてがっちり実在している。

みっちんは数字を拒否する――

数というものは無限にあって、ごはんを食べる間も、寝ている間もどんどんふえて、喧嘩が済んでも、雨が降っても雪が降っても、祭がなくなっても、じぶんが死んでも、ずうっとおしまいになるということはないのではあるまいか。数というものは、人間の数より星の数よりどんどんどんどんふえて、死ぬということはないのではあるまいか。稚ない娘はふいにベソをかく。数というものは、自分のうしろから無限にくっついてくる、バケモノではあるまいか。

みっちんが理解できる数字は「三千世界」や「千年も万年も」という誇張の言い回しだけだ。

数字の否定はそのまま近代の否定である。数字とはヴァーチュアルな思考の始まりだから。大都市や高層ビルや新幹線と「山の神さん」は同居できない。町ならばそこに住む人たちはみな互いの顔を知っているはずだ。何百万人かが住むという都会とは数字に還元された抽象的な場であって、そこに精霊たち、「あのひとたち」はいないだろう。だから石牟礼道子は後にチッソではなく患者の側に立ったのだろうか。患者たちにはちゃんと顔があったから。

数字以前に言葉というものがすでにヴァーチュアルであったかもしれない。「だまって存在しあっていることにくらべれば、言葉というものは、なんと不完全で、不自由な約束ごとだったろう。それは、心の中にむらがりおこって流れ去る想念にくらべれば、符牒にすらならなかった」というのはほとんどこの本を（言葉をもって）書いたことの否定に近いが、しかしありがたいことにこの本は書かれた。

こういうことを書き連ねながらぼくはちょっとした絶望に落ち込む。これは本当は解説不能な作品なのではないか？　何を言っても解説になどならない。分析してもしようがないのだ。我々はこの見事な文体を陶酔して読めばそれでいい。この作品自体が近代以前の様式に依る語り物であり、浄瑠璃であり、能の台本である。おきやさまが語って聞かせる信太の狐の話のようにただ耳を傾ければいい。

『椿の海の記』はもともと文字にならないはずの失われた世界の至福を文字で表そうという矛盾した意図の産物なのだ。この矛盾が克服されてこれを読めることの幸福は体感でよくわかる。だから最初に戻って、ゆっくり読むということを言えばそれで解説は終わっていたとも言える。
明らかなのは、この作品は読んだ者のものの感じかた・考えかたを変えるということだ。我々はこういう豊かな世界を失って今のこの索漠たる社会に生きているということである。それを象徴するようにチッソと原発が屹立している。この喪失感はとても大事なものだとぼくは思う。

二〇一三年一月　札幌

本書は一九七六年十一月に朝日新聞社より単行本として、
一九八〇年十一月に同社より文庫として刊行されました。

椿《つばき》の海《うみ》の記《き》

二〇一三年 四 月二〇日 初版発行
二〇二四年 一二月三〇日 14刷発行

著　者　石牟《いしむ》礼《れ》道子《みちこ》
発行者　小野寺優
発行所　株式会社河出書房新社
〒一六二-八五四四
東京都新宿区東五軒町二-一三
電話〇三-三四〇四-八六一一（編集）
〇三-三四〇四-一二〇一（営業）
https://www.kawade.co.jp/

ロゴ・表紙デザイン　粟津潔
本文フォーマット　佐々木暁
印刷・製本　中央精版印刷株式会社

落丁本・乱丁本はおとりかえいたします。
本書のコピー、スキャン、デジタル化等の無断複製は著作権法上での例外を除き禁じられています。本書を代行業者等の第三者に依頼してスキャンやデジタル化することは、いかなる場合も著作権法違反となります。

Printed in Japan ISBN978-4-309-41213-9

青春デンデケデケデケ

芦原すなお 40352-6

一九六五年の夏休み、ラジオから流れるベンチャーズのギターがぼくを変えた。“やーっぱりロックでなけらいかん”——誰もが通過する青春の輝かしい季節を描いた痛快小説。文藝賞・直木賞受賞。映画化原作。

窓の灯

青山七恵 40866-8

喫茶店で働く私の日課は、向かいの部屋の窓の中を覗くこと。そんな私はやがて夜の街を徘徊するようになり……。『ひとり日和』で芥川賞を受賞した著者のデビュー作／第四十二回文藝賞受賞作。書き下ろし短篇収録！

ひとり日和

青山七恵 41006-7

二十歳の知寿が居候することになったのは、七十一歳の吟子さんの家。奇妙な同居生活の中、知寿はキオスクで働き、恋をし、吟子さんの恋にあてられ、成長していく。選考委員絶賛の第百三十六回芥川賞受賞作！

やさしいため息

青山七恵 41078-4

四年ぶりに再会した弟が綴るのは、嘘と事実が入り交じった私の観察日記。ベストセラー『ひとり日和』で芥川賞を受賞した著者が描く、ＯＬのやさしい孤独。磯﨑憲一郎氏との特別対談収録。

みずうみ

いしいしんじ 41049-4

コポリ、コポリ……「みずうみ」の水は月に一度溢れ、そして語りだす、遠く離れた風景や出来事を。『麦ふみクーツェ』『プラネタリウムのふたご』『ポーの話』の三部作を超えて著者が辿り着いた傑作長篇。

肝心の子供／眼と太陽

磯﨑憲一郎 41066-1

人間ブッダから始まる三世代を描いた衝撃のデビュー作「肝心の子供」と、芥川賞候補作「眼と太陽」に加え、保坂和志氏との対談を収録。芥川賞作家・磯﨑憲一郎の誕生の瞬間がこの一冊に！

世紀の発見

磯崎憲一郎　41151-4

幼少の頃に見た対岸を走る「黒くて巨大な機関車」、「マグロのような大きさの鯉」、そしてある日を境に消えてしまった友人Ａ——芥川賞＆ドゥマゴ文学賞作家が小説に内在する無限の可能性を示した傑作！

ノーライフキング

いとうせいこう　40918-4

小学生の間でブームとなっているゲームソフト「ライフキング」。ある日、そのソフトを巡る不思議な噂が子供たちの情報網を流れ始めた。八八年に発表され、社会現象にもなったあの名作が、新装版で今甦る！

ドライブイン蒲生

伊藤たかみ　41067-8

客も来ないさびれたドライブインを経営する父。姉は父を嫌い、ヤンキーになる。だが父の死後、姉弟は自分たちの中にも蒲生家の血が流れていることに気づき……ハンパ者一家を描く、芥川賞作家の最高傑作！

小川洋子の偏愛短篇箱

小川洋子〔編著〕　41155-2

この箱を開くことは、片手に顕微鏡、片手に望遠鏡を携え、短篇という名の王国を旅するのに等しい——十六作品に解説エッセイを付けて、小川洋子の偏愛する小説世界を楽しむ究極の短篇アンソロジー。

黒死館殺人事件

小栗虫太郎　40905-4

黒死館を襲った血腥い連続殺人事件の謎に、刑事弁護士法水麟太郎がエンサイクロペディックな学識を駆使して挑む。本邦三大ミステリの一つ、悪魔学と神秘科学の一大ペダントリー。

第七官界彷徨

尾崎翠　40971-9

「人間の第七官にひびくような詩」を書きたいと願う少女・町子。分裂心理や蘚の恋愛を研究する一風変わった兄弟と従兄、そして町子が陥る恋の行方は？　忘れられた作家・尾崎翠再発見の契機となった傑作。

ブラザー・サン　シスター・ムーン

恩田陸　41150-7

本と映画と音楽……それさえあれば幸せだった奇蹟のような時間。「大学」という特別な空間を初めて著者が描いた、青春小説決定版！　単行本未収録・本編のスピンオフ「糾える縄のごとく」&特別対談収録。

一人の哀しみは世界の終わりに匹敵する

鹿島田真希　41177-4

「天・地・チョコレート」「この世の果てでのキャンプ」「エデンの娼婦」——楽園を追われた子供たちが辿る魂の放浪とは？　津島佑子氏絶賛の奇蹟をめぐる5つの聖なる愚者の物語。

福袋

角田光代　41056-2

私たちはだれも、中身のわからない福袋を持たされて、この世に生まれてくるのかもしれない……人は日常生活のどんな瞬間に、思わず自分の心や人生のブラックボックスを開けてしまうのか？　八つの連作小説集。

岸辺のない海

金井美恵子　40975-7

孤独と絶望の中で、〈彼〉＝〈ぼく〉は書き続け、語り続ける。十九歳で鮮烈なデビューをはたし問題作を発表し続ける、著者の原点とも言うべき初長篇小説を完全復原。併せて「岸辺のない海・補遺」も収録。

白きたおやかな峰

北杜夫　41139-2

カラコルムの未踏峰ディラン遠征隊に、雇われ医師として参加した体験に基づく小説。山男の情熱、現地人との交情、白銀の三角錐の意味するものは？　日本山岳文学の白眉。

ダウンタウン

小路幸也　41134-7

大人になるってことを、僕はこの喫茶店で学んだんだ……七十年代後半、高校生の僕と年上の女性ばかりが集う小さな喫茶店「ぶろっく」で繰り広げられた、「未来」という言葉が素直に信じられた時代の物語。

笙野頼子三冠小説集

笙野頼子　40829-3

野間文芸新人賞受賞作「なにもしてない」、三島賞受賞作「二百回忌」、芥川賞受賞作「タイムスリップ・コンビナート」を収録。その「記録」を超え、限りなく変容する作家の「栄光」の軌跡。

ユルスナールの靴

須賀敦子　40552-0

デビュー後十年を待たずに惜しまれつつ逝った筆者の最後の著作。二十世紀フランスを代表する文学者ユルスナールの軌跡に、自らを重ねて、文学と人生の光と影を鮮やかに綴る長篇作品。

須賀敦子全集　第1巻

須賀敦子　42051-6

須賀文学の魅力を余すところなく伝え、単行本未収録作品や未発表・新発見資料満載の全集全八巻の文庫版第一弾。デビュー作「ミラノ　霧の風景」、「コルシア書店の仲間たち」、単行本未収録「旅のあいまに」所収。

須賀敦子全集　第2巻

須賀敦子　42052-3

遠い日の父の思い出、留学時代などを綴った「ヴェネツィアの宿」、亡夫が愛した詩人の故郷トリエステの記憶と共に懐かしいイタリアの家族の肖像が甦る「トリエステの坂道」、およびエッセイ二十四本を収録。

須賀敦子全集　第3巻

須賀敦子　42053-0

二人の文学者の魂の二重奏「ユルスナールの靴」、西欧の建築や美術を巡る思索の軌跡「時のかけらたち」、愛するヴェネツィアの記憶「地図のない道」、及び画期的論考「古いハスのタネ」などエッセイ十八篇。

須賀敦子全集　第4巻

須賀敦子　42054-7

本を読むことが生きることと同義だったという須賀の、書物を巡るエッセイを収録。幼年期からの読書と体験を辿った「遠い朝の本たち」、書評集大成「本に読まれて」、及び本や映画にまつわるエッセイ三十三篇。

須賀敦子全集　第5巻

須賀敦子　42055-4

詩への愛こそ須賀文学の核心だった。愛読した詩人たちの軌跡とその作品の魅力を美しい訳詩と共に綴ったエッセイ「イタリアの詩人たち」、亡夫への思いがこめられた名訳「ウンベルト・サバ詩集」他。

須賀敦子全集　第6巻

須賀敦子　42056-1

イタリア文学への望みうる最良のガイド。ギンズブルグ、サバ、ダンテなど愛した作家や詩人の作品論「イタリア文学論」と、親しみ訳した作家たちの魅力の核心を生き生きと綴った「翻訳書あとがき」を収録。

須賀敦子全集　第7巻

須賀敦子　42057-8

名作「こうちゃん」をはじめ須賀の創作の原点が収められた私家版冊子「どんぐりのたわごと」全十五号と、夫の突然の死から四年、孤独と向き合いミラノに別れを告げるまでの日々をつづった「日記」を収録。

須賀敦子全集　第8巻

須賀敦子　42058-5

留学生活や新婚生活を生き生きと伝える両親宛書簡やペッピーノとの愛の書簡、若き日々の瑞々しいエッセイ、遺された小説草稿、詳細な年譜など、その希有な人生の軌跡を辿った貴重な資料満載。

枯木灘

中上健次　40002-0

自然に生きる人間の原型と向き合い、現実と物語のダイナミズムを現代に甦えらせた著者初の長篇小説。毎日出版文化賞と芸術選奨文部大臣新人賞に輝いた新文学世代の記念碑的な大作！

十九歳の地図

中上健次　40014-3

閉ざされた現代文学に巨大な可能性を切り拓いた、時代の旗手の第一創作集——故郷の森で生きる少年たち、都会に住む若者のよる辺ない真情などを捉え、新文学世代の誕生を告知した出発の書！

千年の愉楽

中上健次　40350-2

熊野の山々のせまる紀州南端の地を舞台に、高貴で不吉な血の宿命を分かつ若者たち——色事師、荒くれ、夜盗、ヤクザら——の生と死を、神話的世界を通し過去・現在・未来に自在に映しだす新しい物語文学。

日輪の翼

中上健次　41175-0

路地を出ざるをえなくなった青年と老婆たちは、トレーラー車で流離の旅に出ることになる。熊野、伊勢、一宮、恐山、そして皇居へ、追われゆく聖地巡礼のロードノベル。

無知の涙

永山則夫　40275-8

四人を射殺した少年は獄中で、本を貪り読み、字を学びながら、生れて初めてノートを綴った——自らを徹底的に問いつめつつ、世界と自己へ目を開いていくかつてない魂の軌跡として。従来の版に未収録分をすべて収録。

思い出を切りぬくとき

萩尾望都　40987-0

萩尾望都、漫画家生活四十周年記念。二十代の頃に書いた幻の作品、唯一のエッセイ集。貴重なイラストも多数掲載。姉への想い・作品の裏話など、萩尾望都の思想の源泉を感じ取れます。

コスモスの影にはいつも誰かが隠れている

藤原新也　41153-8

普通の人々の営むささやかな日常にも心打たれる物語が潜んでいる。それらを丁寧にすくい上げて紡いだ美しく切ない15篇。妻殺し容疑で起訴された友人の話「尾瀬に死す」（ドラマ化）他。著者の最高傑作！

求愛瞳孔反射

穂村弘　40843-9

獣もヒトも求愛するときの瞳は、特別な光を放つ。見えますか、僕の瞳。ふたりで海に行っても、もんじゃ焼きを食べても、深く共鳴できる僕たち。歌人でエッセイの名手が贈る、甘美で危険な純愛詩集。

短歌の友人

穂村弘　41065-4

現代短歌はどこから来てどこへ行くのか？　短歌の「面白さ」を通じて世界の「面白さ」に突き当たる、酸欠世界のオデッセイ。著者初の歌論集。第十九回伊藤整文学賞受賞作。

ナチュラル・ウーマン

松浦理英子　40847-7

「私、あなたを抱きしめた時、生まれて初めて自分が女だと感じたの」——二人の女性の至純の愛と実験的な性を描いた異色の傑作が、待望の新装版で甦る。

英霊の聲

三島由紀夫　40771-5

繁栄の底に隠された日本人の精神の腐敗を二・二六事件の青年将校と特攻隊の兵士の霊を通して浮き彫りにした表題作と、青年将校夫妻の自決を題材とした「憂国」、傑作戯曲「十日の菊」を収めたオリジナル版。

アブサン物語

村松友視　40547-6

我が人生の伴侶、愛猫アブサンに捧ぐ！　二十一歳の大往生をとげたアブサンと著者とのペットを超えた交わりを、出逢いから最期を通し、ユーモアと哀感をこめて描く感動のエッセイ。ベストセラー待望の文庫化。

埋れ木

吉田健一　41141-5

生誕百年をむかえる「最後の文士」吉田健一が遺した最後の長篇小説作品。自在にして豊穣な言葉の彼方に生と時代への冷徹な眼差しがさえわたる、比類なき魅力をたたえた吉田文学の到達点をはじめて文庫化。

蹴りたい背中

綿矢りさ　40841-5

ハツとにな川はクラスの余り者同士。ある日ハツは、オリチャンというモデルのファンである彼の部屋に招待されるが……文学史上の事件となった百二十七万部のベストセラー、史上最年少十九歳での芥川賞受賞作。

著訳者名の後の数字はISBNコードです。頭に「978-4-309」を付け、お近くの書店にてご注文下さい。